文学論集

逸脱と傾斜

塚本康彦

未來社

逸脱と傾斜★目次

装幀——伊勢功治

逸脱と傾斜

I

河上肇——『自叙伝』に即して

　私は嘗て或る処に、河上肇の「人間は人情を食べる動物である」をば、私自身の、人並みをだいぶ上回る、人間への好奇心を告げんとして援用したという罪を有する。罪？　いかにも当時該語は河上の作物から直かに引かれたのではなかった、誰かの何かで知って記憶されていたそれは、前後の文脈は忘失されたまま悪しき孫引のかたちで用いられたのであった。慙汗肌に滲むのを感じつつ改めて述べるならば、右の、いとも絶妙な文言は河上の『自叙伝』[1]の（五）「御萩と七種粥」に三遍反復されたものに他ならなく、具体的事例は原文に就いて見られたい、そこには「少くとも私は、人から饗応を受ける場合、食物と一緒に相手の感情を味うことを免れ得ない人間である」といった具合に、品の多寡、味の優劣など、好意悪意の厚薄に左右されてしまう趣意が説かれているのである。

　爾《しか》く私の誤解は分明なのだが、しかし河上が事食物に対して淡如たらざるのみならず、人情一般にたいそう篤かった、人間総体に飽くなき興味・執着の念を持していたというのも又動かしがたい事実である。『自叙伝』全篇にはその種の情動が濛濛と立ち罩めているのであって、私のあの引用は不正確だったにせよ、河上の一身全身に関して満更無縁なものでもなかった、と言えるのではなかろうか。

咄！　早くも、河上の襟韻を少々存知の向きの苦笑を誘うに違いない、本稿においても指摘するであろう、彼一流の自己中心的な辞柄を真似る仕儀と相成った。

尤も私には、河上についてそんなに気安く言い立てる資格は無い。この本邦マルクス主義経済学の巨擘の全業績、算え方によって差は生じるにしても、著者は百冊を優に超え、論文・随筆併せて七百数十篇に及ぶと云われるそれらの中、有体に申して私が閲読したのは凛凛たる愛国思想が遍満する泰西留学記『祖国を顧みて』、文字通り洛陽の紙価を貴からしめた『貧乏物語』、向後専ら扱う『自叙伝』全五冊、そして不完全な日誌『晩年の生活記録』、同様な書簡集『遠くでかすかに鐘が鳴る』の瞥見といった程度、まっこと九牛の一毛に過ぎない。

ところで、杉浦明平はこう書いている、「かれの資本論研究やマルクス主義研究はすでに古びたが、いつまでも新しい古典であるだろうといわれる『自叙伝[2]』」。大熊信行も「河上肇の全作品のうち、最後に残るのは、おそらく経済学上の述作ではなくて、獄中で稿を起した『自叙伝[3]』」と書いたのだった。経済学には素人の杉浦や、癖の強い見方の持主、ましてやそこでは河上のライバル、一橋の福田徳三を立てんとする意図露わな大熊ばかりではない、今次経済学畑における対河上評価を一見してみるに、毀誉の雨は降りみ降らずみ定めなく、褒貶の木の葉は斑になって散り敷くとはいい条、否定的品隲が多きを占めるさまに一驚を喫せずにはいられなかった。河上の学問の最も正統的な理解者大内兵衛にしてからが、「河上は彼が自ら信じているようには、また世間が彼を評価した程には、マルクスの真髄まで徹していなかったのである[4]」とか、「彼はそのとき『資本論』のテキストを読まないで独特の弁証法的唯物論をやっているのである[4]」とか断案することになんら躊躇していない。その大内は『自叙伝』（四）の解説を担当しているのだが、そこで絶讃されるのは『自叙伝』の文章の、経済学論文に見られぬ「玉成」である。(5) 思想と文章とは別物、と大内が考えているわけはなく、ここから彼大内も杉浦や大熊同然、『自叙伝』が河上の業績中他と隔絶して首座に位する、との判定を下しているように釈ってもいいのではなかろうか。

而して、こう述べ来たったところで、論理的にどう繫がるのか我ながら怪しいのだけれど、私の裡に油然として湧くのは、経済学にまったくの門外漢であっても、河上の学問におよそ不案内であっても、『自叙伝』という素晴らしい果実を丸ごと食らい、味加減を披瀝する権利が私には無いでもなかろうといった、駄馬にしたって出走前に覚えるであろう、昂ぶった感情である。何よりも『自叙伝』をノートを取りつつ閲覧するうちに、河上肇なる人物が写真で見る特異な風貌をもって、さらにはこれは想像上の声音・体臭をもって、わが書室の片隅に端座しているかのように実感されるのだ。一方ならず慕わしい、且つ疎ましい。果して使徒か、将《はた》又妖怪か。言い得ようは、彼が人間としての臭気を極限迄放った人物だということである。

河上肇の生涯をつぶさに調べた著述・論攷は少なからず、微力な私はこれらに付加する何物も持たない。世の学究の常道、平坦砥のごときそれとは対蹠的なその足跡の一つ一つを満遍なく叙述しようとは思わない。わが筆労は精粗・緩急の不均衡を顧みず、あくまで己れの主観に即して重点的に費やされるであろう。庶幾するところは、河上の、そう、ムッと鼻を衝く人間臭さを何人かの看官をして体感せしむるという、この一事に絞られるのである。

さるにても、『自叙伝』はお定まりの「幼年時代、少年時代」の章から始められており、他人の夢の話と幼少時の回想くらい聞賭して無味・索然たる思いを抱かされるものとて無いけれども、当個条は河上後年の行実を規定した鍵《キー》の伏在を暗示していて、看過しがたい。該章前半の主役は父方の祖母イハであって、二十五歳で寡婦となった彼女は離れ屋に「若い燕」を飼っており、朝夕酒盃を重ねるを倶にし、自らの手で彼を結婚させては、新たに近所の鰥夫と共棲、外出時帯同するのを恬として恥じなかった。痼癖の強い彼女は時々酒乱に及び、癪ということになっていたけれど、河上が推察するごとく実は「癲癇」の発作を起した。河上の母タヅは彼を妊娠中離縁になり、父忠《すなほ》は別の女性と再婚するも、その継母は異母弟暢輔を産んで離別され、タヅの復縁成って、生母はほぼ三年ぶりで婚家に戻るに至った。この、前近代の異様な出入りは職としてイハの意向に由ったのだろうが、彼女の酔態痴態狂態と合わせて、私達はここに、放肆・濃抹の田舎芝居の舞台に接するような心地を覚えるであろう。

生誕後直ちに河上家に手厚く迎えられ、祖母の枯れた乳首を吸っていた河上が、実母が帰来したところで、いわゆる「お祖母さん子」として生育することに渝りは無かった。専恣な女帝の鍾愛のしぶきをもろに浴びて皇子も横暴になる。彼の痼癪玉が一旦炸裂するや、家人達は物置に逃竄、危難を避けたという。何を匿そう、私自身がその愚かな皇子だった。半世紀以上も前の光景が脳裏に徂徠する度に、私はギャッと叫び、床に跪いて何かに祈りたい衝迫に駆られずにはいられない。しかるに『自叙伝』には左のごとき記述が認められて、私を不思議がらせずには措かないのである。「実は祖母の自我の主張の強かったことを物語るもので、表現の形こそ異れ、この長所をこそ私は祖母から享けついで、今日の性格の一部を形成していると信じ、これに向って窃に感謝しているのである」（傍点引用者。以下断らぬ限り同様）。

運命は人各々の性情を離れては在り得ない、という言葉が存する。そして性情性格の形成に血筋血統が余つ程関っている、とはごく自然に考えられるところだろう。私は近時、己れの既往・現今につらつら思いを廻らして、（すべては遺伝だ）との蒼い諦念・哀感に浸るようになっているのだが、河上に貼られるレッテル、自己中心的の激流の源にしても、この祖母イハの「長所」に求められるのでは、と強説したいのである。因みに、霜松軒と号し翰墨に遊んだ、母方の祖父河上又三郎について『自叙伝』は「私が何ほどかの文芸の趣味を感じ得ているのも、やはり同じ血液の賜物に相違ない」と記しており[6]、河上も血筋・遺伝の偉力に感慨を深うしていたは疑いを容れまい。なお、又三郎から詩情を享けた河上、イハから色情は継がなかったことも言い添えておこうか。河上が不倫や登楼の経験は絶無、夫人の太り肉《じし》のそれしか女体を知らなかったのは、大地打つ槌が外れぬごとくに確かである。『自叙伝』には恋愛性愛の記事は毫釐だに見当らない、これすなわち『自叙伝』の自叙伝としての啻《ただ》ならぬ欠格性を示すものに他ならないのだが。

祖母から享け継いだ、狂気と呼ぶには憚られるにしても、或る種の異常とは目されていい、体質上のマグマはまずこんな形で噴騰・奔流した。時は明治三十四年の歳晩、東京帝大法科大学政治科学生の身の河上は、例の足尾銅山鉱毒事件の救済演説を聴き興奮、会場を出る折二重外套と羽織と襟巻を寄託、翌日身に纏っている以外の衣類を残らず行李に収め救済会に送付したのだった。この話柄は『自叙伝』（五）の「大死一番」と「木下尚江翁」に精しく述べられ、特に後者では『毎日新聞』紙上の「特志の大学生」の記事が丸々、尚江の追憶が長々しく引用されていて、河上の、会側には「精神病者」「気違い」のそれとも疑われたらしい、何かに憑かれたかのごとき熱っぽい振舞はよく目交に泛ぶ。

当時河上は、明治期のインテリ青年が尠なからずそうであったように、聖書から劇しい刺戟を受けていた。就中「マタイ伝」五章三十九節「人もし汝の右の頬をうたば、左をも向けよ。……なんじに請う者にあたえ、借らんとする者を拒むな」からは、まさにどやしつけられたみたいな感銘を蒙ったようである。そもそも河上が謂う「絶対的非利己主義」は、郷里の大先達吉田松陰を尊崇して梅陰と号し、躍起になって経世の道を論じていた黄口児の頃から不断に鋳られた倫理感・求道心・自己犠牲の精神などと矛盾するものではなかった。「マタイ伝」の章句はその徹底性において、河上をして（これあるかな！）と欣喜雀躍せしめたのであろう。しかしながら、儒教的武士的、といった形容が被されるかもしれないこの道徳の背骨は、彼が後にマルキシズムに深入りした際の進路を阻む巨きな石となる。そして、今の場合にあっても、それはキリスト教の本質への到達を促すのではなく、妨げる風に働いたように考えられるのである。

キリスト教信者の知己の教示によれば、「マタイ伝」を含む「山上の垂訓」とキリスト教の本丸福音信仰とは厳密には区別されねばならない由、この明言に倚って私なりに推断を敢為するなら、道義に勝った河上はイエスの戒めを実行し得た、しかし彼はイエスが神の子とは信じていなかったのだろう、といったことになる。河上は、キリスト教の堂には昇ったが室には入らなかったのだ。但し、河上が「マタイ伝」を読まずしてなおあの義挙・善行に出たか、福音信仰に達していたらそれを止めたかの自らの発問には軽々しく答解に応じられない。

かような宗教上の問題をあげつらうのは私の柄ではなく、私はただ、河上の矯激な振舞に驚愕すればいいのであろうか。いや、私が為すべきは、先記のとおり河上が自身の美行に関する新聞報道や名士の追懐をば、ここが肝腎なのだけれど、得得然と『自叙伝』に書写している所行についていささか拘泥することである。いかにも『自叙伝』に点在するのは、厚顔、と言って悪ければ無頓着な、自讃自矜の文章だ。河上はテレるという感覚が頭から無い男だった。『自叙伝』はその種の電流に対して完全な不導体なのである。ここで、時期的には後に言及するつもりの無我苑騒動の最中に当るのだが、漱石の、明治三十九年二月三日付野間真綱宛書簡、そこには「是を思ふと河上肇などゝ云ふ人は感心なものだ。あの位な決心がなくては豪傑とは云はれない。人はあれを精神病といふが精神病なら其病気な所が感心だ」(7)と書かれてあるそれの全文が『自叙伝』に引用されていることも指摘してみてもいいかもしれない。

むろん引用だけではない、「私は何んだか当年の自分を、いたわしいような、また勇ましいような、姿において振り返る。ちょうど悲壮という二字がそれに当るであろうか」、これは大正十三年夏、前年に上梓した『資本主義経済学の史的発展』に対する、愛弟子であり、已れに対する最強の批判者櫛田民蔵の、当の『史的発展』よりも、峻烈きわまりなきその書評の方が有名な「社会主義は闇に面するか光に面するか」(8)を前にして、わが学問の抜本的再構築を志向したところの一節だが、枯川の文句を藉りるなら「寧ろ涙を以て自らを慰め人を動かさうとしてゐる」といった調子の、歯の浮くような我褒めの文章を『自叙伝』中に見出すのは実に容易だろう。そこには亦、河上の常套手段なのだが、

「旅の塵はらひもあへぬ我ながらまた新たなる旅に立つ哉」という、感傷が垂れ流しの詠歌が添えられていて、私の苛立ちに拍車を加えるのである。

肇とは同族で、夭逝した肇長男の政男の親友だったとかの、河上は徹太郎には肇に関する好意的な文章が存するが、[9] そこではなく別の松陰を論じた処で、[9] 彼は「それ（反省）が強すぎるから自伝が書けないのだ。（略）自伝には何等かのヴァニテが必要だ」と述べている。私とて、人間誰しもヴァニテの魂、ナルシシスムの虜と言えなくもないこと、思うに嘔気を催す程に承知しており、一寸でも文章を書くからには自惚れという奴と二人三脚を組まねばならぬこと、骨身に徹しているつもりである。真の意味は解していないのだが、J・キーツが言ったらしい、自己中心的崇高《エゴテイスティカルサブライム》なんて語も想起される。しかしながら、だめを押す形で写すなら、「博士が学者に似わず、類稀れなる正直者であり、道義的センスの異常に鋭敏な人であることを示し」なり「当年の私というものが自分ながら如何にも労わしく可愛そうなものになって来る」なりの、歯止めの利かぬ、底無しの自己愛の露出は、大方忌避されない迄も辟易されるものなのではなかろうか。しかも河上は「自画自賛を敢てする私」、「そうだ、いっそのこと、私はもっと自画自賛を続けよう」などと居直ってもいるから、尚更始末が悪い。

大学を卒業した河上は同郷の大塚秀と結婚、大学・専門学校の講師を勤めながら、寸陰寸刻を吝しんで拮居勉励、遂に秀・政男を郷里に預け、賄付きの貸間に独居して、専心研究に没頭した。明治三十八年十月一日、と日付も記すのは、彼の動静が鋭く曲折する急湍のごとき趨走を示しているからなのだが、その一日から十二月十日迄『読売新聞』に、千山万水楼主人の仮名にて「社会主義評論」を連載、私は現物に接していないけれどもとにかくそれは、著名な諸学者・評論家をまさに斬人斬馬調でもって熱罵・冷嘲して世人の喝采を得、『読売』の発行部数を急増させたもののように云われている。大熊は注3の文章で、「アカデミズムからジャーナリズムへの進出の、第一号」と目しているが、『自叙伝』に「私は、曠野を風のように飛び廻わる駿馬ではなく、或る一地点に齧りつき、鼹鼠《むぐらもち》のようにこつこつと土を掘り……」云々が悪謙遜・卑下慢の見本みたいに釈られる程に、彼の操觚界への登場はまことに颯爽・絢爛たるものであったらしい。識者達から「ジャーナリストの腕」「天成のジャーナリスト」「ジャーナリズムの天才」[10]と評される所以であるが、彼が俗に謂う、目端の利く、他人が気づかない壺を押える点実に素速い、もちろん慧黠ではない、しかし慧敏なるは確かな人物であるということは、河上を考える場合外してはならぬ壺だと思う。「鈍根の私」どころではないのである。聞説《きくならく》、かのT・ウィリアムズは自叙伝か何かで、自分はingenuousであると共にingeniousなタイプだと衷情を自白したのだった。

しかれども、斯界の新星としてそのままスマートな滑走・飛翔を続けられないところが又河上である。折しも真宗派の青年僧伊藤証信が「無我の愛」を唱道、教団無我苑を組織していた。河上はその教義に、先に言った「絶対的非利己主義」の立場からえらく共鳴、一切の教職を辞し、千山万水楼主人は吾也、と明かし、十二月八日、無我苑に躍入した。「捨てし身の日日拾ふいのちかな」の一句を詠んで。しかるに間もなく証信に幻滅し、無我苑を脱退するのであって、如上の経緯は『自叙伝』(一)の「自画像」の章に縷述されているが、そして、「元来私は、全力を献げて他を愛さねばならぬと考えていたのに、伊藤氏の方は、如何なる人間の如何なる行為でも実際にはみな全力を献げて他を愛しつつあるのだと主張されていたのだから……」(傍点原文)などは、河上が要するに自力・当為のひとなることを窺わせるけれども、御両人の対立の実相・真因は今一つ私の腑に落ちない。

　河上は常々、これが真実だと思い込んで取り組んだものが実はそうでなかったと判明するや、瞬時にこれを放擲して露だに悔いないことを自らの持前だと宣している。そして「真実を求むる柔軟な心」の惹句がそんな転身の正当化の伴奏用に使われるのは毎度の例なのだが、こんな河上からすれば、無我苑に対する倉卒な接着・離隔にしても、絶対的非利己主義の不動の極点から宙に投げられて手許に戻るブーメランに当るものだったのである。変説・改論は彼の常習・宿癖であった(11)。誰の言葉だったか、「説を変ずるはよし、節を変ずるなかれ」こそは、河上を深く頷かせたであろうと臆断して恐らく謬りはあるまい。

　無我苑騒動に絡んで河上は、「大死一番」に精記されるところの、ほんの僅か引くならば「須臾にして余は俄に身体の軽く空に浮び上がるが如く覚えたり、何物かありて余が身体を軽く和かく抱き上ぐるが如く覚えたり」といった、一種の心霊現象を惹起している。誰しも、祖母のあの「癲癇」を思い合わせるだろう、これも愛弟子の長谷部文雄は、河上がこれを「精神の働き」の所為と意義づけるのとは逆に、単なる肉体上の癲癇的発作が精神的幻覚を生んだものと解釈して憚らない(12)。しかしその奇現象以上に奇異奇妙なのは、「手や足などを抓《つ》めって見ても……」という不感無覚の状態を過した河上が「元来このからだを自分の私有物と思うのが間違いで、これは暫く自分の預っている天下の公器である」と考え直して、爾後あくまで絶対的非利己主義を奉じながら、露微塵の疚しさも覚えることなしに飲食・睡眠を摂るに至ったそうな、大河内が謂う「飛躍と断片」のその思惟である。ここから、つくづく河上は自己否定を免れた、或いは否定が現れぬではないにせよ、簡単に肯定に吸収され、肯定を太らせる果を結ぶ風になっているところの人物だ、と感じるのは私ばかりであろうか。

さて明治四十一年、京都帝大に赴任。「社会主義評論」でアカデミズムをさんざ罵嘲しておきながら、恬然帝大の禄を食むことはどうか、と思われぬでもないけれども、強靭な自己肯定は彼をしてこれをなんら意に介せしめなかったのだろう。まだマルクス経済学の昂然たる隊列は見えない、打ち鳴らす太鼓の音も聞えて来ない。注12の住谷著は、河上の京大就任後数年間の著書の内容を仔細に紹介しているが、それらの基調についての「強兵主義的」「国士的ナショナリズム」「経世家的気風」「国家至上主義的」という結論は信憑されていいと思う。私が先に、大正二年から四年に架けて、英・独・仏・白耳義諸国への留学時の産物、『祖国を顧みて』に冠した形容句を想起してもらいたい、それは右の括弧内の文言と符節を合するものである。

『祖国』における、西洋と日本夫々の食・住について、舞踏・音楽についての比較はなかなかの説得力を有する。西洋は「鍵の生活」との断言も示唆に富む。日本の家屋が障子で仕切られたところからの融通無碍な機能性と家族の紐帯感との関連を述べた個条は、親日家としてのL・ハーンの文章の気味に通う。「巴里のカフェー」「倫敦郊外の墓地」など、観察は犀利、行文は流麗である。『祖国』は一廉の文明論と称されていいと思うが、しかし前段落との繋がりで言おうなら、ここにひときわ鮮明なのはやはり、ショービニズムと呼ばれて妥当な愛国の赤誠・丹心以外のものではない。犬が何かを嗅ぎ回るみたいな行為で愉しくないけれども、後年、祖国をソ国然たらしめたいと冀った河上の変貌が滝つ瀬のごとき傾斜を示していることを理解してもらうべく二つ程引いてみるに、曰く「若し国が亡ぶならば、吾々は其より前に此祖国の為に血を流し此郷土を枕として皆討死するのであらう」、又曰く「吾々が今日、日本人独特の鞏固なる国民性と国家とを有ち得るに至つたのは、全く吾々の祖先が久しく其血液の純血を維持し来つた為である」(13)。

ここで敢えて迂路を辿ってみるなら、内村鑑三の『余は如何にして基督信徒となりし乎』(14)にひたむきな祖国愛が漲溢しているさまが思い合わされた挙句、内村と河上とがその思想や主義ではなく、人間のたち、言い得べくんば、血の濃さといったような点において、同じタイプに視られることに触れておきたい。佐伯彰一著『日本人の自伝』は内村を論じて「熱っぽい主体性派、のめりこむ実践派」「「憂きことのなおわが上につもれかし」という古歌さながらに、次々と苦難の中へのめりこみ」「その本領は一貫した身証の人」「これだけ身についた自己劇化性」「根っからのエゴチスト、我執の人」と述べており、いずれもが巧妙な表現で、つい過多を厭わず写してしまったけれども、これらは移して又河上についての評言として剴切きわまりなきもののように私には思われる。

而して、内村と河上との同質性は、佐伯著にも『余は』とは「対極」「対蹠的」と明記されている『福翁自伝』を立ち合わせることによって、さらに瞭らかになるであろう。すなわち、右に挙示した佐伯著中の評言に当る、多分にロマンティッシュな特質は『福翁自伝』にはほとんど見つからぬのではないか。卑近な例で、内村が古来の迷信に「誠実」「一生懸命」を認めたのに対し、福沢は御札を踏み後架に捨て、御神体の木札や石をうっちゃって平然たるものであった。内村の神の顕現《エピファニー》や河上の心霊現象など、福沢は、阿呆臭い、の隻語をもって一蹴した筈である。丸山眞男は内村に「遊び」の不在を、藤田省三は『福翁自伝』と河上の『自叙伝』との決定的な差異として「笑い」の有無を指摘した(15)。丸山が福沢の「プラグマティックな思考様式」や「散文精神」を、藤田が『自叙伝』の「くどさ」に対照的な『福翁自伝』の「快調なテンポ」をポジティヴに評価しているのは言うを俟たない。

だがしかし、ぶち割って申さば、私は『福翁自伝』を決して愛読しない。丸山眞男に師事した橋川文三は、T・マンの、Der stolze Mensch に Der arme Mensch といった二分法を活用し、橋川のセンスを反映したその顔触れは省略に付すが、古今東西の文学者・思想家の類別を試みた[16]。そこには、いかにも橋川さんらしい表現をもって、後者 arm 型は「一種の存在のはにかみのようなものが感じられ、眼ざしに無限の異端者の感情がこもっているようなタイプ」(傍点原文)であるかのように、或いは「その問題意識の中に一個の修羅を蔵しているか否か」が両型の分岐点であるかのように述べられている。ここ迄の私の書きぶりからすれば、胡麻点が打たれた側面は河上に不足しているということになるかもしれないが、そしてその点内村も同然だったらしいのだが、他の二側面は確乎として両者の身上を成すものだと思う。しかるに福沢に三側面は皆無、つまり満腔子これ健全・合理・軽快・透徹・衡平・算定の権化なのであった。結句福沢は典型的な成功者に成り果せたのであって、『福翁自伝』こそは燦然たる陽日に光ってまっすぐに伸びた、途次陥没・崩落は一個所だに起きておらぬ大路に他ならない。

当然のことながら、サクセス・ストーリー『福翁自伝』は完璧な自己肯定の書物である。そこにはテレの発光、自虐の小鬼の身じろぎはまるで看取されない。逆に、機を見るに敏、先占能力の長という特性は豊かに存在する。では『福翁自伝』と『自叙伝』とは谺を交響させるのか、似た者同士なのか。これが要らざる思案なのは両作の各一節だけでも読んでもらえば直下に了知されようが、ここでは、『福翁自伝』の自己肯定が、健康な青年のランニングシャツを着し、涼気を切っての軽やかな疾走を想像させるのに対して、『自叙伝』のそれからは、硬い皮膚、剛い体毛、太い四肢、濃い臭気、朱い双眼といった半獣の蹲居が印象づけられる、とでも言ってみるであろう。已んぬるかな、私は青年に足払いを掛けたい、半獣を愛撫したいさがに生まれついたのだ。

『オイディプス』の末尾をもじって言うならば、一旦は九天の高みの成功を贏ち得ても九地の底に墜ちるのが幸運児、生涯の際《きわ》に至る迄成功を持続させるのが幸福児ということになるわけだが、この意味での幸運児河上は確かに旬年程隆隆たる盛名を謳われた。一世を風靡したという套語がこれに対して使われても誇大の譏りは受けまい、大正六年上木の『貧乏物語』はすでに用いた古諺通りの売行で、往時青年達が経済学に関心を抱いたのは、おしなべてこのベストセラーに因ってのことだったとも云われている。しかし今回一閲したところ、その内容は、個人の精神の改善を社会の組織の改良に優先させ、銘々が奢侈・贅沢を慎めば万事めでたく解決といった、私みたいなすこぶる付きの経済思想の音痴からしてもたわいない限り。惟るに、或いは「飢えては一わんの麦飯に舌鼓をうち、渇しては一杯の泥水にも甘露の思いをなす[17]」なり、或いは「一方には大廈高楼にあって黄金の杯に葡萄の美酒を盛る者あるに、他方には襤褸をまとうて門前に食を乞う者あるがごとき」なりの、相当に古体で、講釈台を叩く張り扇の音が聞こえぬでもない調子のものながら一般受けのする「名文[18]」と、前記のように櫛田や堺からは手きびしく批判されたとはいえ、河上十八番の倫理・求道の鈴の音高くして衆庶の琴線に快く響く趣旨とによって、『貧乏』は曠古の評判を喚んだのであろう。

　それはともかくとして、私が私なりに『貧乏』に関して、河上のあたかもカメレオンの体色のごとき変化を認知したことを述べてみたい。一つには、これはあまり指摘されていないようだが、『祖国』

にあっては「勤倹貯蓄は断じて富を成す所以で無い」「惰《なま》けても差支えない、贅沢しても差支えない」という、『貧乏』ではかかってこの一事に在るみたいに奨勧された美徳とは頭から対立する壮語が発せられたことである。二つには、これはもう異口同音に論ぜられているけれども、そこでは弁証法的唯物論が熱烈に唱説され、エンゲルスやレーニンの文章の丸写しが連綴されるだけの、正直に言って私はその五分の一位で読み止しにしてしまったけれど、今や死語と化してしまった感の評語ながらやはり使わずにいられぬ、公式主義的な『第二貧乏物語』との瞠目すべき落差である。注11の大河内の批難を参看されたい、彼はそこで又、河上の求道一筋が「連続性」を持たず、「不安定」を常としていた旨述べてもいる。

『貧乏』発兌の当年、ロシア革命が成就、翌年米騒動が展開、赤い疾風の駸駸乎として歇むべからざる勢威を察知した河上は翌々年の八年、個人雑誌『社会問題研究』を創刊、いわゆるブルジョア経済学を秋の扇のように捨て、唯物史観、『資本論』の研究という怒濤の中へ急航すべく、百八十度転換の舵を操った。既述のごとく、河上は「真実を求むる柔軟な心」をルフランや念仏みたいに繰り返した。古田晃著『河上肇』は、河上の、再三謂うところの求道が彼の生涯を縫い取る赤い糸なることを論じた、皮肉な意味でなく健気な好著であって、ここら辺についても「こうした転換が、まず「人道主義」の放棄としてでなく、「人道主義」そのものに基底しつつ……」と述べられるわけだけれども、私にはわがプロテウスがそんなに殊勝だったとは思われないのである。つまり古田は、河上の諸思想に唯一求道が先行していたと説くのだが、私は、当の求道自体、彼生得の血気才気、さらに申さば、屈伸自在な匠気衒気を発源体としていると考えるものである。『自叙伝』と大杉栄の『自叙伝』と共に三幅対《トリオ》を形成する『寒村自伝』の中に、かの佐野学を罵っての「こんな動揺つねなき無性格の振り子野郎」という文句が放たれている(19)。河上はむろんこれを知らない。識ったらどう感じたであろうか。何も感じなかったら、河上は、私が最も憎むアンコンシャス・ヒポクリットだと思う。

ともあれ、『社会問題研究』は、一時部数二万に達した。注2の『人間像』所収、天野の「著作目録」によれば、大正八年から季年迄いずれもがいわゆるマル経系の著書は改版・再刊を含めて二十冊を超えた。河上は達意の筆を揮うこと一日十数時間にして、平均四十枚を仕上げたと云われている。河上はジャーナリズムの寵児、京大の看板教授の名を恣にした。「経済学部の河上か河上の経済学部かわからぬくらゐであつた。否、全京大が先生の名声のもとにあつたという《ママ》てよい(20)」は断じて大仰な回憶に非ず、河上の人気の沸騰の実況を伝えるにこの程度の表現ではまだ足りぬように私には思われてならない。『人間像』や『回想』には、学生達は憧憬・渇仰の的河上の邸第の前を通る際脱帽したとか、彼が担当の経済原論の教室は爪も立たない大入り、彼の講義が又「宗教的ふんいき」を漂わせるものだったとかの思い出が幾篇か収録されている。そしてそれらの中には、河上がドイツ語の不得手な学生のために毎週個人的な授業を行ったり、別の学生の未熟な訳文に逐一訂正を施したり、苦学生等には収入の途を講じてやったりという美談が混じっており、彼の教師として純粋な一面を告げている、とは言っておかねばなるまい。

しかしながら運命の神フォルトナは気紛れなもの、大正十三年、先述したように櫛田の批判が発表され、十四年には例の福本和夫が京大における三日間に亙っての過激な講演中、傍聴の河上を遠慮会釈もあらばこそ面罵したその辺りから、河上の声望の漸を追うての褪色・落潮が始まる。一時的なことであれ、味付でも理屈でも刺戟の強い方が勝つ。倫理感・求道心と分離・絶縁しきれていない、なかなかに有情的な河上のマルキシズムが、硬質・非情で純理論的な福本のそれに対比されて暗転・失脚するのは必至であった。果然、教室の最前列の席を争い、後架迄蹤いて来て質問を投げかけた学生達は、講義ノートを臆面も無く一擲する。社会科学研究会、河上が指導教授を引き受けていたことが昭和三年、彼をして京大を去らしむる一因となったところの該研究会の面々が彼を取り囲んで、もはや先生には慊焉たらざるを得ぬと袂別を通告する。その場の河上はただ目を潤ませ黙然としていたそうだが、彼の衷懐を察してさすがに惻惻の情に耐えない。

『自叙伝』は京大辞職の事情を委曲を尽して説明していて、治安維持法を成立させた時代の左翼に対する弾圧度、これに怯え、挫けた経済学部教授会の弱腰加減などよく了解されるのだが、私は、彼が五十《いそじ》を目前にして退職したのは或いは倖せだったかも、といった想察を廻らさずにはいられない。酷に過ぎるであろうか。しかし同郷・同窓・同学、同僚で『自叙伝』（二）の解説を担当している作田荘一は別の処で(21)「四十五歳頃からマルクス主義に専念した頃の足どりは、外から見ても甚だ鈍つて来た」と書いている。又「氏は未開の原野に真理を探がす学者といふよりも、時代の求める真理を顕さうとする任務を帯びた思想家であつた」とも書いており、この謂は、所詮河上の持味は時代の要請に見合う東西の諸学説の巧敏な伝達であり、自家独自の思想の確立ではなかったというものであろうが、これに続けて作田が、さようなタイプの河上は学府における適格性を次第に失ってゆく、河上が未練気無く教授職を捨てたのも外圧とは別に自らを知るところがあったのだろうといった、シビアな観察を下していることを、己れの直覚が故無きものでもない所以の強力な傍証として披露したい。

確かに「また新たなる旅に立つ哉」という思想上の鹿島立ちのそこには、「是が非でもマルクス主義の真髄を把握してやろう」とか「おれはも一度学問をたたき直さねばならぬ」とかの気概が披瀝されている。しかし、棋道や競泳の世界に目を遣れば判然とするだろう、詩作を考えてみても或る程度頷けることだが、私達が物事を習得する場合、時期の支配を免れがたいのは、これ又一個の厳たる真実真理である。河上の、不惑過ぎてからのマルキシズムとの格闘は明らかにこの時期を逸していた。人々は悉皆、河上のこのヘラクレス的難業を畏敬・瞻仰したであろうか。いやいや、河上のそれを痛々しく哀れに、さらには滑稽にも感じた人々は鮮少ではなかったように思われる。要するに無理だったのである。案の定河上の著述は嘗ての魅力を喪って、人々に鼻白む気分を抱かせたのだった。大内の左のごとき比較程、這般の異同を簡潔に明かして適実なものを私は知らない。「『貧乏物語』の経済学は小ブルジョア経済学としての完成美をもっているが、『第二貧乏物語』の経済学はマルクス主義経済学としてまったく未熟である(22)」。

大学の研究室を逐われた河上が採った途は、ひたすら自邸の書室に籠って筆硯に親しむというものではなかった。その途は、兆候は著述が不評を買い出した頃に遡って認められるけれども、実行であった。『自叙伝』(一)「昭和三年末、静かなる書斎生活の終焉」の節には、エンゲルスの「こうした(実際運動に関する)仕事は、吾々にとっては拒むことの出来ない、即刻果さねばならぬ、一つの義務である」だの、レーニンの「「革命の諸経験」について書くよりも、それに参加する方が、より愉快であり、より有益である」だのが、満腔の賛意をもって書写されている。「無産者運動の実践への関与」が河上の生き方の全幅を領するようになったのだ。ここで参考にしたいのは、加藤周一が異国人と協同で著した岩波新書『日本人の死生観』中「三島由紀夫」の節における「しかし自分の文学的才能が衰えてきたと感じたとき、彼は、男にとっての真の世界はことばにはなく、戦士としての行為にあると宣言した」とか「象徴化の能力がにぶったり、少なくとも芸術家にとって必要なことのためには不充分になるにつれ、芸術家は直接世間に与える衝撃――ハプニング――を、芸術そのものの代わりとするだろう」とかの見解であって、これこそ河上の、研究から実行への質的転換を解明する秘鑰、私を稗益すること計りしれないものなのである。(23)

私をして言わしむれば、stolz を志向して竟に arm に畢った、「異端者」「修羅」を内蔵し、激発させた三島、常時文壇の輝ける大看板であることを已れに課した彼は、自著の売行の不振には殊の外神経質であった。文筆上狂瀾を既倒に廻らし得ぬことを悟った彼にとっての活路は、右の引用文中傍点を振ったところの実行以外に無い。挙句の果、あの屠腹刎頸に至るわけだが、かように述べれば、実行を介して成立する三島と河上とのアナロジーは誰の目にも留まるであろう。いかにも、夫々の、美挙か狂態かはとにかく、実行を完うするに、三島は護国の精神に、河上はプロレタリアートとの連帯に藉口したのだ、実際には夫々の文学・研究がひとしく凝滞・頓挫していたにもかかわらず、いや、そうであったがゆえに。

三島の凶凶しい最期の直後、文学なぞさらりとうっちゃって、アドニスみたいなボーイと料理が滅法上手なメイドと南欧の古城にでも棲めばよかったのに、という感想に接した。河上に関しても、古都の閑静な居宅で『資本論』の翻訳に精励したり、漢詩や歌俳の詠作に無聊を慰めたりの生活が想定されても然るべきだろう。さりながら、最近ゆくりなくも「ソロ好み」なる語を識ったけれど、平たく言って、目立ちたがり屋、気取って申さば、自己顕示狂《エキシビショニスト》、絶えず人口に入ることを冀望し、世間から忘失されることがたまらないタイプの人間にとっては、平穏な暮しを送るくらいなら呼吸を止めた方がましなのである。三島の作品中私が殊好する『宴のあと』の終幕近く、ヒロインが無縁仏か料亭再開かの二者択一を迫られる個条における、「しかし遠くから、かづを何ものかが呼んでゐる」といったセイレンの声が耳に聞える人間にとっては。

さるにても「戦士」[24]河上肇の実践は京大退職の年の暮、三・一五事件によって解散の厄を蒙った労働農民党を継ぐ新労農党結成大会へ自発的に参加することに始まる。出立の仕度が終った河上の袖を押えて秀夫人が翻意を促す。河上は癇癪玉を破裂させて怒号する。彼をして実を言わしむれば「私自身が出たくなくて困っていたのだ、出たくはないが、出なければならぬという義務感があって、それが私を押し出そうとしている、その力に押され押され、やっと奮発して立ったところなのだから、それを傍から止められると、実に遣瀬ない気がして……」といったところだったのだが、かような弱味を敢えて告白するのが自叙伝の本領、と私はこれを嘉したい。結局上京しては、演説中止、検束、豚箱入りと、処女が次々と性的体験を深めてゆくみたいに、運動・実戦にはお定まりのプロセスを経るのだった。

四年三月、右翼の凶刃に斃れた山宣の告別式では、「君の流された貴き血しおは、全国の同志に向って更に深刻なる覚悟を促し、断乎たる闘争の」迄で中止を命じられ、『自叙伝』に全文が載った弔辞を読み、五年一月、第二次衆議院議員普選には、党の決議によって京都一区から出馬するも落選。「もし当選したなら私は第二の山本宣治君とならねばならぬと覚悟していたから、いよいよ落選と決まった折は、ほっと一安心して、泣いている運動員に対し、私は本当は落選した方がよいのだと言って」、以下秀から、その挨拶の不当性を難じられるという個条は、弱き心情の吐露、女々しい肺肝の開示の点、前段落の「私自身が出たくなくて」と呼応・連動するかの様、私はここにも好感を寄せてしまうのだが、と同時に、こんな風な河上は到底、「鉄の」が上に乗っかる戦士ではあり得なかったと結論づけてもいいと思うのである。

そもそも新労農党とは何であったのか。私も齢六十七、さなきだに苦手なこの種の問題に今更かかずらっては河上を笑えないのだが、話を河上の、同党との関係に限ってほんの少々述べるならば、三・一五事件、四・一六事件で左翼陣営は大打撃を受け、身動きならぬ状態になったからには、暫らくは共産党に導かれつつも同党を支える合法的政党を組織することを河上は提案、「吾々の輝ける委員長」大山郁夫の下新労農党は創立された。ところがすでに第六回コミンテルン大会にあって、共産党以外を認めぬ決議が為されており、上意下達、同党が政策を転換するのに遅疑は無かった。その事情に疎いまま一途に、同党のためによかれ、と奔命に罷れた河上は、結果的に裏切者の汚名を浴びせられるに終ったのである。新労農党内でも、共産党とは一線も二線も画す大山一派とは路線を異にし、疎外され孤立した。『自叙伝』には、無位無冠、「中央委員」の中にも加えられないところからの悲涼感が零されている。所詮河上は招かれざる客《アンインバイテッドゲスト》だったのだ。

まさか、その孤寥感・屈辱感のせいではあるまい、新労農党が共産党と相容れぬ体質であり、その存続は共産党を害するに他ならぬと認識した河上は五年八月、眦を裂いて新労農党を解消させるべく蹶起するに至る。[25] 絶対的非利己主義にとっての無我苑騒動と同様、マルクス主義にとっての新労農党騒動、これをしも騒動と呼ぶのはどうか、しかし河上の慌忙きわまりない実行の軌跡からするとそれも適語かと思われる、ま、新労農党事件は、真理の王道に非ずと認覚されるや即座に引き返された悪路・邪道だったのであろう。しかし、河上の自己中心的な主観においてはそうであろうが、客観的にそして本質的に、大山新党が真実に泥を塗り正義の足を引っ張る悪辣な集団、と決めつけるなんてこと、私には出来っこない。一体全体政治の世界にあって、本質的な善・悪は存在するのだろうか、そこでは何が可能か不可能かの判断が善悪のそれに優るのではなかろうか。私がどうやら言えるのは、丸山真男が注15の解説で、福沢が具えていた長所として、前述のあれ以外に列記している「(なすべき課題は)当面の状況判断によって決定」「思考の基底には多元的均衡があり」「集中化的思考様式(惑溺)を揉みほぐそうという彼の「戦術的」考慮」((惑溺)原文)といったこれらは、いずれも河上の政治的実行には欠落していたことである。[26] その結果、彼が滑稽にして無残な失敗者になったことである。[27]

　河上が大山とうまが合わなかったらしいのは、[28]『自叙伝』に散見する、大山に対するうちつけの悪口——こちらが貸した金を返さずに大山夫人はりゅうとした洋行用の洋服を新調したとかの、重ねて言えば、私自身はそれが自叙伝というものだと横手を打ちたいけれども、『自叙伝』に抱懐された雄毅・皎潔の通念からすれば意外に思われるだろう、怨恨感情《ルサンチマン》の露表からも推考される。だが河上の雑言の黄色い唾を吐きかけられたのは大山ばかりではない、その数は、算無しというのは大袈裟にしても、『自叙伝』が誹謗の書、と呼ばれても已むを得ぬ程のものなるは確かである。数だけではない、その譏毀が、注18の寿岳の著作中の表現を藉りるなら「筆の毛さきの一筋一筋から吹き出ると形容してもいい（略）博士の憎悪は、寧ろ病理的だとさへ言へる」[29]といった筆法をもって為されることが余計さような印象を強めるのである。譏議は仇敵に対してのみならず、嘗ての盟友にも加えられたが、櫛田民蔵に向けてのそれなどもこの適例となるであろう。河上が櫛田の峻切な批判に誇り高い膝を虔ましく屈したのは、彼の心からのことではなかったのか、彼はそういう振りを装いつつ、窃かに復仇の機を狙っていたのか、と私は喟然として天を仰ぎたいばかりに筆鋒は執拗にして苛酷なのだ。[30]

河上にとって、同志が深讎に激変した例の極なるは岩田義道の場合である。社会科学研究会の幹部として、河上に口頭によって縁切を伝えた岩田に対する嫌厭・憎毀の念は『自叙伝』（二）の「解党派一味の跋扈」[31]の節に約十頁に亙って開陳されているけれども、駭愕に値するのは、岩田を検事局のスパイと特定して毫も憚らぬ、その誤解のあまりの深さである。誰しもここを再三精読してみても、河上の謬想の由って来たる処を見究められぬであろう。肺疾の岩田は特高の拷問によって獄死した。それでも河上はこう記して、いっかな己れの狂気じみた断定の訂正を試みようとはしない。「私は彼が一度はほんとに変心し、それから後また元の本心に帰ったのではないか、と想像している」。言わずもがな、「変心」はスパイのを、「本心」は共産党員のを指しているのだ。

岩田同様、教え子で同志の鈴木安蔵も、身柄に河上の譏刺の錆色の鋲を存分に打ち込まれた、運命的、とも呼ばれていい被害者である。運命的とは？　いかにも、鈴木は『自叙伝』に彼に関する誣罔の言が並べられなかったならば、人物事典類に「治安維持法違反で検挙され、京大を退学」「戦前唯一のマルクス主義憲法学者として活躍」などと紹介されるだけで済んだに相違ない。しかるに『自叙伝』においては、鈴木が河上宅での研究会の席上、自分だけ椅子に坐り火鉢の縁に足を載せ臭い靴下を焙ったとか、『社会問題研究』の編集・発行を一任された鈴木は寝台車で上京、郊外に小綺麗な一家を構え、多額の収入を壟断したとか、私達には興味津津たるものであっても、本人は面上に三斗の泥を塗られた思いがするであろう記述が娓娓として連ねられる。鈴木は我身の潔白を証すべく弁疏の一文を公表したけれども、[32]何も訴え得ぬままに逝った無辜の人達やいかに？　耳を澄ませば、啾啾たる鬼哭が聴取されるのではあるまいか[33]。

注32の鈴木の文章中「手のひらをかえすような」から立ち合わせたく思うのは荷風である。荷風こそはこの調子で知己との交際を次々と断った。そして当の相手に対する、きわめて意識的な固定観念をもっての、呪詛を加味した憎怨の筆誅が始まる。安岡章太郎が『断腸亭日乗』中の実弟威三郎関係の記事についてどこかで書いていた、「荷風はまるで自分の残酷さを鍛えようとして、ことさら憎悪の情を貫くことに努力している」云々程のことは河上に起きていないであろう。だがしかし、河上にあって、人々の思い出は憎悪と共に蘇る、憎悪を孕んで筆路は伸びる、といったことは事実だと思われる[34]。序でに『断腸亭日乗』と『自叙伝』との共通項を言い添えるなら、夫々の作者にとって、その執筆は至上の愉悦に他ならなかった。推敲は良心というより快楽の面から行われた。いつの日になるか定かならねど、他見・公開を期待する念がこの文章上の長途の伴走者であった。両作品は毛筆で書かれ、幾組もの帙に入れられていた[35]。

　行論を速めなくてはならない。七年八月、河上は地下に潜伏、八年一月、検挙される迄六軒の隠れ家を転々とする。大内と嘉治が話題にした「歯医者」は小児科医の誤り、その順番も三軒目ではなく五軒目なのだが、「私はこの蟹江の家で八十日暮らしたが、その間囹圄の人にも劣らぬ不自由な生活を続けた」という同家の条りを含めて、五ヶ月間の地下潜伏生活を描いた文章は、活写なる語はまっことこのために在るのかと思われるばかり見事なもので、河上徹太郎が注9の「河上肇」で「『自叙伝』の中の地下生活時代の項は、そのままわが左翼文学中の最高傑作」と称しているのは決して身内の欲目のせいに非ざるものである。しかし河上が『アウトサイダー』所収の「大杉栄」においても、これを大杉の『自叙伝』の白眉、例の「葉山事件」と「好一対」と高く評価し、いや、それはいいのだが、これに「人の情けの温かさのほのぼのとするものがあり」との文言を添えていることは首肯しかねる、と私は言わねばならない。断る迄もなく、活写は明・陽・快の状景のみならず、暗・陰・快のそれを描叙した場合にだって褒め詞と使われる筈、と述べれば、私には肇の地下生活を徹太郎のごとくには眺められないこと合点してもらえるだろう。つまり、他の潜伏先も蟹江家に似たり寄ったりだったのである、ただ最後の邦画家椎名の家を別に措くならば(36)。

潜伏期間中特筆大書すべきは、地下に潜入した翌日、共産党員に推薦されたことである。河上は孤影煢然、しかし確乎として例の河上調の一首を詠む。「たどりつきふりかへりみればやまかはをこえてはこえてきつるものかな」。徹太郎は該期、河上が「時に迫害された信徒の浄福の如きものすら感じていた」と推断しているが、河上自身『自叙伝』で再三、鷗外の『大塩平八郎』に言及、中斎の心術に大いに共鳴してもいるからして、河上のここに佐伯の謂う「自己劇化性」を観取してもいいかもしれない。かなりいい気になっていた河上は、共産党にとってはまさに葱を背負《しょ》った鴨だった。多額の印税が狙われたのである。『自叙伝』によれば、党への寄付の延金額は「二万何千円」に達したという。又ぞろ福沢を引合に出しては、いささかならずくどいと感じられようけれど、許されたい、ついぞ陶酔に無縁、いつも覚醒していた彼だったら、その金員をもって抜け目なく、虚名ならぬ実利を追求したであろう、『福翁自伝』で、三田の高台一万四千坪を超割安で購入した話をいとも誇りかに談ずる彼だったら。あの杉浦にしてからが注2の文章で、党の指令のままにアジトを盥回しされた河上の姿に対して「あわれ」「いたいたしい」を連発している。しかし、突き放した言方を敢為するなら、彼のこの姿は喜劇的である。潜伏中彼は、「革命の展望」や「天皇制の打倒」を題にする原稿を疲倦を知らず書きまくった。だが、それらを受理・審議し、印刷・頒布する党の組織は壊滅に帰していた。労作は逼塞の居室の片隅に文字どおり堆紙のまま、すべては徒爾に畢ったのである。

注14の文章で「日本人がつくった最大の伝記文学である。これにくらべれば近代日本の作家のどんな作品もはるかにおよばない」と書いた志賀は、「博士が共産党員となり、共産主義者として死ななかったら、これほどの人生記録はできなかったであろう」と、あまりにも当然なるがゆえに却って誰も云わなかった事柄を確言している。私は『自叙伝』における「地下生活者の手記」に対する、先の「見事」という評価を翻す心算は更々無いけれど、私にとって「地下生活者」以上に素敵な「獄中記」[37]、『自叙伝』の絶巓を示し、もしこれが存在しなければ『自叙伝』は本邦自叙伝中五位か六位に滑り落ちるは必定と思われる、この獄中記は、成程、河上が共産党員として検挙され、懲役七年の求刑、同五年の判決を受け、皇太子生誕の祝事によってその四分の一を免ぜられ、十二年六月、三年九ヶ月の刑期を一応共産主義者として満了したればこそ著されたのであった。すなわち、党員・主義者河上の実践は軽看・無視されたって構わない、しかし彼が党員・主義者だったこと自体は「神曲」成立の契機として、いかに重視したところでそれは過ぎた所為にはならないであろう。

文庫二冊分、七百何十頁に及ぶ獄中記は、中野警察署留置場、豊多摩刑務所、市ヶ谷刑務所、小菅刑務所に関する、建物の構造、監房の内部、規則の条々、作業の種類、食事の献立、入浴の順序等々を、倫を絶する詳密度をもって記述している。精細なるのみならず、例えば独居方の小窓から運動中の屋上から望瞰される、息を呑むばかりの自然美、或いは醜怪・汚穢を好んで描く金子光晴をして三舎を避けしむるだろう、面会所の「仮監」に充満し痔瘻病みの獄囚が発散する、息が塞がるばかりの悪臭は、これもくどい言方になるか、地下生活のあれこれの何層倍ものリアリティーをもって活写されるのである。

何しろ獄舎内の典獄や看守や囚人達の人物描写《ポルトレ》が抜群・無類であって、河上が「おれにゴルキーの何分の一かの才能があれば、この雑居房の様子を『どん底』以上のものに描き上げて見せるだろうに」と述べているように、材料が豊富・多彩を極めていたのはもちろんだが、板前の材料に対する嗜欲は旺盛、その調理の腕も卓出、といったことがそれらをそうあらしめたのだった。極上の料理の一端を呈示してみたいのだが、緊密な関連を遂げている、言葉のいい意味で縺れ合った表現の摘録は、まるで巧緻に傅彩・彫鏤された形象の一部を剝がすみたいで為《し》づらく、代りに、これは真正のポルトレではないけれども、河上の目が奈辺に注がれていたかを告げるものとして一個条を引いてみるであろう。「で、後《うしろ》手錠をかけられた者は、配食の際、監房の入口に置かれた汁椀なども、そっと後手で持ち上げ、適当な場所に持ち運んで、犬か猫のように、汁椀へじかに口を持って行くのである。夜分も勿論腕を背中に廻わしたままで寝なければならず、大小便もし放しである」。

獄中記の全貌、『自叙伝』の本陣を丸ごと掴く才幹・利刃を私は所有しない。私が以下試みんとするは、あたかもその間隔は区々ながら絶えはせぬ間歇泉からの噴気のごとき、『自叙伝』（三）（四）中の章題をそのまま写せば、「特赦の夢」「仮釈放の夢」、而して夢という以上必ず破れる、つまり河上における出獄の希望と失望の交替に問題を絞っての、その脈絡の追尋なのである。(38) すなわち検挙された河上は早くも、地下生活はファッショ団体の襲撃を遁れるためのもの、といった「嘘」「創作」だらけの「手記」を認めた。保釈の期待が、次いで執行猶予の願意が彼の心裏の襞襞に染み込む。彼は無性に書斎に戻りたかったのだ。『自叙伝』に曰く、「おれはどんな譲歩をしても差支えない、というような気持が、次第々々に強まって来るのだった」。面会に訪れる秀は夫の気持の動揺を看破して、獄中で無闇に物を書く勿れ、と警めるのだが、河上はなかなかこれに耳を藉そうとしない。

秀といえば、彼女は河上の、思いきって言いたい、転向の速度・傾斜を緩める唯一の堰堤であった。彼女の人柄は、『自叙伝』（五）「生計下手の私」や、彼女の末妹と結婚し河上と義兄弟にもなった末川博が書いた、彼女の『留守日記』の「はしがき」によれば、夫とは鮮やかなコントラストを成すところの、冷静・慎重・堅実・忍耐の美所を備えたものだったようである。藤田は注15の論文で、「家族の受ける深刻な具体的迷惑に対する被投獄者の側からの謝罪意識といったもの」を河上一家が免れていたことを指摘しているが、事実『自叙伝』『留守日記』のどちらにもその種の疚しさなり恨みがましさなりは兎の毛程も認められない。むしろ、右に述べたごとく、秀は河上が正道を踏み外さぬように見戍り、力づける、今流行りの語を用いるなら、最良のサポーターだったわけで、河上はその点実に恵まれていたと考えられる。(39)

しかるに秀の危惧をよそに河上は、執行猶予の望みを嘱して「獄中独語」を書いた。そこには「首わけである」とか、「共産主義者としての自分を自分自身の手で葬るを俛《た》れて罪を同志諸君の前に俟つ者である」とか「共産主義者としての自分を自分自身の手で葬るわけである」とか、河上一流の、燗が熱めの表現が鏤められながらも結局、その主旨は、嚮後党員としての実践を、実践に関る政治問題についての発言を自らにおいて禁絶するというに他ならなかった。河上は転向したのか否か、をめぐって議論はかまびすしい。而して非転向説が断然優勢である。例えば、寿岳は同じ処で「河上博士には絶えざる回心はあつたが、唾棄すべき転向の踏絵の醜さは、生涯を通じて遂に一度もなかつた」と述べている。真実を求めて鉦鼓を叩きつつ、一路ならぬ右曲左折の行路を歩む河上はいつかしら聖別され、その遍歴・転換中最も肝要な転向は、大日贔屓目に見られるどころか、「回心」などといった曖昧な文句をもって美化朧化されているのだ。佳著と言っていい、寿岳のあれのここに、私はF・ベーコンの謂う先入見《イドラ》の蟠踞を認める。そして私は、「獄中独語」が発表されるや、党が河上を除名処分にしたのは当に然るべき帰結だと思う。『留守日記』八年九月十六日の条によれば、河上は次女芳子、「共産党員の大森銀行強盗事件[40]」において叔父有章に助勢、現金搬送という実践に関与し、検挙されてはひどいリンチを喰わされた彼女に次のように批判されているではないか。「父は党員でありながら、あんな声明書を書くなんて、間違っている、年が年だから仕方もないか知れぬが、自分はあくまで主義に殉ずると言う」。

執行猶予は空望に帰し、予想以上に重い七年の求刑を受けた河上は、それこそ居ても立ってもいられず、遂に自ら進んで裁判長・検事宛「私は今後、マルクス主義の宣伝はもちろん、これが理論的研究、これに関する論著の翻訳（資本論の翻訳をも含む）等をも、すっかり抛擲し……」（パーレン内原文）といった「上申書」を提出するに至る。先の「獄中独語」には「依然としてマルクス主義を信奉する学者の一人として止まるであろう」とか「どうかして資本論の翻訳だけは生命ある中に纏めておきたい」とか記されたのであったから、戦況に譬えるなら、陣地の橋頭堡が一塁又一塁と抜かれて本営もほとんど形を留めない、とでもなるであろう河上の後退・敗北は明々白々である。寿岳はこれでも、河上のあれは転向ではなくて回心、と説くのだろうか。

以上をもって間歇泉の噴震に喩えたところの、特赦・仮釈放の夢は終熄したのではない。国の祝慶事が近づく。今度の何々節で先生はきっと、といった、看守や長期刑で事情通の囚人の、善意乃至悪意の藁みたいな暗示に縋って、河上の夢は何度膨らんだことであろう。而して、破廉恥と言っていい、私が謂う転向を改めて誓う文章も提出された。結果的に反マルクス主義への協心戮力になる、宗教論「宗教的真理について」も執筆された。秀が「あれ（「獄中独語」）より進んだことをお書きになるというのはどうも心配で仕方がありません[41]」と切言したにもかかわらず。驚くべし、十一年の新嘗祭、つまり刑期満了迄八ヶ月足らずのその時期にあっても、河上は懲りずまに夢見の行為を罷めなかったのである。

河上は秀に向って「はいって見ないととても分からんが、こうしてると出たくて出たくて仕方がない」と語っているが、私はここから、彼の、血を吐く思いを掬み取るものである。もはや充分に了得されたであろう、獄中にあって、あの無益な夢見なぞ繰り返さず、非転向を貫徹した強者ではなく、河上みたいな弱者に惹き付けられてしまうのを如何ともしがたいのが我身であることを。もし河上が、『自叙伝』では秀が喋ったことになっている、「平気で無期の宣告を受けて網走などへ送られた方」のごとき人物であったなら、その『自叙伝』もさような御当人の器量にぴたりと照応する代物であったなら、私はそういう河上を、『自叙伝』を一顧だにしないかもしれない。だからして私は、河上が『自叙伝』において弱音を吐き、無様《ぶざま》を晒していることを金輪際、指弾しようとは思わない。他ならぬその汚点・恥部の裸出こそが河上をば、余人はいさ知らず、私にとっていたく慕わしいひとたらしめ、『自叙伝』をば、出典はともかく表現が好適のようなので使いたい、ECCE HOMO なる書たらしめていると考えるのである。

さりながら、黙過しかねる問題が存する。すなわち特赦・仮釈放を当て込んで、退歩に退歩を重ねる河上の裡に、罪の意識、転向者の一人、あの亀井勝一郎あたりがしきりに訴えた「生けるユダ」の意識が稀薄なことを、私は指摘したい。求刑七年に恐れを為して「上申書」を提出した後などに、河上は「このからだは今後ただ生理的の存在を続けるだけのものだ」なり「もがき悩んだ揚句、私はとうとうこんな醜態を露わすに至ったのである」なりの忸怩・慚愧の言を一応記している。しかし『自叙伝』に強く脈打っているのは、共産党の実践は控えるがマルクス主義の研究は続ける、その研究も止めることにするけれどマルクス主義の理論に対する信念は揺らいでおらぬ、つまりその線迄引き退いたもののこの点は踏み留まった、といった誇負の念である。五十歩後退と百歩後退とは違う、というのは、転向後も粘り強い抵抗の姿勢を執った中野重治のものであったか。しかし逆説的弄言になるやもしれないが、この台詞が通用するには、五十歩後退と百歩後退とは転向を犯したことではまったく同然、という罪の意識が琴の緒みたいに張っていなくてはなるまい。かかる見地からして私は、河上における五十歩後退と百歩後退とに截然たる差を見定めがたいのである。

罪の意識の僅少・欠如は、すでに関言して来た、河上の絶大・鞏固な自己肯定と表裏一体の関係に在るだろう。桑原武夫は『自叙伝』の一個条、そこは「仮釈放の夢」の章、完全転向者佐野学と対面、我河上昂然、彼佐野悄然という一齣なのだが、河上の「良心的に咎められる所が一つもなかった」に着目、「その（自己）批判はそうした批判を行うところの自我そのものには及ばず、彼は自己を疑ったりしたことは一度もない」[42]と述べている。畢竟無批判的自我の跋扈・跳梁、といったことになるだろうか。『自叙伝』全頁の紙背には河上の、ウカンムリとシンニュウを付けた自己中心主義が透けて見える。全篇中、罪の意識は火焔に唾した程にも感じられていない。『自叙伝』には、看守長はやっと判任官、奏任官といえば所長一人の獄舎内で、乃公一人が元勅任一等官、という鼻持ちならぬ広言が一再ならず吐かれているが、これとても河上の自己肯定の根の張り具の牢乎たるを伝えるものだと思う。――だがしかし、私は呟くのだ、くさやを好む者にとってはくさやが臭い程いい。『貧乏物語』中の「たとえば鳶が空を舞うように、問題はいつまでも循環して果てしなき」という表現が思い出される。くだくだしい叙述を通して、河上が金無垢の志士・戦士に非ず、いささかいかがわしい面も感じさせる人物であり、その『自叙伝』は疑いもなく傑作中の傑作であるにしても、通念・定説に副ってそれはそうなのだ、と言えるものではない、といった趣意はほぼ得心されたであろうからには、私はそろそろ禿筆を閣さねばなるまい。

『自叙伝』（五）は、すでにそこから何遍か引用したけれども、まあ、付録の文章類だからして、『自叙伝』は（四）の最終節「出獄前後」で終竟していると言い得る。当節には出獄の翌日十二年六月十六日夕刊各紙に掲載された「手記」が収録されている。曰く、「既に闘争場裏を退去した一個の老兵たる今の私は、ただどうにかして人類の進歩の邪魔にならぬよう、社会のどこかの隅で、極く静かに呼吸《いき》をしていたいと希うばかりである」。例によって三首の短歌が添えられているが、それはいいだろう、ただ私は、長女で京大工学部教師に嫁したしづ子の回顧を引かずにはいられない。「心身ともに老い衰へて子供の様にたよりなげだつた父、お天気のいい日などやつと私の家まで杖をひきづつて来て日当りのいゝ縁でぼんやりと日なたぼつこをしてゐた晩年の父が、私にはこの上なくあはれになつかしいのでございます[43]」。終戦の翌年一月、河上は栄養失調からの肺炎で道山に帰し、秀はその後二十年目にして幽明境を異にした。

注

（1）『自叙伝』の本文は岩波文庫に拠る。

（2）「河上肇論」天野敬太郎・野口務編『河上肇の人間像』所収。

（3）「河上肇」末川博編『河上肇研究』所収。

（4）共に「経済学者としての河上肇」注3の『研究』所収。なお大内の幾つかの河上論は『大内兵衛著作集』第十一巻に収録。

（5）大内は岩波文庫『貧乏物語』解説においても、『自叙伝』の文章を「第一流の文士をこえる慨《（ママ）》がある」と嘆賞している。今般、大内も又なかなかの名文家なることを識ったのだが。

（6）その直前には、同母弟左京が水彩画家になったことについて「恐らく祖父の趣味を遺伝したものであろう」と記されている。『自叙伝』に描かれる、左京との兄弟愛はすぐれて美しい。そこから結ばれる左京のイメージは、偏固・頑強な兄を優しく労る、それこそ使徒的なものなのだが、パリパリの日共党員で、河上にほんの一寸先立って逮捕された、義弟大塚有章の追想によれば、左京は奇人で通った忠よりさらに奇人だったという。「河上家の人々」注2『人間像』所収。

（7）漱石書簡は原文を引く。尤も、河上は漱石の作品を買っていない。たった一つの漱石評は左のごとし。「漱石の文学が大衆的であるに拘らず、さまで価値の高いものでない事は……」（『晩年の生活記録』昭和十三年九月十一日の条）。河上が敬重したのは鷗外唯一人、特にその史伝であった。鷗外は自我の露出をこよなく嫌悪、苦痛にすら感じていたというのに。

（8）注3の『研究』所収。なお『研究』には、あの堺利彦が大正八年に発表の「河上肇君を評す」、要するに「道徳と経済との混雑」を批判した文章も収載されている。

（9）「河上肇」『日本のアウトサイダー』所収。

『吉田松陰』。

（10）順々に、長谷川如是閑（座談会「河上肇と櫛田民蔵を語る」『朝日評論』昭和二十四年九月号）、正宗白鳥（「河上博士のこと」注3『研究』所収）、大内兵衛（「『自叙伝』の価値」『自叙伝』（四）解説）の言。なお『読売』で河上と同じ釜の飯を食った白鳥が右の文章中、別の同僚の「河上といふ人は功名心の強い男だね」との言を書き留めているのは印象的である。

（11）河上の無我苑入りについて「「社会主義評論」の読者には何のことか全くわからなかった。読者を置き去りにした博士は……」と書かれた、大河内一男の「河上肇と求道の科学」（注2の『人間像』所収）は、河上の生涯を通貫せる「放棄」と「清算」、そして各時期の追従者達に対する彼の「責任」を追求したものである。

（12）「資本論随筆」。住谷悦治著、人物叢書『河上肇』より孫引。

（13）『祖国』には「巴里では島崎藤村君から遂に愛国者の名称を受くるに至つた」とも述べられている。河上は『新生』事件でパリに遁れた藤村と交誼を締んだのである。藤村の『エトランゼエ』によれば、河上のその種の言辞は次のごとし。「愛国心といふものを忘れないで居て下さい」「まあ、五十年の後を見て下さい――なかく日本も遣りますぜ――」なお『若菜集』は河上の嗜読の書であった。

（14）誰が言い出したのか知らないが、『自叙伝』のテーマを「余はいかにして共産主義者《マルキスト》となりしか」とするのは妙だと思う。河上の一生を「共路歴程」と呼んだのは志賀義雄であるが。「河上博士と共産党」小林輝次他編『回想の河上肇』所収。

（15）丸山、筑摩書房版日本文学全集『福沢・内村・岡倉天心集』解説。
藤田、「あるマルクス主義学者――河上肇」共同研究『転向』上巻所収。

（16）「成功型における人間の研究」『現代知識人の条件』所収。

（17）本文は戦後の岩波文庫に拠る。これとても昭和三十年には四十三刷に達している。

（18）河上の文章に対する讃辞はそれこそ枚挙に遑無い。ただ寿岳文章がこんな事を言っている。「博士の文章には、どこか古い明治二三十年代のジャーナリストの匂ひがつきまとつてゐた。非常な達意の文であるが、新鮮な感覚を欠いてゐる」（アテネ文庫『河上博士のこと』）。なお河上は若年時、志望を医科、文科、法科と遍歴させたが、国文学熱に浮かれていた頃、大町桂月にあやかって楓月と号した。

（19）『寒村自伝』も傑作である。私の評点は河上、荒畑、大杉の順で、百、九十、四十となるだろうか。『寒村自伝』が『自叙伝』に一籌を輸するのは、公的記述が夥多で相対的に私が薄れた局を結んでいるからである。

（20）滝川幸辰「河上教授の退職」注14の『回想』所収。

(21)『時代の人　河上肇』。もちろん全体的には河上への愛に満ちた書物である。

(22) 注4に同じ

なお『自叙伝』にはこう記されている。「大正十三年頃を分水嶺として、私の書いたものは、普通の読者にとり、以前ほど面白くなくなった。皆がそういっている。なるほど、そうであろう、と私も思う」。

(23) 当著には「河上肇」も収められているが、それはかいなでの叙述に終始したものである。なお余計事ながら、加藤はおよそarmに無縁な人物だ、と言っておきたい。

(24)「戦士」なる語から思い合わされるのは、藤村の、作家は人生の戦士自体ではなくてその従軍記者に他ならぬ、という決意であろう。尤もこの従軍記者は戦士よりずっとタフであったのだが。

(25) 河上と新労農党との関係について色々参照したが、『自叙伝』の他は、矢作勝美の「河上肇『自叙伝』にみる自己否定」(『伝記と自伝の方法』所収)の叙述が最も明快である。

(26) 尤も福沢は『自伝』でこう書いている。「詰る所、私は政治の事を軽く見て熱心でないのが政治に近づかぬ原因でせう」。

(27) 寿岳は注18の著作でこう書いている。「ともあれ現実の政治面では、プロレタリアの陣営に於てすら、博士は常に失敗者の位置に立たれた」。

(28) 高橋彦博「河上肇と大山郁夫」(塩田庄兵衛編『河上肇『自叙伝の世界』』所収)は、大山における「儒教的伝統との対決」の有り、「志士風の政治的生命の設定」の無しを指摘している。

(29)(略)の部分は「荒木に対する」であって、荒木とは、河上に社会科学研究会の指導教授を引き受けさせておきながら、後になって暗に辞職を要請した荒木総長を指す。『自叙伝』(五)所収「荒木寅三郎の頭」参照。

(30) 注10の座談会で、如是閑は次のように語っている。「河上君の「自叙伝」のうちで、櫛田君のところは不愉快で読まずにしまつた」「感謝の裏に非常に腹立たしいものがあつたんじやないか、それが最後に爆発したんじやないか」。

(31) 解消は新労農党に、解党は共産党に関して使われている。

(32) 「河上肇『自叙伝』と私の立場」(『世界評論』昭和二十二年八月号)。そこにはこう書かれてもいる。「このように手のひらをかえすような激変、最もふかく敬愛したものにたいしての反感と反撥を浴びせかけずにいられない性格的な感情のもち主の孤独な姿」。

(33) 注10の座談会において、大内と嘉治隆一は、河上の地下潜伏先の医師が『自叙伝』にあまりにも悪しざまに書かれたのを気に病んだが因《もと》で死んだと語り合っているが、そこ迄言えるかどうか。

(34) 如是閑は同じ座談会で、河上を「パラノイヤ」視している。荷風を精神分裂病と同気質のとの間の同病質に位置づけた勝本清一郎あたりに、河上についての筆執らしめなば、という思いがせぬでもない。

(35) 『日乗』に関しては世に著聞している「毛筆で」が『自叙伝』でもそうであったことは、名和統一「晩年の河上先生」(注2『人間像』所収)が伝える。

(36) 白鳥が注10の文章で褒めそやし、『自叙伝』にもたっぷり引用されている、画工椎名の「二階の河上博士」は、徹太郎のあの表現がぴったり中る文章である。そこでは河上はなんと純粋な、半ば神のごときひととして描かれていることだろう。画工の子供が「僕、おじいちゃん大好きだ」とか「おじいちゃんが帰っちゃった」(検挙されたことを指す――引用者)とか叫ぶ個所を読む私の胸府には熱いものが込み上げる。

(37) 「地下生活者」もそうだが、海彼の作品名とダブらせて『自叙伝』(三)(四)をこう呼ぶのであって、これとは別の「獄中日記」などを指すのではない。

（38）仮出獄の夢を絶対に見なかったのは大杉栄である。「僕らはあざ笑った。こんなだましが僕らにきくと思っているんだ」（岩波文庫『自叙伝』傍点原文）。

（39）寒村の再婚相手、吉原・洲崎と住替えした玉夫人、秀夫人とは言葉遣い一つにしても大違いの彼女も亦、寒村によく尽した、彼をして後顧の憂い無からしめた好逑であった。なお寒村の初婚相手が管野須賀子であり、彼の入獄中、須賀子が秋水と結ばれたという話は、愧ずかしながら『寒村自伝』を読む迄知らなかった。

（40）該事件については、松本清張「スパイ〝M〟の謀略」（文春文庫『昭和史発掘5』所収）参照。そこに芳子は、検問の目を晦ますべく花嫁姿で登場する。

（41）『自叙伝』から引く。この他『自叙伝』における、秀の「おおこりになってはいけませんよ」とか「私からこんな事を申し上げるのはほんとうに辛いんですが」とかの言葉は『留守日記』には無い。『自叙伝』には、興趣を盛り上げるべく、所々虚構のスパイスが効かされていることを考慮せねばならないと思う。

（42）「河上肇『自叙伝』」岩波講座『文学の創造と鑑賞1』所収。

（43）二十三年三月刊の、注14の『回想』が収める、この「父のこと」は、父の堕落を痛罵し、その後程無く転向、蜷川虎三の口利きで東洋経済新報社の記者と結婚し、終戦を大連で迎えた次女芳子の消息は不明と記すが、その後彼女は二十四年、同地で死去したことが判明する。

（二〇〇〇年八月）

木村荘太——人と作品

牛鍋屋「いろは」——結局は二十に届かなかったらしいにせよ、いろは四十八文字に因み東京市内に該数の店舗の私設を企て、一軒ずつ愛妾達に管理を任せ、自らはフロックコートに山高帽の出立で、三人曳き朱塗りの俥に乗り各支店を巡回、多くは母が別々な子女三十人を設け、齢六十五歳で顎癌で没した際末娘は誕生前だったという、出来合いの準縄ではとても測りきれぬ、バルザックの「人間喜劇」の準主役位は優に務まりそうな、稀代の奇傑・性豪木村荘平の波瀾の生涯については、北荻三郎の『いろはの人びと』が委曲を尽くしている。尤も北荻は、店名は『安愚楽鍋』の作者仮名垣魯文が編集する『いろは新聞』から採られたのでは、と推断したのではあったが。

木村荘太は、荘平ほぼ知命の時の子として明治二十二年二月三日に生まれ、実は四男だったが四を忌むところからかように命名され、両国橋西袂の第八いろはにあって、同腹で四つ違いの弟、後年の挿絵・風俗考証家荘八等と共に成育した。荘太についての第一等史料、異色鮮やかな自伝『魔の宴』の開巻早々、幼い日々、己れの居宅を「正常でない家」と覚ったり、悪童から「やい、め、か、けの子！」と謗られたりの記述が見られ、荘太の小さな胸臆がコンプレックスなどという艶消しの文句では間に合わぬ屈託・憂悶の情に占められていたことは、察するに余りあるだろう。事情は荘八にしたって同然、荘太の「われわれは、カラマゾフの十字架を背負っているのだ」、荘八の「われわれはカインの末裔だ」といった終生の嘆慨言の源頭はひとしく、物心つき始めた頃に尋ねられると言わねばならない[1]。

荘太が入学した当時の京華中学には、沢瀉楼の二代目遠之助もそうであったように、吉原遊郭の妓楼の息子達が少なからず通っていた。その中の一人長尾豊なる少年と、水商売の家の、ましてや異常な環境下の荘太とは相互にコンジェニアルなものを感得したのであろう、急速なテンポをもって膠膝の交わりを結ぶ。夙成の長尾、例えば上野図書館蔵、カッセル版『ロメオとジュリエット』の序文を訳したのをそっくり自説として回覧雑誌に発表、或いは『文章世界』に投稿しては必ず一、二位を獲取、「化粧室《けはいのま》」という作品などは、選者蒲原有明をして「誦しもてゆくに予もまた情魔に捕へられて、魘《おそ》われ心地と酔ひ心地と両つながら胸中を往来する如し」と讃歎せしむる、といった長尾は宛然小型ランボーで、そう、ヴェルレーヌ役の荘太の鼻面を摑んで文学の野を引き回したのだった。又長尾が売春街の旧慣「乗り試めし」について、悪魔が好きそうな文言をもって語れば、荘太の方とても心の純潔を傷つけられた痛覚に呻唸しつつ、それから?それから?と話の先を促して已まなかった。後述するように『魔の宴』におけるキャラクター・スケッチの手並みはなかなかのものだが、この、衒気匠気、そして魔気を放つ長尾少年像もすぐれて印象的であって、私達はここから、知的性的好奇心ではち切れんばかり、繊鋭・敏活な感受性をもて余す思春期途上の、親縁な魂同士の邂逅のドラマに一長嘆発せざる能わずの感を覚えるだろう。とにかく長尾から如上のたちの毒液をたっぷり灌ぎ込まれた荘太、中学卒業の頃には、己れの先途は文学の他無し、の思惟に凝り固まっていたのである。

時を同じゅうして、中学を卒えたら店の仕事に従え、との鉄則を持して譲らなかった荘平が亡くなり、いろは城の富贍と権能は悉皆嫡男荘蔵に受け継がれた。この、虚飾・遊惰・濫費・淫褻なぞの悪徳に骨がらみになった長兄の無管理下、あの町この町の砦が次々と人手に渡ってゆく没落の光景は、一寸ヴィスコンティのフィルムを連想させるかのようで、凄まじい。(2)『新小説』『文芸倶楽部』などを好読する荘蔵は、荘太の文学志望に寛大だった。思うに、気随・放縦の極の彼にとって舎弟のその道楽なぞ咎め立てるに足りず、むしろ己れを囲繞する奢侈・贅沢の花の輪が一個増えたみたいな快感を齎すものではなかったか。日本橋の丸善で荘太が新刊洋書を存分に購求できたのも、荘蔵がウォータマンの万年筆をはじめ輸入品の数々をしこたま買い込む上得意だったからに他ならない。某日荘蔵・荘太の内に生じた出来心のままに『文芸倶楽部』の主筆石橋思案が芝浦館に招待され、思案はこの返礼に兄弟を紅葉祭に勧誘、荘太は会場で生田葵山に惹かれ、後日葵山が催す文学の集いに参加、さらには彼の斡旋によって小山内薫編集・発行の第一次『新思潮』最終号（明治四十一年三月刊）に荘太の、筆名は「木村青花」のデビュー作「新生」が掲載されるに至る。

「新生」は、薬研堀の縁日を書割として、結婚七年目の夫婦の倦怠感とさすがにまだ失われぬ性衝動とを搗き交ぜながら描いた短編だが、若者がやたらと老けたがる意向が露わな、格別に思議するに値しない作柄である。しかし一部の新聞月評で品隲され、この幸運は荘太に、多年憧れの人小山内訪問の恰好の口実を与えた。而して小山内との面晤が済んでみると、これもその作品のすべてを敬読している藤村が住む新片町は小山内が住む瓦町と自分が育った両国との間に在り、(3)だったら藤村に会わぬ法は無い、という勝手な理屈が抱懐されて荘太は藤村を往訪している。三島由紀夫の『私の遍歴時代』には、『花ざかりの森』の上梓を劇しく冀った時分を回憶、「十九歳の私は純情どころではなく、文学的野心については、かなり時局便乗的であったことを自認する」といった正直な告白が書かれているが、文学青年誰しもこんな程度のオポチュニストぶりを発揮するのは蓋し当然であろう。なお『魔の宴』が「島崎藤村　小山内薫（但し原文では横に併記）両氏の霊に献げる」となっているのも宜なるかな、御両所の文学的肖像《リトラット》は嶄然見事な出来栄えだ。

第一次『新思潮』終刊の翌々年始められた、一高系帝大生の第二次『新思潮』に私立中学卒というだけの荘太が加わっているのは何故なのか。『新思潮』なる誌名継承に関し致すべき小山内への挨拶を彼とコネを有する荘太に務めてもらいたく、就いては同人になって欲しい、と小学校時の同級生後藤末雄が頼んだとか、荘太の、短い学歴にしては驚異的な西欧文学の知識には俊才達も一目も二目も置いていたとか云われている。しかし私は、谷崎潤一郎が『青春物語』においてこの点に触れては、鬼一口の調子で「資金の関係から後藤が仲間へ入れたのであらうと思はれる」と言い放ったことに着目する。いかにも私には、後藤達が荘太を乗せる、なんてことじゃなくても、崩壊崩墜しつつあるとはいい条、いや、それゆえにいっそう放逸散漫な状態の「いろは」の金に対して、たかる、では色が付き過ぎる、当てにする、位が適実な計算を働かせていたのではと猜されてならない。荘太は「いろは」の「総合家政」、つまり各支店の収支一切の帳簿を預かっていた。そして「新生」以後発表機会にまるきり恵まれぬことにいささかならず焦っていた。[4] 果然荘太、「僕が同人雑誌を引き受けてもいいよ」と言い出した、とは後藤も追想するところである。

では、谷崎の『刺青』『麒麟』が載ってひときわ耀いた第二次『新思潮』に、荘太は何を寄せたのだろう。第一号の「アントン、チエホフの脚本」は「マリウス、ベーリング」(正しくは「モーリス・ベアリング」)の『ロシア文学の道しるべ』の一節の翻訳だし、第二号の「素材」は字数千字にも満たぬ、心象風景、と言えば聞えはいいが、単なる着意の恣意的な連鎖に過ぎないものだし、第四号の「前曲」は「素材」と同趣同工の、紙数が多い分たるんだ感じの、いかにこれに好意的たらんとしてもそれは難しい愚作である。私は、後藤や和辻哲郎や大貫晶川が提出した作品を仔細に吟味していないけれど、彼等のはよもや「素材」「前曲」程ひどい出来ではなかったであろう。一将功成りて云々は、同人雑誌上屢々認められる現象である。さるにても『刺青』と「素材」とが同じ第二次『新思潮』誌上であったとは！　ほとんどの費用を荘太が負担していたというのに！

しかしながら荘太は、いっぱしの文学的破落戸として文壇、いや、文壇周辺を遊弋していた。野田宇太郎著『日本耽美派の誕生』あたりに精叙されるところの「パンの会」、その大会が『スバル』『三田文学』『白樺』そして第二次『新思潮』の各派を翕合して、日本橋の三州屋で催されたのは明治四十三年十一月の一夕、これ又谷崎の『青春物語』が伝える、『新思潮』のデモンストレーションとして会場に奇妙・面妖な帽子を被ってゆくことの音頭を荘太が積極的に取ったという一事からも、彼の浮かれ様は大概想察されるだろう。『青春物語』ではなく『魔の宴』の方には、荘太「場あいによると、決闘するかもしれない」谷崎「よし、そうなったら、介添になってやる」といった会話が書き留められている。キッドの手袋をポケットに、と荘太を力ませた当の相手は高村光太郎。手短かに言えば、吉原の河内楼の、光太郎が「モナ・リザ」、荘太が「裸のマヤ」に擬えた、多分にバタ臭い感じの一女郎若太夫をめぐって、恋の鞘当、三角関係が両文学的バガボンドの間に出来していたのであった。尤も該晩荘太は、恋敵の潤んだ穏やかな目の色から敵意ならぬ善意を感受し、芸術の神の光被・高庇ごときものに感動し「酔え、踊れ、私の心よ」と大躁宴の中に身を投じてしまったというのだから、他愛無いこと甚だしい。

光太郎の方では、荘太のことなど歯牙にもかけていなかった、と考えたいところだが、彼光太郎の「優勝者なる友よ。／彼の人の歩みは君の方に向へり。」（「友よ」）なり「はじめて知つた友の顔。／ジヨコンドの謎を解いた友の顔。」（「PRÉSENTATION」）なりの詩句からして、事実はそうでもなく、光太郎は敗北を悟ったらしい。さりながら、私がここで言いたいのは、『道程』巻頭を飾る「失はれたるモナ・リザ」が翌四十四年一月号の『スバル』に出たということである。多くの人々がこの優作を知り、光太郎の重くて熱い愛欲を知る。勝者荘太といえば、河内楼を半分家みたいにして、昼間女郎達がせっせと湯化粧最中の、荘太ならではの表現を藉りるなら「あの豊麗な裸女の群がるアングルのトルコ風呂そっくりな[5]」そこに割り込んだ。すでに年《ねん》が明け帰郷していたが例の吉原大火にショックを受け上京した「ジヨコンド」「マヤ」と再会、淋疾か何かに罹っていた荘太が「僕は病気なんだよ」と断っても、彼女は「構やしない」と身悶えた。第二次『新思潮』が終華した失意と家庭内の懊悩とから荘太は孤独瓢寓を試みるのだけれど、その道中彼女と近江八景廻りをやらかした。――これらの事柄は『魔の宴』を一読せねば識り得ない。識ったところで、私達はあの「モナ・リザは歩み去れり／かの不思議なる微笑に銀の如き顫音を加へて」の感銘などまるで蒙らず、ただ泛泛たる白面郎の姿をなんとか想像するのみ、といったことを私は言いたいのである。

文学的におよそ成功を贏ち得ない荘太は、家庭生活でも少なからざる苦楚を嘗めた。芝浦の本城は料理の芝浦館、旅宿の芝浜館合せて間口一町余、三、四流どころながら出入りの芸者の三味線や嬌声かしましく、夜遅く女風呂が終れば男の方の仕舞い湯は混浴となる。磯の香より脂粉の匂いや生の女体の臭いが強いこの温柔郷にあって、陽炎みたいに湿ってもやもやとした荘太の欲望はいやが上に掻き立てられた。嫂の妹満喜は姉が姉だけに、性浮華にして淫奔、〽君は小鼓調べの糸よ、締めつ緩めつ音を出す……の「木遣りくづし」を口ずさむを常として、さながら水を得た魚のように異風異趣の環境に適応のさまを示していたが、荘太の耳元に口を寄せて箪笥の中のわ印の在り処を教えることもあった。そして夏の或る日、幼い弟妹達と遊戯に興じていた十代後半の二人は蒲団部屋に隠れた際、忽然磁石みたいにくっついてしまったのである。数瞬時の興奮醒めれば、さなきだに無細工の姿貌がいよよ醜く見える。選ぶべき相手を選ばなかった、砂を頬張るごとき痛恨の念。しかれどもかく相成ったからには、婚約、結婚と事は進まずには措かない。荘太は遅蒔きながら、満喜の奴、「いろは」内の自らの地位の保全を狙ってこの俺を嵌めたのではあるまいか、との疑懐を抱きもする。

文学に天から無関心の満喜の方にしても、気取り屋とはにかみ屋とが共棲、昨日嬉々として舞い上り今日は怏々としてうなだれる、といった感情の照り降りの烈しい、そして糞面白くもない雑誌に熱情と大枚を注ぎ込む夫に慊焉たらざるものを感じていたであろう。満喜の荘太に対する牢騒は、自堕落で磊落な義兄荘蔵への親昵となり変り、両人の仲はしきりと女中達の口の端にかかった。荘蔵と満喜はついには結婚するのだが、これは余計な後日譚で、とにかく荘太と満喜とはまったく意思の疎通を欠いた、愛情の一かけらだに無い夫婦だったと断定していい。すなわち前記の、荘太の遊蕩と罹病と西下こそは這般の解鬱・排悶の所為なのだ、ということで話は繋がるわけである。なお帰京した荘太のため、荘蔵からの資産譲渡の件やら満喜との離婚の件やらに力を尽して吝しまなかったのは藤村であった。(6) なにしろ、羈旅を前に、谷崎の、路費が一遍に費消されるのを案じての忠言を容れ、全額を預け月々定額の送付を頼んだ先は藤村だったのだから。而して藤村がその煩務を律儀に履行、帰来した荘太に残額を正確に返済する個条も、藤村という人間を髣髴たらしめて『魔の宴』の一佳境と言うに恥じない。

家中で荘太とシンパセティックな気分を通わせ合ったのは異母妹清子、その母親は他に男を拵えて荘平の激怒を買い、髪をくりくり坊主に刈られて放逐されたという清子のみである。傷心に塩を塗られるような目に何度か遭った彼女は怨恨感情《ルサンチマン》を深く蔵し、言動に圭角あるを免れず、要するに変り者で通っていた。しかし荘太は彼女の、打てば響く式のセンスと真粋・潔癖な性根を愛さずにはいられなかった。彼女に対して、音楽学校への進学の面倒を見、自室で英語を教え芸術談義をぶつ荘太は明らかに幸福だった筈である。だがしかし、言うにや及ぶ、異腹にせよ兄妹の性愛は禁忌。現在性愛の営為上アナーキーとも呼んでいい位その種の掣肘・束縛が地を掃ったにしても、唯一つ残るはインセスト・タブー。いかにも文学的に申さば、荘太の愛は最初から呪われていたのだ。

あの小型メフィストの長尾にこの苦衷を打ち明けると、待ってました、とばかりに例えば、恋に墜ちた兄妹が食器の蓋を取ってみれば生血の滴る獣肉が盛ってあり、それは、お前達は畜生だからこれを食らい合え、という両親の意嚮なのだが、兄妹めくばせして席を立ち納屋で縊死を遂げる、といった類の、さすがの私をうんざりとさせずには措かぬ話柄を列挙した。小山内に書簡で訴えたならば、その返事には「古事記、木梨之軽王と軽大郎女との事蹟を見給へ」と書かれていた。藤村を訪ねるに、小山内から荘太の書簡を見せられたと言って「ある感動」を示したという。

何を隠そう、我身は一人っ子なるがゆえに却ってそうなのか、この、性愛の領域におけるタブーの最後の牙城、禁遏されるからこそ侵犯する陶酔も又昂まる仕組みのエロティシズム最適の見本、インセストに浅からぬ関心を抱く。此度、レヴィ・ストロースの（むろん原書に非ず）解説書を瞥見し、『篁物語』から夢野久作の『瓶詰の地獄』なんて代物迄その種の何篇かを初読再読して、認識を新たにし感慨を深うしたのだったが、今はこの問題を絮説すべきではないだろう。私がここで述べたいのは、荘太の清子に対する行為は結句、「きょうだいとしての接吻」、つまり頬に唇を押し当てるだけの些事に止まったことである。にもかかわらず、荘太の清子に対する恋情、というより、インセストについての畏怖・罪悪感は『魔の宴』に娓娓として連ねられるといったことを私は指摘したい。あまりにも観念的な荘太。[7] そこには、師父藤村が実姪を孕ませたあのタフネスは薬にする程も無い。尤も通念に反し、青年とは概して小心怯胆屑屑乎としており、猪突猛進だの暴虎馮河だのは中年以後の振舞の形容にふさわしいものだけれども。因みに荘太と満喜との結婚披露宴の末席で「ああ、たあさん（荘太）が、なぜあんなひとと一しょになったんだろう！」と自棄酒を呷った清子は、カフェ「プランタン」「ライオン」の女給、新劇女優、神楽坂の芸者と憂身を転々とさせた挙句腸結核で窮死したのだった。荘太と清子との愛に哀憐の情を催し、もし荘太がインセストのルヴィコン河を渡渉したならば、との想像を廻らすのは果して私だけであろうか。

明治の末つ方から大正初頭にかけて、荘太は『朱樂』や『ヒュウザン』に文章を発表しているが、文学的に半産のそれらに寸足らずの鑑賞を施すのも無益なわざと思う。この時期何よりも逸しがたいのは、関東大震災の折大杉栄と共に甘粕大尉に扼殺された、炎の女伊藤野枝との間に惹起したアフェアである。満喜には専ら肉体、清子にはひたすら精神、という分裂に不条理を痛感した荘太は、霊肉一如の恋愛を唱説するエレン・ケイの翻訳を『青鞜』に載せていた野枝に関心をいたく喚起され、かような女性となら手を携えてあらまほしき恋の大道を歩めるかも、との夢想をほしいままにしたらしい。大正二年五月半ば、巣鴨の青鞜社に野枝を訪ねるも相手は不在、よってにわかに沸騰した意中を披瀝した書信を逓送、幾日か経って野枝からなかなかに色よい返事が到来、六月下浣築地の印刷所で『青鞜』の校正に従う野枝との対面が実現、といった具合、こんな調子で筆を遣ったらどれ程の紙数を必要としようか。何故、このアフェアの全軌跡が辿れるかといえば、お互いに捨て台詞を投げつけ合っての泥試合の幕切れ、双方が交したまさに山鳥の尾のしだり尾の長々しい書簡を全部、夫々が公表することを宣し、実際に傍人からすれば呆気に取られる痴の沙汰のこれを、荘太は『生活』の、野枝は『青鞜』の同年八月号誌上に践行したからである。誰しも、書簡の束を通読するならば、ここには、相手の実体に密着しての深々とした愛の真情の発露は絶無、構築された虚像を遮二無二愛そうとするあざとい意図ばかりが目立つのを否めまい。或いは、荘太の方は意識的に、野枝の方は無意識裡に、スタンダール風の、それもその亜流風の、恋愛を心理的な勝負事みたいに扱う遣口を試みたのだと考えてもいいだろう。瀬戸内晴美は、伊藤野枝伝『美は乱調にあり』において「道化役」なぞという語を用いて荘太を徹底的にカリカチュア化している。しかしながら、野枝にしたって、そんな軽佻浮薄の徒荘太のちょっかいに対して「あゝ、誰が——あなたの愛を却け得ませう。私は心からあなたを愛します」だの「私はいま一人でぢつとしてゐられません。私はあなたにどうしてももう二《ママ》度お会ひしたいと思ひます」だの、あられもない言葉を口走ったその舌の根の乾かぬ内に、「矢張り、私とTとは離れることは出来ないのです」と前言を撤回する体たらくで、決して褒められたものじゃない。何にしても二人は未熟だった、そして荘太の愛はこの場合も極度に観念的であったのだ。

「T」が辻潤を指すのは言う迄もなく、野枝が途中で荘太に白状したごとく、辻は彼女の女学校時代の旧師にして刻下の同棲者、エレン・ケイの翻訳も野枝なんぞに可能なわけもなく実は彼が代訳していたのだった。辻は相当に博覧強記だったようで、山本夏彦著『無想庵物語』にも辻と無想庵とが丁丁発止、ペダントリーの応酬を為すさまが寸描されている。その場に荘太が加わったら談論はさらに光彩陸離となったであろうこと疑いを容れない。話が散らかるのも介意せず、いや、これは荘太を理解するのに満更無駄とは思われぬゆえに述べてみるに、私が無想庵の絶大な宏識を知ったのは、見返しに記入の年月日からして四十余年前の購入と分かる、青木文庫版、江口渙著『わが文学半世紀』によってであった。大正八年初秋、著者は谷崎の新居における、主人と客の芥川・無想庵の蘊蓄コンテストに遭逢した。絢爛・壮烈な知的格闘の末、名にし負う芥川より谷崎の方が上、谷崎よりも無想庵の方がもっと上という軒輊が判明したという。山本は、無想庵の博識はよく露伴のそれに匹儔する、と書いた。そして又、物事を識ると物事を創るとは全く別であり、後者を懈怠の無想庵は畢竟「ダメの人」とも書いている。頃日題名に惹かれて、古書肆から無想庵の『結婚礼讃』（大正十一年十月、改造社刊。同年十一月にはなんと十三版！）を取り寄せてみたのだったが、文字通り古今東西の文学的知識が過多夥多に展開していながら、肝腎の作品のふしだらさ加減は惨として声も出ない程、私は改めて山本の所説を肯わずにはいられなかった。この伝で行くなら、ロンブローゾやスチルネルの訳者辻潤も「ダメの人」に属する。而して荘太も、か。

かてて加えて無想庵、インセストの面で、異母妹の豊に一子を産ませるという、荘太が梯子を何脚も継ぎ足しても及ばぬ、大胆不敵な禁忌破りを行っている。尤も無想庵が深愛したのは同腹のみつ、荘太にとって清子に当る彼女に対しては彼は一指も染めていない。(8) 或いは無想庵、その名もずばり『「Cocu」のなげき』なる小説を物しているが、彼は妖婦文子によって、西欧で云われるところの、額に角が生える男の憂き目に遭った。辻は大杉のせいで、荘太も（不確かながら）荘蔵のせいでこの世で一番辛い裏切りを被った。或いは無想庵、晩年盲い、辻は狂乱・流浪の果陋巷に餓死する。荘太の最期について、今は言わない。或いは又無想庵、累年『ユマニテ』の読者であって戦後共産党に入り、辻はダダの塁に拠って反体制の態度では不渝不変を貫いた。荘太の、反体制とはちと大袈裟だが、断じて体制派に非ざりし点はこの後述べるであろう。ここで無想庵、辻を引合に出した私の感懐は、万巻の書、巨億の文字を読んだ、大の付くディレッタント達の、竟に雄飛叶わず甲斐無き羽搏きに畢った才華を悼む、といったことに尽きるのである。彼等はいずれも、サント＝ブーヴの、人間の才能なんてものは欠陥になって了るのが普通、という言葉を承知していただろうが。

却説、無想庵や辻が生涯惑溺・沈淪の暮しを続けたのに対して、荘太は人生航路の舵を大きく切った、ま、デカダンスの海からモラリズムの海へ、と言ってもよかろう風に。而して私が（他の二人でなく）荘太についてささやかながら本稿を綴るモチーフも又ここに、荘太自身が謂う「転機」に存する。すなわち白樺派との交流である、武者小路実篤との邂逅である。夙に明治四十三年四月『白樺』

創刊以来、「年極め読者」に荘太は加わっていたが、稲垣達郎や紅野敏郎によって検覈済みの、いわゆる「『白樺』衛星誌」の『エゴ』（大正二年十月↓）『ラ・テール』（同四年十一月↓）『生命の川』（同五年十月↓）『愛の本』（同六年九月↓）などの編集・執筆に彼は努めて関わった。私は該誌上の各文章につぶさに目を通していないけれども、そこには荘太の瀧つ瀬のごとき変貌は歴然観取されるのではなかろうか。当時荘太がロラン、ヴェルハーレン、メーテルリンクの反戦論のトリオの訳出を、上木を約諾してくれた版元が祝融の災に見舞われたとはいえ、仕上げているという一事からしても大凡は推定されると思う。武者小路との遭値は、岸田劉生の『ヒュウザン』を改題した『生活』の編輯中のことで、この、大津山国夫の秀作『武者小路実篤論』によれば、通説とはおよそ異なって実は複雑な、世上自他共に複雑と許している手合が余っ程単純に思われる位に複雑な男、しかし、そうであってもやはり、右へ肯定、左へ否定のジグザクコースを閲して遂に大肯定のゴールに達した男、とは考えていいであろう巨擘武者の激越な輻射熱を浴びて荘太は、『魔の宴』に殊勝にも「過去を離れて生れ直したように、感じ、考え、生きて行こうとしていた」と記される更生再生を懸命に庶幾するのであった。その心意の切実さは、幾星霜後、弾圧に抗しきれず転向し、自ら「生けるユダ」と称した亀井勝一郎がゲーテや大和古寺巡礼に活を求めたそれに似通う。牽強の譏りものかは、そう私には思われてならない。

大正七年、武者は未曾有の大冒険大実験「新しき村」の建設に向って踏み出した。右の大津山さんからは懇到な教示、復刻版『新しき村』他数多の参考文献の貸与という恩沢を忝うしたが、それらをフルに活かし得ぬことを私は先ず衷心より愧じる。しかし、敢えて杜撰・疎漏な稿を継いで行くなら

――「新しき村」が成立する迄の節目々々に荘太は絶えず顔を出している。すなわち五月、『読売新聞』に武者に代って「『新しき村』に就て」を載せた。七月、『新しき村』創刊号の後記に「村」の前途と仲間の紐帯を謳った。九月、本郷追分の帝大基督教青年会館における講演会では冒頭と、トリの武者の一つ前と二度登壇した。十、十一月、日向の土地探尋や決定は職として武者と荘太によって行われた。十二月、「村」候補地と川一つ距てた借家の一階には武者夫婦、二階に荘太夫婦が住んだ。武者が「そして同志を求めた。木村荘太君が最初の同感者であった」（『或る男』）「木村荘太は僕についでの年長者であり（武者は数えの三十四、荘太は三十）、文壇でもいくらか名を知られている男で、僕についで、皆に信用されていた」（『一人の男』）と書いたのも蓋し故無しとしない。確かに荘太は武者の右腕、村の二の町の位置に在ったのだ。荘太夫婦について述べると、相手は『生命の川』の編集部で相識の仲となり、惚れっぽい荘太が口説くもその際は応諾せず、一時は我孫子の武者宅に寄寓したが山形に帰郷、しかるに先の『読売』の一文に接して翻然「村」への入会と荘太との結婚を決意したという、斉藤元子である。[9]

「村」の生活は、これを一言で蔽えば、窮乏のどん底、であった。大津山稿「「新しき村」創設期の会計」（「会計」を削った続篇を含めると、年一度刊行の『静岡女子大学研究紀要』に昭和五十年から六十年にかけて十数回連載）という、すこぶる息の長い、精を尽し確を究めた検考によって、その困窘の惨状は充分に炙り出されているけれども、今は『一人の男』の、少々長きに失するが、「籠城生活を続けている内に、米がなくなり、おかゆにして食べなければならない有様になった。それもその日の朝には米は三升きりなくなった。その時分村では毎日米が一斗六、七升は最小限に必要だったから」云々を引用するだけで間に合うだろう。しかし荘太は困窮自体には毫も痛痒を感じなかったようである、あたかも贅沢は娘時代にさんざ味わったから嫁してはせいぜい貧乏を楽しみたい、といった女のごとくに。瀬戸内が嘲弄的に「髪を丁寧になでつけ、ポマードを光らせている。しゃれた金縁めがねをかけているのが（略）金持の若旦那といった感じを与える。薩摩絣の上等の単に博多帯をきりっと締め、パナマの帽子を持っていた」と描くところの過去の己れから、荘太は完全な脱皮を成し遂げたのであった。

さりながら、翌八年五月、荘太は栄養失調で妊娠中の元子を伴って「村」を離れる。「村」の内紛の因由はまっこと盤根錯節、これについてのすっきりしゃんとした解明を私なぞが提起すべくもないが、まあ、こんな具合に摘録してもいいであろう。一つには、武者夫人、名高い奇女房子が村民達にとってはそれこそ赤血に値する金員を寵愛中の一青年日守新一に手渡すという専恣・暴慢に趨り、武者は武者で、村民達の不満を慰撫するどころか彼等に対して一方的な抑圧に出た、といったなかなかに人間臭い事件が指摘される。この場合、副将格・家老役の荘太が武者に直接進言せずに東京の荘八に憂慮を洩らしたことが武者に知られ、彼をして怫然色を作さしめ、話を余計にややこしくした。又『一人の男』には「木村の奥さんと房子とは仲がよかったとは言えない」と書かれているように、房子は言わずもがな、荘太に「対抗意識の極めて強い」と評された元子、この両アマゾンの確執も紛糾に輪を掛けたのではなかろうか。

二つ目に挙示されようは、かなりまっとうな事情である。すなわち遊逸・快楽の往昔の反動からか、えらくストイックになった荘太、あたかも青春時代背徳・好色漢たりしトルストイが晩年その対蹠点に迄揺れ動いた振幅を一身をもってなぞっていたごとき荘太は、ひたすら農事に恪勤精励、「村」外会員の援助に甘えずに「村」の自給経済を図るべきと主張する派の中心で、一方労働は程々にして余暇を増やした分芸術に親しむがよく、それが用に「村」外会員の醵金を使うのは一向に構やせぬとする武者側と鋭く対立したのであった。その時、言い得べくんば、労働は荘太にとって神聖な目的、武者にとっては栄輝の芸術のための手段だったのである。[10] 阪田寛夫は『武者小路房子の場合』においてこの辺に触れ、武者一人が文学活動を自由にしていることに対して、同じ文士の片割れの自分が筆を捨て鍬を取っているのに、といった面白からぬ気持を荘太が覚えたと、いかにも作家らしく叙しているが、成程、さような陰微な技癢めいた感情が荘太の裡に積りもし爆ぜもしたであろうことを考えに容れていいかもしれない。

東京に舞い戻った夫婦の間に同八年の暮、長男令男《れお》（もちろんトルストイに因んでの命名）、翌九年の暮には長女彩《あや》が誕生したのは確実だが、荘太の動静は杳として分明でない。『魔の宴』には「それから五年、私は東京住居をするうち、一箇の失意の敗者のように、心に肩をすぼめて生きた」と記されるのみ。荘太、武者との齟齬・反目について、或いは自分の方に正当性の軍配団扇は揚がるやもしれないとは思うものの、しかし己れの生真面目さが生真面目さゆえにかぽっきり折れて、栄えある難事業のとば口で脱履・遁走したその恥辱・慙愧の念は彼の胸府を蝕のように噛んでいただろう。咄！　亀井のあの「生けるユダ」は、ここにこそ引合に出すべきであった。

それでも、時として濃い霧が薄れては凝然と佇む姿形が捉えられるごとくに、私達は荘太の翻訳、人間社刊ロマン・ロラン全集六巻中二・三・四巻、全集中絶後は別の書肆元泉堂からの『天才』『先駆者』、やはり『白樺』衛星誌の一つ『生長する星の群』に大正十年から十一年にかけて断続的に連載されたアンリ・バルビュスの『砲火』、といった数々を知り得る。先引の鈴木久仁夫の荘太観は、進歩・反戦的な面における操守堅固な彼に力点を置くものだからして、私がこだわるインセストの件なぞまったくの論外、バルビュスやクラルテ運動や『種蒔く人』との関連についての考定こそが彼鈴木の執筆意欲をそそるのであって、その「「新しき村」離村者の軌跡——大正、昭和期における木村荘太——」（『中央大学大学院研究年報』第13号、昭和五十九年三月刊）の特に第二節には這箇の問題を明らめ、稲垣や小田切進の『種蒔く人』に関する研覈に合流し、これらの増補・鞏化に資するであろう見解が述べられている。

　大正九年五月、荘太は岩永通信社に入社した。社長の裕吉について人物事典の類は、時流に巧みに棹さした通信事業の雄としての事蹟（付載的に長与善郎の実兄なること）しか記載しないが、鈴木論文によれば、松本重治あたりに、その死が少々遅ければ（岩永の死は昭和十四年）日米開戦の阻止に働きを示したろう、と追懐された由の岩永は親英米派の立場から軍部批判を果敢に為す真正のリベラリストだったらしい。『通信社』が発行する雑誌『世界の批判』も可及的公正な情報を提供、我国をして進路を誤たざらしむるためのチェック機能の発揮をば旨としていたようである。確かに、私も一読に及んだ、当誌大正十一年五月号所掲、荘太の「タウンセンド　ハリスを想ふ」、この駐日米国公使の国際的道義・友誼の直さ篤さを讃頌したそこには、必要以上の力を恃むことの危険性を戒め、世界へ寄与すべきものとして正義と平和の意志を挙げる、といった雑誌の路線に適当な趣意が瞭らかに看取される。進歩派荘太の面目躍如、と横手を打ってもいいだろうか。

私は荘太のこの種の業績・態度にケチをつけようとは思わない、これはこれで結構な事柄だと思う。だけれども、荘太は挙世滔々たる、いわゆる大正リベラリズムに歩調を合わせる格好を執っただけではないのか、ロランやバルビュスをつるつる訳出する彼の心底には錘を呑んだみたいに「村」の傷痕《トラウマ》が在って、鬱気濛気が立ち罩めていたのではないだろうか、これこの通りという学問的証拠は何一つ示し得ないけれど、私は自らの直覚に信倚を置いてそう言いたくてならぬのである。

私はここで『砲火』が連載された雑誌の大正十二年九月号所掲「影」に言及したい誘惑を防遏しがたい。「影」における、情人を棄てた文学青年の主人公が温泉宿に出かけ、宿屋の実子、放蕩によって使用人みたいに遇されている佐市と散髪や囲碁や池釣や酒盛を倶にし、彼の人懐っこい挙措に青年の機嫌がせわしなく荒れたり鎮まったりする顛末の精記の質は、志賀直哉の作品より広津和郎の『神経病時代』あたりの一群のそれに近い。例によってペダントリーが必要以上に連綴されるが、繰り返すように痛惨・暗鬱の青春の心情を細叙し、性格破綻者佐市の人柄と悲運を活写した、荘太一番の小説は当該期の彼の胸膈に穿たれた空虚な壁龕の存在を告げていないだろうか。そういえば、人の世の様々な影に追っかけられていた広津は一廉のリベラリストでもあった。何歩か譲っても、あの年代、荘太程度の微温的な進歩派はざらに居たのではないか、つまり荘太はその面でさして個性的ではなかった、と私には思われるのである。

ところが、大震災発生、右の退屈で冴えぬ幕間狂言《インテルメッツォ》は大騒ぎの中に打ち切られ、荘太の人生の舞台はぶん回って、千葉県印旛郡遠山村の段に移る。荘太の離京については、野枝虐殺の報を知って累の我身への波及を念慮したあまり、といった解釈を散見するが、私はどうにも承引しかねる。『魔の宴』

に、その号外を一見、「私は一時やっぱり頭がガーンとなった」と、蒙ったショックの程が述べられるのは至極当然、しかし十年一昔前あんな観念的独善的なラブレターを交換した位のことで、巻添えを食うのでは、と戦戦兢兢然となったとしたら、それは判断のバランスを失って珍妙と申すべきであろう。荘太の疎開の真因は『方丈記』の一節をエピグラフに使い、写実・具体の筆法に徹した震災記「農村に来て」(『農に生きる』所収)(11)における「それから間もなく、私は当時の首都の復興のさ中では自分が安んじては、もう生きてゐられない気がして来た。所詮、この都会に住んでゐるものは、あの震災の直後の日に、人の飢渇をみす〱見ながら、氷を飲んでゐたやうな人間か、又人が氷をうまそうに飲むのを見ながら、飢渇を忍んでゐなければならなかつたやうな人間か、このどつちかにならなければならないのだと思ふと、落ち着きが感じられなかつた」という、これ以上無い、率直・簡明な文言をもって表された不安・恐怖感に求めたがいいように私は思う。そもそも世人の多くにこの世の終焉を痛感させた関東大震災は、大逆事件以上に、それとは比較を絶するばかりに文学者の心魂を震駭させ、彼等の人生観の硬軟・辛甘を露呈させたもののようである。巌谷大四著『物語大正文壇史』からの孫引になるけれども、なにせあの菊池寛がこう述懐しているのだから。「どんな時代が来ても俯仰天地に恥ぢない生活をしたいと思つた。それは、自分で喰ふ丈のものを自分で作りたいと思つた」(「震災に際して」『文芸春秋』大正十二年十一月号)(12)。肝っ玉のさして太からぬ、思い込みの妙に激しい荘太が先刻引用したごとき衝迫に襲われて、尻に帆を掛けるみたいに都落ちしたことは私にとってなんら不思議ではない。

　或いは、中尾正己著『大正文人と田園主義』なる書物が著されているように、蘆花に始まって花袋に藤村、青果に白鳥、御舟に葉舟等々、文学者の間に田園退隠乃至同志向の現象は珍しくなかった、ということもここに考え合わされていい。ましてや荘太は、遁出者の烙印を捺されているとはいえ、「新しき村」の一方の旗頭であったのだ。事実、荘太を下総三里塚に誘致したのは、やはり反武者・房子派で「村」の落伍者、すでに当地で開墾地に掘立小屋を建てていた宮田富三郎だったという。荘太の胸底に、新天地においていわば捲土重来を期す意欲が油然と興ったのでは、と臆度したっておかしくないであろう。

荘太が最初に住んだのは遠山村役場の隣り、前の借家人は博奕打ち、雨漏りがひどく破れ畳から草が覗く廃屋だったとか、四度目の終の栖家は旧軽便鉄道三里塚の一つ手前、無人の法華塚駅から二、三分の処だったとか、J・ラスキンの思想普及雑誌『炉辺者』同人達と連携し「共同社」を設立、代表となるも運営上の不手際から一年半で「社」は解散したとか、単一作物の生産に頼るだけでは恐慌時の逆浪に抗しがたく、その堰堤としての有畜多角経営中養鶏が最も有効との思考から、自ら孵卵器を活用、他にもそれを推めてこの種の組合のリーダー格になったとかについては、『いろはの人びと』や鈴木論文「離村者の軌跡」の方の第三、四節や星野光徳稿「木村荘太の死」(『成田市研究』第十六号、平成四年三月刊行)に詳説されているゆえに、贅語を慎む。もちろんお三人の説示とは無関係にというのではなく、むしろこれらに扶助されて私なりの所感を述べ続けるならば——

当初遠山村の衣食住は「新しき村」程ではなかったにせよ、いたく低劣だったようである。荘太は、農事は不徹底・生半可であってはならず、額に汗して口を糊するというのでなくてはならぬを志したが、実際上それは至難事であった。荘太がなりふり構わず手当り次第、H・テーヌ『シエイクスピア』（十三年五月刊、新しき村出版部）A・シモンズ、P・ブールジェ他の『バルザック』（同年七月刊、同）「スタヴローギンの告白」（雑誌『不二』十四年三月号）『ノラ』（十五年一月、村出版部）『トロイラスとクレシダ』（同二月、同）等々を翻訳したのは、農業プロパーの活計での不足を埋めんとするものだったに相違ない。注11(2)『晴耕雨読集』所収の「売らない生活」には「某年一月八日。（略）訳書出版のことH社と不調」「一月十七日。C書店の話不調」「二月十一日。G誌の話不調」「二月二十三日。上京。F社不調」「二月二十四日。W社其他不調」といった、嘗ての、何敗も地に塗れた無惨な日録記事が写されてもいる。

しかし昭和期に入ると、荘太の農業も漸次軌道に乗り、前述の「共同社」や養鶏組合の話にもなって来るわけだが、特筆すべきは『都新聞』の文芸部長上泉秀信と交を訂したことで、当誌上蘆花風ならぬ全身全霊的に糞土に足をつけて生きる荘太がしきりに紹介され、荘太自身も万葉巻第十「去年咲きし久木今咲く」に由る久木今作のペンネームで該誌上已れのけなげな奮闘記を寄せるのであった。[13]『都新聞』昭和四年六月二十六日号に「その都度読者から彼の住所の問合せが数通来る。（略）現に彼の周囲には数名の若い同伴者さへ出来か丶つてゐるのである」と報道されたところの、摯実・誠直な反応は年を追う毎に逓増したのであり、荘太は三里塚の一寸した聖者になった按配、と言ってもいいだろう。昭和三年三月の三・一五事件、同年六月の治安維持法改正の衝撃はさるものにて、都会の喧噪・軽浮に倦厭の感を覚える青年達の心中に「吾等如何に生くべきか？」が鬱勃たりしこともこれには与っていたと思われる。

ここで島木健作の一大ベストセラー『生活の探究』に関言するのは付会どころか必然、と私は考えるものである。本書の、転向文学としての性格などについては本多秋五の見識に預けるが、ただ著者島木が大正十五年から三・一五事件で検挙・投獄される迄日本農民組合香川県連合会書記役を勤め、転向後も農村との密着を欠かさなかった事実は記さねばならない。その自信・矜持からか、主人公杉野駿介は「かつて知識人として生活し、のちにそれぞれの動機から農民の間に入つて生活した人々の書いたものを読んで見た。おほむね、物足りぬ感を抱くか侮蔑を感じさせられるかした」と述懐し、さような連中を蘆花の「美的百姓」と同一視している。かように書く島木は荘太の存在を識らなかったのだろうか、訝しみに耐えない、「蘆花の貧弱な縮小版」として「江渡某（狄嶺）」の名前は挙げているというのに。

『生活の探求』には「彼は、知的労働と肉体的労働の円満な結合、その統一の状態を求めてゐるのだと云へる」と書かれているが、これはまさしくクロポトキンの受売りだ。或いは駿介の、葉煙草栽培についての農民達にとって瞠目的な活躍は、荘太の養鶏事業のそれを想像させもする。或いは駿介、小作問題を鮮やかに調停しては村の心有る青年達の信望を得、彼等のナイーブな人生談義の央・核となる。而して「その行動が生み出す結果の見透しには、社会主義的なものはなかつた。何に限らず彼にはイズムはないのだつた」といった駿介の弁疎がましいコメントは、荘太が自己とプロレタリア文学や唯物史観や政治活動との間に一線を画すべく発した、性が合わぬ、の明言と通底するものであろう。とにかく、駿介と荘太との両イメージがダブって私の目交に泛んで仕方ない(14)。

しかし、こうも言える。島木とは異なり、荘太が左翼運動の地獄を体験していないゆえに却ってそうなのだろう、『都新聞』の他『炉辺者』や半農家にしてアナーキストの石川三四郎の『ディナミック』への寄稿を輯めた注11の四冊の著作における進歩的意見は、例えば「第一、私は気持がい、生活をするがためには、隣人や同胞の搾取の上に自分の生活を出来るだけ打ち建てたくない」(「生活の弁」(1)(2))とか、「寧ろ田舎にゐても、農工の一致を望んで、都会の工場労働者との手の繋がりも、心の底に欲してゐること」(「林君の詩集の序」(3))とか、より旗幟鮮明ではある、と。又荘太の、満州事変前夜、全国を襲った農村恐慌についての憂結・憤慨の記述も、特に(1)では枚挙するに遑が無い。それらは自ら農耕に就労した経験に基づいて発せられるものだからして、いわばリアリティーを有し、私達の胸を搏つ。実際私は(酸鼻の度合において東北と千葉とではだいぶ相違したであろうにせよ)二・二六事件の青年将校蹶起の背景に農村の窮乏、農民の呻吟が在ったとする従来の論説を、荘太のこの種の文章によって初めて、そう、実感的に理解したのだった。[15] 繰り返すごとく先の鈴木論文は、荘太の、尖鋭で強靱な進歩性を力瘤を入れて唱えているのだが、相当に割引きしたうえで、あの見解をここら辺では認容してもいいという気持に私はなっている。

　労働に余裕が生ずるにつれて、荘太は愛書家《ビブリオフィル》の己れを復活させる。先程来そこから文章を幾つか引用して指摘したような特質を見える四冊は、或る見方をもってすれば、すでに一再ならず言ったところのペダントリー、その華麗な鏤刻であり展舒であるとも目されるであろう。軽い眩暈を覚えるばかりのそれらを充全に批評するには別稿を用意せねばならず、今はただ、荘太の漢文学の面での造詣もたいしたものであって、例えば「詩歌雑考」(2)や「王摩詰の意境」(2)などの、夫々「唐詩には、既に三百篇から、古詩を経て、漢魏の綺靡をすらも閲して来た歴史がある。だから、表面唐詩と、万葉集とで似てゐて、どつちもの《(ママ)》或る特色をなす簡浄高古な調でも、我れにあつては本来の古体そのものだが、彼れにあつては一たび既に去つた古体の復興である」「結局、八面玲瓏な純芸術上の大才として、摩詰は見るべき人物である。で、芸術家として、何も禄山の乱に死ぬ要はないが、摩詰にはその才識のために、進退が世に即き過ぎてゐて、機を忘れ得ない憾みが聊かないこともない」といった趣意は、一寸石川淳のそれを思わせる文体と併せて、すぐれて魅力的だと述べておくに止める。荘太のペダントリーも円熟したものである！ もう一つだけ述べてみたいのは、「鳥獣談」(4)「花三十八題」(4)など、様々な動植物に関する、習性や逸話、語源の穿鑿や科学的観察、はた又芸術作品中での描かれ方等々がなかなかに洒落た形でもって列叙される文章に荘太の奇才が異彩を放っていることである。

さるにても、「芥川さんは、本を早くしか読めないひとだった」と語ったのは、堀辰雄だったか、必ずしも褒めたことにはならぬその習癖を荘太も免れなかったらしい。だからこそ驚倒に値する宏博な知識の開陳が可能だったのであるが、この知的パノラマを通覧して私は、分厚い金貨が小銭に崩された感じを覚え、T・カポーティーの、J・コクトーについての次のような回想に想到せずにはいられない。「あらゆる才能に恵まれ過ぎていた。彼はよく自分のことを何でもいいから一つのことに集中できたらいいのだが、と言っていた」。いや、話が無想庵のあそこに戻って行く気配だ。

さてさて運命の女神フォルトゥーナは気紛れなもの、帆に順風を孕ませて海面を滑り出した頃の昭和四年は七月、満四歳の誕生日を目前にして三女香子が疫痢で急逝した。「香園好遊童女の記」(1)(2)は、往古大江朝綱がわが子澄明に先立たれて書いた「悲之又悲、莫レ悲二於老後一レ子」(本朝文粋)のごとく、荘太の、骨髄より湧く悲嗟悲慟を伝えている。だがしかし、今私が述べたいのは、他の処にも記されるが殊に「生活で子を育てる」(1)(2)につばらかな、荘太が学齢に達した令男や彩を登校させず、いわゆる自家教育を施したことである。自家教育については私自身、ここで呶呶を費やす暇は無いが断々乎反対で、荘太が得々として「外に参考書として、アルス児童文庫、小学生全集、自習辞典、三省堂の図書参考書全巻、ファーブルの科学叢書の類を揃えて……」などと吹聴することに苛立ちを抑えがたい。結果やいかに？　昭和十一年七月、この件は「巣立ちの記」(4)「船出の記」(4)に詳細だけれど、荘太が理想的と自得していた該教育は令男にとっては重苦しい桎梏に他ならなく、現時流行の文句をもってすればキレた彼は家出を敢為、遠洋航海の船員になってしまう。[16]太平洋戦争勃発、横須賀海兵団に入隊した彼は昭和十七年四月、シンガポールに上陸した際脱走、終戦迄現地の商家に潜伏・稼働していたという。これ又別席の話題とせねばなるまいが、戦時中食指を傷つけたり狂気を装ったりして兵役を逃れたという反ならぬ非戦の美談に接して胸糞を悪くする私は、令男のこのエスケープを荘太独自の教育の「成果」と高く買う見解の持主なぞとは倶に天を戴きかねると言わねばならない。令男の晩年は、成れの果、といった言葉が似つかわしいものとも聞いている。令男、在りや無しや。ともかく荘太の教育は失敗だったのである。[17]

　その原因の究明は私なんぞの手に負えないが、荘太の農業は次第に行き詰ったらしく、昭和十五年九月、成田図書館（現成田山仏教図書館）に勤務するに際して提出した履歴書によれば、すでに十二年、成田山新勝寺開基一千年記念出版『成田山史』の編纂に、十四年には、成田中学校教科書の編纂と英語・実業・園芸科の授業に携わっている。しかし教員、図書館員としての荘太の具体的有様を告げる、例えば教え子達の、木村先生を偲ぶ座談会なんて資料も残存していないようで、私達は揣摩憶測の空しさを覚えるしかない。ただ、藹藹たる和気の中同僚・生徒と談笑する彼のではなく、ハイブラウで気むずかしく孤立独往の彼の像が目前に結ばれやすいのは何としたものであろう。

終戦の翌年六月、職場での居たたまれない思いに嘖まれれたのか、筆一本で生きる覚悟を決めたのか、荘太は成田図書館を辞任。同年、『アラン――その人と風土――』(綜合出版社)、翌二十二年、翻訳・ホイットマン『民主主義展望』(日本読書購買利用組合)、二十三年、翻訳・ラム『愛と罪(ロザマンド・グレイ)』(桜井書店)を上梓する。『アラン』には、例によって「ジイドがブレイクの箴言から(ドストエフスキーを説《(ママ)》く鍵を)得てゐるやうな、ヴァレリがポウの詩から(純粋詩の観念を)得てゐるやうな、プルーストがジョージ・エリオットから(特にその「フロス河畔の水車小屋」から、回想の記憶文学への一示唆を)得てゐるやうな、またモーロアが……」といった調子のペダントリーの花火の炸裂が見られるものの、アランが集中的に論じられているわけではない。それに、全百八十頁ばかりの中八十頁はアラン自身の、アランについての諸家の文章の翻訳であって、こんな量の少なさ勢いの乏しさでは、緑雨の言種じゃないが、二本の箸を操って食べて行くことは到底叶わなかった、つまり元子の疲れを知らぬ農作業に倚って夫婦の暮しはやっと立っていたと思われる。この場合、北荻が右の書物に触れて「サルトル、カミュなどの新しい文学に親しんだ者の眼から見れば、あまりにも古すぎる感じのするものばかりだ」という、肯綮に当った指摘を為していることに感じ入る。いかにも、あの疾風怒濤の終戦直後の文学的気圧配置にあって、荘太の文業はなんの波紋も投じなかった、頭から黙殺されたのだ。あの目もあやなペダントリーとても、形式なぞどうでもよく内容がすべての性急で硬直な人々にとっては、徒らにこうるさいもの、いや、嘘偽りのものだったのではなかろうか。

やがて荘太は『週刊朝日』の、昭和二十四年四月から二十五年五月迄の季節増刊号に計四回、往年親愛敬愛せし文士達の思い出を掲載したが、「カオル　オサナイ」（二十四年九月、秋季）や「知られざる藤村」（二十五年一月、新年）などはさすがに秀逸なポルトレである。それらは或る程度好評だったのだろう、荘太は朝日新聞社から「前五十年文学生活の回想」の書き下ろしを依頼されるに至った。すなわち、右の括弧内の文言を副題とする『魔の宴』成立の端緒である。荘太は当初、週刊誌上の、例えば「（谷崎が）鉛筆で、うんうんいって書いていると、瀧田（樗陰）がせいて、そばからその鉛筆書きの部分をとり上げて、清書しはじめる」なり「この丸善の洋書棚の前でよく見た小山内薫ほど楽しそうで、晴れやかな姿はない、といってもよかったかもしれない」なりの、後人には容易に窺知すべからざる、実に興味津津たる話柄を延長・増幅させての「回想」を構想していたと考えられる。しかれども、いざ筆執ってみれば、自己一身の恥曝しの記録が生み落されただけではないか。恐らく、『魔の宴』なる書名は起稿時ではなく筆を擱くに当って定められたのであろうが、疑いもなく、荘太は昔日のデカダンスを綴って我身のさがに慄然悚然としたのであったと思う。(18) あの「囚はれのしこ鳥／罪の、凡胎の子／鎖は地をひく、闇をひく／白日の、空しき呪ひ」（「メケ鳥」）の葛西善蔵や「触ればふ人毎へ、闇をおくり、影を投げ、傷め損ずる、悪性さらにやめがたい自分」（「曇り日」）の嘉村礒多の、直腸露出もいとやせぬ式の、これ又一種の地獄に比べるなら、荘太のものなんぞちゃちもいいところ、と言っていいかもしれない。だが、葛西等の逞しい土性骨を荘太に需めて何になろうぞ。

昭和二十五年四月十五日、『魔の宴』の発行五月尽日の一ヶ月半前、荘太、成田山公園の一隅で縊死。星野は「荘太の死」において、「常識的な臆病さ」という語句を反復し、私もそう思う、荘太の、己れの痴愚・恥部を白日下に晒すことについての怯怕・自責の念を丹念に論じた。『いろはの人びと』

には、『日曜日』とかいう雑誌の二十六年十月号所掲の、「あの人はどうも独り相撲をとる傾向がありましたね」（高村光太郎、傍点原文）「あれが出版されたからといって、波瀾も起きないのに自分では大変なことになると思いこんで自殺したのですね」（式場隆三郎）といった対談が収められている。では、荘太の自裁は、傷つきやすい、繊細、というより脆弱な感性に職由するのであるか。三島の自刃だって、護国の鬼云々に藉口したものの結局はその一例だったと私が考えるところの、才能の限界を冷たく認覚し、疲憊重なり、生きるのがどうにも物倦くなった作家が死を選ぶというのも、そう稀ではない。かようなケースも荘太の死の心因として考量に容れたがいいのだろうか。『魔の宴』には、荘太がデカダンスの真っ只中、『悪霊』のスタヴローギンが首を縊った紐には石鹸が塗ってあったことを思念する個条が存するけれど、ともかく、椿の枝に、それも一時荘太宅に寝起きしやはり自財した「同伴者」が遺した兵児帯を懸けるに及んだ荘太の心裏の隅々迄納得した、とは私は申しかねるのである。

荘太没後、蔵書七百冊は成田図書館に寄贈された。そのリストを私も実見させてもらった、古今和漢洋の実《げ》にも多岐多様な書物を網羅した木村荘太文庫こそは彼の栄光と挫折のペダントリーの何よりの証左、と考えられる。彼の自尽の跡は図書館のすぐそばということだったが、私はとても確かめに行く気になれなかった、ただ唇頭を洩れたのはラ・フォンテーヌの左のごとき言葉であったのだ。

「よしやわが事成らずとも、企てしだに誉れあり」。

注

（1）『魔の宴』には、明治・大正の交、ガーネット女史英訳の『カラマーゾフ』を読んで、父の血の我身に伝わることに思いを深うする個条が存する。但し荘八の方の出所は確かめておらず、荘太・荘八の言併せて、異腹の弟で直木賞作家荘十の『嗤う自画像』から引いてみた。なお同じ文学者として、彼等の長姉曙は三宅花圃あたりと並ぶ閨秀作家、その『婦女の鑑』は、主題を「婦人の社会的地位確立といふ理想に置いた」（塩田良平）などと意義づけられて、明治文学全集に収められていることを付記しておく。

（2）余談中の余談ながら——荘蔵は歌舞伎にも熱を上げ、初世吉右衛門にえらく肩入れし、吉右衛門の方も荘蔵夫婦を「兄さん、姉さん」と呼んで胡麻をすっていた。総見の日など、荘蔵、吉を伴って城の本丸芝浦の店に立ち帰り、座敷で向い合っては両肘を張り「かっ、かっ、かっ、かっ」と豪傑笑いを交すなんて一齣は、吉の末社めいた側面を伝えて私をたまらない気にさせる。

（3）荘太はそう思い込んだわけだが、彼の言う両国が東日本橋であるにしても新片町の柳橋はその北側で、とにかくこの地理は正確ではない。

（4）「第二次新思潮発刊事情」（臨川書院刊、復刻版『新思潮』別冊所収）。「本年八十一歳」の後藤の記憶は危なっかしくないではない。しかし別の「『新思潮』座談会」（『文芸』昭和十年二月号）にあっても、後藤は「愈々木村君の資力で雑誌が出るやうになつた」と語っており、同席の荘太も控え目ながら、掛かった費用は「全部で千円位でせう」と述べている。

（5）『魔の宴』中到る処にこの種のペダントリーが迸発している。荘蔵夫婦のお供で寄席に行くと、元花魁の嫂の嘗ての華客の講釈師が高座に上っており、嫂は講釈師に対して夫と露骨にいちゃつくさまを見せるといったその個条、「まさにプルーストものだ。盛装したボワ・ド・ブーローニュを行く前身オデット・ド・クレシーのスワン夫人を見て」云々など、実に効いていると思う。

(6) 離婚時満喜は妊娠していたが荘太は種は荘蔵のものと信じていた、とは『いろはの人びと』が引く、異母弟で映画監督荘十二の言である。『魔の宴』には、荘蔵の養子となるも画業修行中夭折したこの鹿之助についての記述は一切見られない。

又荘太は藤村と自分とを師資の間柄というより父子のそれにおいて考えていたようで、「私は藤村に愛されていると思っていた」と書いた個条には、藤村が慈しんでいた甥の高瀬親夫が『家』で「正太」と名づけられたことを、こそばゆそうに誇らし気に述べている。

(7) 当然、ここには『廃都』(ダヌンチオ)や『ルネ』(シャトーブリアン)などが陸続と立ち合せられる! なお桶谷秀昭は、平凡社刊『日本人の自伝』シリーズに収められた『魔の宴』解説で「(清子との)不可能な愛の苦しみが、この自伝の大きな柱の一つ」と論じているが、その苦しみが終始頭でっかちのものだったと私は言っているのである。

(8) 無想庵は大正三年、アルツィバーシェフの『サーニン』を訳している。かなりの量の伏字部分は昇隆一の新訳に依らねばならないが、両訳を比較するに、無想庵の訳文の方がずっとねれているように思う。なお、サーニンと妹リーダとのインセストの情感は無想庵や荘太に惻惻として迫るものであったに相違ない。

(9) 元子は清子とは違う、むろん満喜とは大違いの、野枝とも似ないタイプ、農役をちっとも苦にせず、産婆の助力なしに独力で分娩、最愛曲は「ラ・マルセイエーズ」に「アイーダ」の大行進曲という彼女は、かの蘇峰から「健婦」と呼ばれてもいる。

(10) 鈴木久仁夫稿「初期「新しき村」の性格について――木村荘太の視点から――」(『中央大学国文』第二十六号、昭和五十八年三月刊)は、荘太と武者の、労働に対する認識の相違を、社会経済学のレベルに引き上げて検討した論攷である。ただ、鈴木によって、荘太の考えに理論的根拠を与えたとされる(又荘太自身、初対面の藤村から借りて以来あちこちで言及している）クロポトキンの『田園・工場・仕事場』を私もざっと読んでみたが、頭脳労働と手工業労働との分割に反対し、両者のいわば乗入れを強調し、又比較的狭い範囲での共同体における労働の合間の閑暇は銘々好むがままの芸術・道楽の追求に費やされるがいいとする、その論旨は武者の考えにも当て嵌るのではないかと思った。いずれ鈴木君の説明をじっくり受けたく願っている。

(11) 遠山村における農事農村に関係する著述は次の四冊。数字を冠したのは後に引用する場合便利だろうからである。

(1)『農に生きる』（暁書院、昭和八年刊）

(2)『晴耕雨読集』（春秋社、同九年刊。但し前著の改訂増補版。「農村に来て」にしても「震災記」と「記憶二三」とに分割・収録されている）

(3)『林園賦——新農場生活記——』（建設社、同十年刊）

(4)『田園エッセイ』（黄河書院、同十三年刊）

(12) 本稿の論旨から遠く逸れるけれども注しておきたい。何かで読んで記憶する、高橋新吉《ダガバジジンギヂ》はこう述べている。「有島武郎なども、もう三か月程生きていたら、地震にあって、どう気が変ったかもしれない」。

(13) 荘太は、蘆花の、北多摩郡千歳村「粕屋御殿」における、蘆花自身が謂う「美的百姓」ぶりに対して反感を表明している。その一つ、「それで（多数の印税を擁したうえで）筆を執る傍ら土を耕して暮すといふなら、形は半農生活でも、精神は半農生活でないと思ふ。（略）辛うじてなり（ママ）生活の保証は耕す上だけで得られる所まで行つてゐなければ本当でないと思ふ」（「半農生活」(1)(2)所収）が書かれたのは昭和二年四月のこと、（その長逝は数ヶ月後であったとはいえ）蘆花はまだ生きていた。又荘太シンパ達も、(3)付録の「心の繫がり」（諸家著者観）などで、荘太を褒揚するのとは対比的に「あなたの場合とは大変な相違があります」と蘆花を非議している。尤も荘太の対蘆花反発には一種の嫉妬が嗅げないものでもない、条件は異なりこそすれ、荘太も二足の草鞋を履いていたのだから。

(14) くどいようだが、『生活の探求』にもインセストの匂いは微かに漂っている。「駿介の、妹に対する感じは、一般の兄妹の間のものとは多少違ってゐた。妹に、妹と同時に一人の女を感ずることが普通の兄の場合よりも多いと云ふことかも知れなかつた」。

(15) 但し超国家主義思想という点でこのテロリズムと連動する農本主義について、荘太は、自分とは無縁だ、と言い切っている。確かに、「下総農場にて記す」(3)において「私は亜細亜的原始復帰の讃美者であるよりも、エヂスンや、バーバング(正しくはバーバンク)が代表する亜米利加的科学の信奉者たるものの方を余計に持つてゐるから」と堂々と書く荘太と、要するに近代全否定の権藤成卿や橘孝三郎との間におよそ脈絡は無いであろう。

(16) 荘太、地元の警察に捜索願いを提出、暗夜帰宅途次、香子が亡くなった旧棲家の前を過ぎる。砂利道に跪き、手首から肘迄地面につけて祈念する彼の脳裏にこんな想念が!「昔、よく見掛けた、ドストエフスキーの「罪と罰」の英訳のチープ・エデイシヨンの紙の表紙に、こんな姿勢で、ラスコーリニコフが、ソーニヤの前に罪を告白してゐるところの畫があつたのを、私は思ひ出してゐた」(「船出の記」)。

(17) 彩の方はまともな人生を歩んだようである。戦後猪熊弦一郎夫妻の仲人で、フランス帰りの画家関口某とめでたく結婚したなどという仔細は『いろはの人びと』参照。

(18) 『魔の宴』全三百何十頁中「新しき村」や遠山村の記述は僅か三十頁程に過ぎない。つまり「デカダンス」「モラリズム」の紙数が恐ろしく不均衡なのである。

(一九九七年八月)

藤沢清造——人と作品

旧臘、酔余購求した今東光著『東光金蘭帖』（中公文庫）は、途中から不仲・絶交に至るも終生不忘の菊池寛のそれを巻頭に据え、三十五や味津三、利一や康成等の知友十数名のポルトレを列叙した痛快きわまりなき書物であって、実は私、著者の小説一切未読なのだが、この一書だけをもってしても、東光が心も利き腕も利く一廉の文学者なることは頷かれてならない。が、巻中、東光の快筆が最ものって描かれた藤沢清造そのひとは、私にとって恥ずかしながらまったく不識の作家なのであった。

まずもって東光が活写する、清造の弁舌が興を惹く。「帝国劇場って、あれゃ何でげす。へむ。梅幸てえ座頭は女形じゃござんせぬか。歌舞伎座の座頭が歌右衛門だからって訳かね。（略）あっしは女形を座頭てえのが気に入らねえ。幸四郎は何だね。まるきり科白が頭にへえっちゃいねえ役者だ。千秋楽《らく》の日まで科白を覚えねえ役者てえものがありますかね。うかがいてえよ。宗十郎はありゃ何だね。べたべたした餅みてえな科白でよ。（略）それから女優てえ毛だものだ。色気ばかりは一人前でよ。からッ下手の大根《でえこん》役者揃いと来らあ。言ってみれば淫売に毛の生えたみてえなもんよ」——なんとまあ「へむ」が効いていることか。主人公の談吐における、この、「ふむ」とは一味も二味も異なる間投詞の象嵌をいみじくも伝えた東光の手並みもたいしたものだが、該語一語によって、毒舌巻舌を揮う、そう、緑雨あたりが連想されぬでもない、異色いとも鮮やかな人物が私の目交に髣髴としたのだった。当清造の、言葉の何重もの意味でユニークな操履・性行は『金蘭帖』に巧みに記載されてもいるが、ここでは、東光の筆がその芝公園内での斃死を告げて擱かれていることに、彼清造を探尋してみたいわが心緒いとど昂まった旨披瀝するであろう。いかにも、私の、陋巷に窮死した、いわゆる破滅型の文士に対する関心は決して人後に落ちるものではないのである。

東光はこうも書いている。「藤沢清造という希代な人物は忘れ去られても、彼の畢生の傑作である「根津権現裏」という作品は忘れられてはならないし、また、忘れ去られないだろう」。清造を知らぬ者、焉んぞ『根津権現裏』を識り得ようぞ。(1) 古書肆の目録を一覧すれば、七、八万の高値が付いており、いや、いい齢を食っているからにはいささか無理算段すれば買えないわけじゃない、しかし清造を追尋するに役立つ文献・方途についての教示も得たく、今年二月下旬、本誌の進呈に対してはその都度懇切な返書を忝うし、先々号還暦記念号には玉稿を寄せて頂きもした紅野敏郎氏に『根津』の借用と面謁を乞うたらば、どちらも直下に実現したのであった。氏が編んだ内田魯庵の『思い出す人びと』(岩波文庫)を恵賜され鳥料理を振舞われるという幸慶に与りつつ。

尤も『根津』には大正十一年刊日本図書出版版のと、大正十五年刊聚芳閣版のとが存し、古書舗が商い紅野氏が架蔵するのは後者の方であって、前者を所蔵する都内の文学館にこれの借覧を懇請してみたけれど、館の建前や旧蔵者の遺族の意向が楯に取られていっかな埒が明かない。思い余って、『芥川龍之介周辺の作家』所収「藤沢清造」の節において「『根津権現裏』を論じる時は、書誌学的過程を経る必要がある」などの叙述を為している志村有弘氏に十一年度版の有無とその借閲の可否を、生面の機未だ得ていないままに問い合せたところ、折返し、尋常な手段では取得しがたかったであろう原本のコピーがなんら惜し気も無く逓送されて来たのだった。御両人のすぐれて寛闊な学問的態度に対する感佩の念は、慣例のごとく末尾に付記するというのでは相済まぬ気持でここに特記せずにはいられない。

さて、時間の点というより性格の点で私は両版の異同の仔細な比校を果していないけれども、あらあら通見しての印象によれば、出来栄えについての軍配団扇は十一年度版の方に挙げられてよく、十五年度版はそれの改悪とすら評定されるかに考えられる。よって『根津』は専ら日本図書出版版に即して述べてゆくことにしたいが、この、玲瓏珠のごとき、とはとても言えない、しかし異味は充分に、時には魔味さえ感じさせる当作の梗概を述べるわざは至って難しい。これが最適というわけではないにしても、誰にしたって限られた字数ではこんな具合に纏めざるを得まい、注1の「三十五選」中のそれをとりあえず援用してみるに、「幼年雑誌の編集や翻訳の下請けやらをして、かつがつにその日暮しをしている下宿住いの友人岡田は、銘酒屋の女に絶望し、貧に疲れて精神錯乱の極、ついに縊死し果てるが、同じく貧窮し、足に骨髄炎をもつ「わたし」の生活にも明るい「明日」はなく、積極的な意欲を持ち得ない無能力な自分を自ら蹴殺したい衝動に駆られるのだった」——うむ、「蹴殺したい」といった清造の愛用句もちゃんと使ってある。

右にいささか肉づけを施すならば、時は明治の末つ方、所は申す迄もなく根津権現裏辺。岡田のモデルは清造と同じく石川は七尾出身の作家志望の青年安野《やすの》助多郎で、安野を介して清造は同郷の秋声や犀星と識り合ったという。岡田こと安野が自裁したのは茂吉が経営する青山脳病院の、石川の方言では閑所場《かんしょば》と呼ぶ便所においてであった。作中谷口の「私」（聚芳閣版では「わたし」。以下一々断らない）の宿痾の骨髄炎が発病したのは七尾尋常高等小学校尋常科四年を卒業した頃であって、爾来十年間業病の痛苦がいかばかりであったかは、全三百九十九頁の二頁目に早くも表される左のごとき文言によって推察されるだろう、引用は長きに失するかもしれないが、これをもってよろしく清造一流の文章をば味解してもらいたく思う。「自分の部屋の机の前へきて坐つて、病める方の脚を前へ投げだしてゐると、何時の間にか、内へ多量な瓦斯を注入されてゐるやうな、ある圧力を感じてくるのだ。そして、それに依つて、骨格の内の内なる骨髄に潜在してゐる黴菌が一段と其の発生を助けられて、刻刻に化膿しつつあるもののやうな鈍痛さを覚えるのだ。で、私は気になつて溜らないところから、左手の中指でもつて、患部を押してみると、骨格其のものまで、例へば一疋の二十日鼠が暇にあかして、石をもなほ嚙みやぶりさうな、あの微細で、しかも鋭利な歯でもつて、窃にそれを嚙みつづけてゐるのを目にするやうな苦痛を感ずるのだ(2)」。

コメントを続行するなら、岡田も蓄膿症と慢性肥厚鼻炎を病んでおり、「さあ、腐つてくると云ふのかなあ。何しろ僕のは、日が経つに従つて、鼻の中が塞がつてくるんだ。そして、時時くさいくさい膿が出てくるんだ」といった辛苦に呻唸するのを常としている。絶えず「ふんふん」（もう一度だけ断ると、聚芳閣版では「くんくん」）鼻を鳴らすゆえに「鼻」とも呼ばれる彼の惚れた女ふさは「銘酒屋の女」に非ず、正しくは汁粉屋の女中なのだがそれはとにかく、彼は当初ふさとの愛欲に溺没するもやがては熱も冷め、彼女のひどい醜貌に嫌気が差し、汲々として彼女の追逐から遁れんとするに至る。一方、岡田から「あいつは色気違ひなんだよ。お陰で僕は昨夜から、××××××[3]」とか「それにあいつは、大変な技巧家だ」とかのろけられた「私」は、それこそ千束町の銘酒屋の女と四ヶ月程前に別れていて、注2に引いた表現のごとき性欲に軀は燬かれんばかり、幾度か「不自然な方法」「卑しい方法」、つまり手淫の誘惑に駆られるものの、「持ちえた誇り」がこれを許さない。（いや、事実そう書いてあるのだ。これを珍妙と嗤う向きはここで読み止しにして頂きたい）。「私」は買淫（清造は『大漢和』にも見当らぬ当語を使う）に関しては「誇り」も道徳も堅持していないのだからして、銘酒屋にでも出かければいいものを、彼には肝腎の金員がまるきり闕如しているのである。「私」において、この、俗に謂う金欠病は骨髄炎と同じく慢性的で、その症状もまさに赤貧洗うがごときの形容がぴったりのたちのものであった。『根津』は先引の疾苦の描写に始まるのだが、これに続いて、それによって糊口を凌ぐ訪問記者の仕事のことが「私」の脳裏に浮ぶ。だが、袷に羽織という時節に、着る物としては洗い晒しの安単衣しか無い「私」は着古しの一枚でも恵んでもらうべく、また一飯の供応にも与れたならと空腹を怺えて岡田とは別の友人の処へ赴く。仔細は省略に付すが結句、衣服も食膳も仇矢に畢り、降り出した雨に傘だけは借りて、痛む足を引き摺り、乗った市電の転覆、その下敷になっての惨死を念じ、閉店の鮨屋に頼み込んで「二十五銭[4]」分拵えてもらい、雨中・路上で貪り食らっては、「ああ、何時までかうした生活を続けねばならないのか」と歎慨・落涙する「私」はまず、困窘と哀切を極めていると言い得るのではなかろうか。

　ところで、「私」が団子坂上の俥屋の下宿に戻ったことが記されるのは本文のまだ五十一頁で、そこ迄は全体の八分の一に過ぎない。貧乏に病気という古風な私小説成立の必要且つ十分条件を具え、しかもそれら悪材料が不潔な文章でえらく長ったらしく描叙されている『根津』とはさだめし、読書途中にして食滞の気分を覚えせしむる作品なのでは、といった推断が形づくられても已むを得ないように思う。実際に、今胡麻点を打った言葉は榊山潤の『馬込文士村』中のものだが、榊山はそこで清造の横死に哀悼の誠を表しつつも「たぶん多くの読者は、この小説を半分も読まずに投げだすだろう」との評語を記しているのである。さりながら『根津』の本領・骨髄はまさしくこの後にこそ開展されるのであって、ここら辺で巻を閉じる人達は、秘境のとば口で高を括り奥処の勝景を実見せずして引き返すにも似た錯誤を冒すものだ、といった所以を私はせいぜい述べてみるであろう。

『根津』を『根津』たらしめている、その過半大半の中身といえば、日頃岡田の面倒を見る帝大出身の心理学者宮部は自らが司る児童教育の会の公金を私用し、これを察知した岡田は宮部と犬猿の仲の白井に漏告してしまったが、もし白井がこれを公開したならば宮部が窮地に陥るは必至、根が小胆の岡田は大いに気に病み、宮部に己れの粗忽をひたすら詫びるも宮部は怒気と激語を発するのみ、進退谷まった岡田は「私」に対し何遍も甲斐なき相談を持ち掛けた挙句、ピストルの購入や鉄路上での轢死を企て、宮部の手によって強制的に入れられた、茂吉の病院で首に帯を巻いて自財したという件りは先にも触れたが、以上事の次第は、濡れ鼠になって下宿に帰り悲報に接し追分の岡田の下宿松風館(実は清造も住んだ、松翠閣)に駆け付けた「私」と、急遽上京した岡田の兄との間に交される、その晩から翌日の夜明け寸前迄の会話によって明らかになってゆくのだ、あたかも濃霧が漸次薄れて怪奇な古城が現出するさまにも似て——と、ま、こんな風にでも簡約できるだろうか。どうにもしどろもどろの辿り方だと空しく感じられてならないけれど、誰が試みたって『根津』の上手な要略など不可能、と思ってもみる。

　数時間に亙って、蒼黒く澱んだ水面にメタンガスの泡が浮くばかりの沼の陰気に譬えてもいいような気配の裡に延々展叙される話のそのくどさといったらかなりのもので、この種の特性に耐えられぬ資質の人達が在るのは当然、而してそういう人達が在るにしてもこの種の特性に充ちた作品の存立が認められるのも又道理、つまり世の中の好みは区々なることを私は改めて考えずにはいられない。くどさの最たるものは、岡田が「私」の、宮部の許へはもう行くな、との忠告にもかかわらず陳謝に出かけ、罵言をもろに浴びて悄然として「私」の下宿に現れ、悵然として己れの過失を悔むところの、「先ず私の床の中へ入つてきて、私にしがみついて、おいおい泣くことに定つてゐた」といった描写の反復であろう。岡田が毎度自尽の決意を繰り返すのにさすがに業を煮やした「私」が突き放した物言いを為すや岡田は「私」の冷腸と忘恩をしゅうねく恨憤する、まるで二匹の蛇がお互いに相手の尻尾を呑んでいるがごとき気味の循環・堂々巡り。

　岡田の兄も注目に値する。彼は実弟の死に（清造の頻用語を使うなら）微塵悲傷の体を示さず、ただ故人に代って支払うべき下宿代を半額値切ることやら故人が入質した羽織の良否と請け出す金額の多寡とを天秤に掛けることやらに、さぞ臭かろう脳味噌を絞っている。彼が実弟の死を「だらなやつちやわいね。病院で首を吊つて死んだがやがいね」だの、「ほんまにだらなやつちやわいね。これもみんな、自分でそんなことを、しやべつて歩くから悪いのやわいね」だの、「情ないやつちやわいね。――大の男が、おいおいと手放しに泣くなんて、そんなだらくさいことはないがいね」だのと、清造自身が一時一部文壇に流行らせたとかいう、石川の方言で「莫迦」を意味する「だら」の連発をもって冷評するその口調はいかにもつまらなそうなもので、鈍感なのか非情なのか、獣じみて薄気味悪くもあるこの人物の造形は作品に不思議な効果を齎しているように思われるのである。

　兄は弟の死は単に神経衰弱のせいと片づけて恬然たるものだが、「私」の思念はあくまで別の外因真因を追究することを歇めない。すなわち、常住鬱憂の種蓄膿症を治療しようにも貧困ゆえにそれはままならず、病勢は救いがたい程に悪化、精神の地盤も腐蝕され一触崩壊の有様になっていたところに宮部事件の衝撃が加えられて、発狂に近い心的状態に嵌った岡田は遂に首を括るに至ったのだ、「私」はそう解釈するのである。となると、岡田を死に追い詰めた元凶は貧窮に他ならなく、かくして『根津』のテーマはこの貧乏に極まった、と考えて然るべきだろう。確かに貧乏を脱却したなら、豪富を攫取したなら、とことん療治は受けられる、銘酒屋の私娼じゃない大籬の花魁だって買える。万事解決するのだ！

『根津』全篇に、貧乏を嗟嘆痛嘆する文言が枚挙に遑無いのは言わずもがな、冒頭私が一寸立ち合わせた一世のサティリストを作者も引合に出して「「金がないばつかりに、市長にも成られず。」と云つて歎息した明治の斎藤緑雨の言葉が思ひだされもしてきた」と記されるそこには、富める者と相違して貧しき者にあっては父母の面影を偲ぶに「無限の憤怒や怨恨」を伴うこと、窮迫の果には「強盗殺人」の所為も不可避なことなど、非道・物騒な文句が牙を鳴らしている。[5] この、犯罪についての容認言は徐々にオクターブを高め使嗾言の域に迄達するのだが、ここから容易に想到されるのは、あの『罪と罰』だろう。果然、注1の杉森、大森両氏の解説には、清造の作品へのドストエフスキーの影響が明記されたのであった。その点東光の「青春無頼」（『小説宝石』昭和四十八年五月号）など一読してみてもいい、東光に合槌を打たせて岡栄一郎は『根津』についてこう語るのである。「彼奴は貧乏を極端に憎むんだ。だから貧しい人間にとっちゃ道徳も犯罪も不正も許されると言うんだな」とか「だけど藤沢、否、あの小説の主人公は資本主義社会を顚覆させるという意欲までは持っちゃいねえんだ。もっとアナーキーだな」とか「そう。そう。あのラスコルニコフさ」とか。

人間心理の深奥に燭燎を下ろし神か悪魔かに至近の形相を炙り出した、とでも約言されよう、露国の巨擘の文学的福音・瘴気をば近代日本文学者がいかに蒙ったかについては、小沢政雄稿「日本文学とドストエフスキー」(『文学』昭和三十一年九月号)や松本健一著『ドストエフスキーと日本人』やを参看されたく、ここでは絮説を控える。ただ、大正期にあっては、明治二十五年の魯庵訳『罪と罰』も降る雪と共に遠くなり、白葉、正夫、曙夢達のロシア語からの直接訳が定着、新潮社版全集十七冊が六年から十年にかけて刊行されるに及ぶが、当作家に対するイメージといえば主として貧しき人びと、虐げられし人びとを温かく抱擁する博大な人道主義者といったものであり、犀星の『愛の詩集』『第二愛の詩集』収載の「ドストエフスキイの肖像」「露西亜を思ふ」「初めて「カラマゾフ兄弟」を読んだ晩のこと」などは、右の線・系において作家が受容されたことの何よりの例証になるだろう、と述べるに止めたい[6]。

尤も両氏の論攷にあって、犀星、善蔵、暮鳥、嘉樹等とは懸絶して無名に近い清造への言及は絶無だし、また『根津』をはじめ、私が今次蒐集・通覧した優に百を超える彼の文章中ドの一字だに認められない。だからという訳でもないが、『根津』における、あの貧乏に職由する犯罪の肯首・煽動言と『罪と罰』とをそんなに結合させるのはどうか、とも私は翻って考えてみるのである。むしろ、先記のごとく、仄暗い灯の下で、薄汚い畳の上で、想念に憑かれた「私」と、想念は一切欠落、しかし存在自体が一個の想念と化したみたいな岡田の兄とが毫も嚙み合わぬ、不毛の対話を娓娓として遣り取りするそこにドストエフスキー的なものが感受されると言えようか。しかしながらこれとても、影響・模倣を云々するよりは清造生来の気質の直接的反映と釈る方が妥当なのかもしれない。

さて、山鳥の尾のしだり尾の長き『根津』もいよいよ幕に近づき、「私」は思案に沈んだ末、岡田の自決が終極的には、鼻疾のせいでも宮部のせいでも貧素のせいでもなく、いくら相手のしつこさに辟易したとはいい条、それこそ温かく抱擁するどころか「君が死にたいと思つたら、ひと思ひに死んで退けるんだなあ」と言って、彼の傷心に塩を摺り込んだ己れのせいに他ならぬとの結論に達し、痛切な自責の念に駆られる。形見として『文章世界』と『早稲田文学』と英和辞書を貰った私は下宿への帰途、雨水がごぼごぼ音を立てる根津権現裏で左のごとき悲悔の情を湧かせる。「若し私にそれ(友情優情を灌ぐこと)が出来たら、寂しながらに彼は最後まで、私の愛の雫に枯れていく咽喉を霑しながら瞑することが出来ただろう(略)何のことはない私は、此の世における最も哀れな一人を、先ず自分の無恥さをもつて胸元深く刺しつらぬいて置いて、今度は自分の冷酷さをもつて彼の咽喉元へ止めを差したやうなものだ」。

下宿に辿り着き「汗と脂で塗りかたまつてゐる煎餅蒲団」に身を横たえ、「鰐に嚙まれてゐるやうな」足部の激痛に耐えていると、柱の釘に引っ掛けておいた一張羅の単衣が目に入って、それはあたかも岡田の縊死の死体を思わせる。岡田の幻影が瞑目から瞠目に転じ、唇頭に皮肉味を漂わせ、「僕のかう睨んだところでは、君の脚も余り良い質ぢやないぜ。もう骨髄も半分参つちやつてるらしいぜ」との言葉を浴びせる個条はちと怪談じみているが、これも又「私」の痛酷なセルフ・パニッシュメントを私達に想察させるものではなかろうか。而して、すべての責任を、罪を自己懲罰に収斂させずに措かぬこのところにこそ、分厚い暗雲の切れ目から一筋の曙光が射すかのような、『根津』をして一気に昇華せしむる契機を認覚したみたいな一種の浄福感を私は味わうのである。成程、『根津』は結果的にドストエフスキーとまるきり無縁ではないのであろう。

大正十年、大阪で巡査を勤めていた実兄の許で半年余費して仕上げられた『根津』は、私は未見だが東光によれば、花袋の激賞を、これは私も一見したけれど、藤村のやや意味不明な推輓（『読売新聞』大正十二年八月八日号）を得た。志村氏の「藤沢清造」には上木直後の宣伝・批評文が列示されているが、「これ貧しき人びとのための呻吟の代弁、望を失へるもの、ための挽歌なり」（出所・筆者名省略）はさるものにて、「最もよき人間の高貴なる魂を描いた点に於ては、（略）「根津権現裏」の作者藤沢清造氏の右に出づべき人を知らない」（同、傍点塚本）などは私が先刻言ったところの浄福感と呼応するかに思われ、注目したい。或いは、あの鮨の五銭増しに着目した久保田万太郎は作者頓死の数日後『読売』紙上（昭和七年二月三・六・七日号）故人を懇ろに哀惜した文章中、『根津』に対していかにも久保万風に「凝り性」やら「苦心の結晶」やらの讃辞を呈したのだった。さすがに平野謙の視界に清造や『根津』は収められてはいるにせよ、しかしその評価といえば「藤沢清造を問題にする人がほとんどないのは、その代表作たる『根津権現裏』が文学作品としてそんなにすぐれていないからだ」（「破滅型」からの発展」全集第五巻）とか「藤沢清造の「根津権現裏」というのは非常につまらん小説ですね。いつかぼくは読んで失望した記憶がある」（「座談会　私小説の本質と問題点」『解釈と鑑賞』前引号）とか、およそにべもしゃしゃりも無いもので、私はいささかならず遺憾に存ずる。いや、有体に申さば、嶄然破滅型私小説愛好・味解組のエースたりし平野にしてからが、という義憤か私憤かが爆ぜて私をして本稿の筆を執らしむる引金となったのだ。

改めて清造の、窮厄・困窘の域に浮き沈んだその軌跡を辿ってみるに、父母・兄姉に関しても或る程度の事柄は分かっているが、煩を厭って録さない。(7) 少年時骨髄炎に罹った時父はすでに没しており、勘定が滞りがちなため完治せぬままに退院を余儀なくされ、爾後二十日鼠や鰐に噛まれるみたいな痛悩を道連れに人生を文字どおり跛行することになった成行についてはこれ迄も述べた。「本音の陳列」(『サンデー毎日』昭和二年十一月六日号)は「創作」という角書が冠されているゆえに「本音」の部分は限定を受けるにしても、主人公が閲歴したとされる印刷所や菓子屋の小僧、新聞配達、砲兵工廠の職工等は清造自ら転々就職したところのものであっただろうと考えていい。『根津』に「私が芝の弁護士の玄関番をしてゐた」と書かれたこの弁護士は野村某だが、後に日中戦争時反軍演説を敢為し議員を除名された斎藤隆夫が弁護士の頃、清造はその玄関番をも勤めている。『百鬼園随筆』には既往を回憶しての、病気に梳り貧乏に湯浴みして、との言種が存したように記憶する。しかれども百閒のそれは清造の、憂愁なり暗鬱なりの語を五つ六つ重ねてもまだ足りぬ青春の形容としては洒脱味が勝ち過ぎているだろう。なにしろ清造、病褥に伏した母をなんら救拯し得ぬところからの自己呵責激化し、竟に母の死を狂おしく念ずるに至る始末だったのだから。(8)

やがて清造、最愛の母を失った年、数えの二十二歳、秋声から三島霜川に引き合わされ、霜川の斡旋によって演芸画報社の禄を食むことになる。「劇壇雑感」(『演芸画報』大正七年二月号。以下断らぬ限り同誌）中、柳川春葉の死を悼んだ個条で、その六、七年前役者になりたさに杉贋阿弥の紹介状を携えて春葉を尋ねたと述べられていて、それは画報社入社前後の頃に当たるが、清造は元々すこぶる芝居好きであった。雑誌記者として原稿取りに追われたり埋草記事を書いたりしていた清造にとって初めての署名入りの文章は「演劇無駄談義」（三年六月号）であって、九年、画報社社主中田某と意見を衝突させ退社する迄に彼は同誌に二十篇程発表している。

本稿劈頭の、東光が伝述した清造の弁口を顧みられたい、清造はあの調子の、まさに触れなば人をも馬をも斬る式の筆鋒をもって、劇界の諸現象を批判した。例えば「女義は飽迄見るもので聞くものぢやないと云ふ。（略）何等の聴かすものも持たず、更に見せる程の美貌を持たない呂昇は、何に依て高座に座つてゐやうとするのであらう」（題名省略、三年八月）、或いは「女優が揃ひも揃つて、あゝも拙くては、手がつけられない。僕は何時も、能くもこんなすべた共が集まつたものだと思ふ」（同前、六年八月、傍点原文）、或いは又「最も拙劣だつたのは、『誘惑』の不二雄になつた中井哲と、『死と其の前後』の妻になつた松井須磨子である。（略）私は、此の二人の俳優を見た時は、（仁《にん》と役柄とのミス・マッチの点で——塚本）冷水に点火しようとする者の無智さ加減を目撃してゐるやうに滑稽と悲惨とを覚えて不愉快でならなかつた」（同前、七年十一月）。

しかしながら清造の批評は、優劣・真贋扱《こ》き混ぜて、すべてに唾を吐くといった底のものではなかった。彼は素敵な舞台はきちんと認め、これを賞賛することを吝しまなかった。春葉に関するあれの翌月号、同題の文章における、『め組の喧嘩』の辰五郎役の十五代目、『加賀見山』の尾上役の菊次郎に対するオマージュなど、舞台批評にあっては普通には至難な、生の臨場感を招来し、こちらをわくわくさせるばかり芳烈なものである。当文章で「吉右衛門独特の調子の沈痛さ悲壮さが、豪宕であり、寛闊であるべき毛剃の性格を、見事に裏切つてゐたではないか」との酷評が下されたその翌月号では、「僕が最も感激したのは、吉右衛門の調子だつた。其の調子には、全く魅せられてしまつた。吉右衛門独特の沈痛悲壮な調子は、遺憾なく盛綱に依て発揮されてゐた」といった最勝級の褒辞が献ぜられているのだが、多少なりとも大播磨の芸質芸容を承知する者にとって、それは然もあろうとよく納得されるのであって、私には清造の劇評は悉皆肯綮に中っていたと信じられてならない。

さらに、清造と歌舞伎とのかりそめならぬ関係について言を継いでゆくに、右の「吉右衛門の盛綱を見て」の結尾で「僕は歌舞伎劇なるものは、形式技巧を外にしては、成立しないものだと云ふことは知つてゐるが、同時に性根のない、精神の稀薄なところに、何んの形式、何んの技巧があるものかと思ふ。僕は飽迄、役者の生命は精神にあつて、形式は精神の従たるものだと信ずる。（略）事実吉右衛門の盛綱は、精神の盛綱であり、血涙の盛綱である」といった見識がアリア調に謳われていることに属目したく思う。これと似たような文章を誰かが書いている筈だ。いかにも夙に明治四十四年、吉右衛門のファン且つブレーン小宮豊隆によって書かれた熱血の「中村吉右衛門論」がそれである。趣意において文言において酷似の「吉右衛門論」を書写するのはなんとも味気ない、冀くは該論を一覧し私見の誤り無きをば合点されんことを。

私がここで言わんとするは、あれあのように小宮との同一軌の意見を陳べたこともそうだが、清造の歌舞伎への関り方が意外に真面目なものだったという点に尽きるのである。彼は贔屓の役者が演技をなげるのを厳に誡めた。安易な改作や本文削除を切に憂えた。異国人の賞翫に阿ることからの損亡を真に難じた。そして彼がひときわ本気で取り組んだのは、今や将に滅亡の危殆に瀕している歌舞伎の正統的保存はいかにして、といった難問題に他ならなかった。彼は七年五月号、三宅周太郎宛の文章において、狂言、演技、大道具・小道具、舞台装置、衣裳・鬘、囃子・柝等々の抜本的研究の必要性を提言している。七年七月尽日、日本橋浜町の料亭で稽古歌舞伎会の初会合が催され、青々園、綺堂、鬼太郎、薫達十人の錚錚たる顔触れが揃った。この場合「稽古」とは辞書類が第一義として「昔の物事を考え調べること」と説くそれであって、七年九月号、同会についての「口上代りに」にいみじくも表明された「総べて、是等の狂言を幕開きから、幕切れまでの、演出に就いての研究をしたい」というのが会の具体的実践になるわけであった。如上の「口上」を執筆した清造が会の「強力なプロモーター」[9]だったことは、もはや言うを俟たないであろう。

八年四月号、「野崎村の研究」は、従来の、会員集まって所見を開陳するだけでは徒爾に終ることを省み、清造の研究報告を会員達は回覧、それに銘々の見解を加筆、一巡した原稿を清造が整序・清書といった手順に革められた云々の前置に直接して、二十数頁に及ぶその成果が開示されている。以下九月号迄続けられた該研究は精詳・周密の極限に達しており、歌舞伎を三度の飯より深愛し、その細部に余つ程通暁していなければこれの読解は到底無理と思われるばかりのものである。七年五月号のあれには、役者達が含蓄・蔵有する、断片的ながら厖大な知識の聴取が急務、とも述べられていた。「鎖国攘夷主義」に凝り固まった彼等を向こうに回してのこの仕事は清造に多く困難と不快を強いたけれども、ねばりではひけを取らぬ彼は楽屋歴訪を重ねて已まなかった。[10]いや、性質とか意地とかではなく、歌舞伎への愛が彼をしてかくも奔命・尽瘁せしめたのだろうか。

清造の歌舞伎への関り方の律儀・誠実さ加減は、本誌前号で扱った岸田劉生の反近代的（非小宮的でもある）な歌舞伎観を対照させれば判然とする筈だ。委細は繰り返すまい、ただ劉生が、彼の謂う「卑近美」の旧劇に筋金を入れたり、これを正しい軌道に戻したりしてのその蘇生・復活なぞ露だに志向しておらず、亡びるものは亡びるに任せよ、と唱説していたことを再記するに止めておく。清造が劇界の諸現象に対して痛罵吸罵を恣にしたのも、劉生や、この歌舞伎観において劉生と同巣同根の荷風とは相違して、彼が野暮・愚直に程近い迄に真面目だったからではなかろうか。画報社時代、就中稽古歌舞伎会に血道をあげていた一時期だけは、彼の心裏の磁針は向日性を帯びていたとの推考は許されていい。彼は己れを賭ける、灼く対象に出会えて幸福だったのである。

しかし、清造の心身上好晴は続かず、それはまるで生地能登の冬ざれの空模様みたいな鬱気辛気に領される。画報社を退いた後、薫、小山内薫の世話で松竹キネマや『女性』の発行元プラトン社に勤務もしたけれど、呆気無く馘首されたり意地を張って自ら辞めたりで、緑雨風に申さば、一本の筆にて二本の箸を操らねばならぬ日々を迎えることと相成った。[11] だがしかし、前記のごとく大正十年、一擲乾坤を賭して『根津』を完成、翌年上梓に漕ぎつけ一部識者に高く評価されたものの、何によって飢えを凌いでいたのか、恐らく借金とその踏み倒しによってであろうと思われるばかり、原稿の注文は無きに等しかった。[12] 翌年九月、関東大震災出来、『金蘭帖』には「その後に出たあらゆる雑誌に藤沢清造の吉原見聞記が掲載された」「ちょっとした藤沢ブームだった」と記されるが、私が調べた限りでは「生地獄図抄」（『中央公論』十月号）「われ地獄路をめぐる」（『改造』同）二篇のみ、むろん幾つか見逋しているだろうにせよ、ここにも東光流の誇大癖は看取されるようである。だけれども、大震災ルポルタージュによって清造が忽然脚光を浴びた事実は否定できない。

清造は、吉原病院前の池を埋める死体についてこう書いている。「浮腫のことをいへば、これは全身のこらずさうだつた。これ以上にむくむが最後、もう皮膚もやぶれてしまふと思はれる度合ひにまで、それはむくみ切つてゐた。そして、その姿態は、みながみな、手は空を摑もうとしてゐたもののやうに、指をひらいたまま、前のほうへ出してゐた」（地獄路）。被服廠内に累積された屍体について、清造はこう書くのだ。「ものの形容に、「死人の山」といふのがあるが、しかしそれはこの場合すこし妥当を欠くきらひがある。だから、いつて見ればそれはまさしく、石炭のおき場をみる感じだつた。そして、その石炭からは、これも鼻を衝きやぶりさうな悪臭を発散してゐるのだ」（生地獄）。両文章共に伏字が存在し、そこらの表現があまりにも酸鼻に過ぎて検閲に引っかかったであろうことは言うを須いない。人間誰しも、とは決められないにしても、大部分の者が他人の不幸に蜜や鴨の味を思わずにはいられず、残酷であるという所以をもって感性を昂揚させる悪徳を免れがたい。しかれども、かかる大惨景を目賭すべく何遍も現場に不自由な足を運ぶ清造の裡には、悪魔的、と言っては大仰だが、尋常の何層倍もの残忍・酷薄の嗜欲が沸いていたのであろう。私は注11において、清造の心優しさ、良質の感傷を言挙げしたのだった。あの清造と、浮腫《むく》みきった、すっかり炭化した屍の有様をばさながら腐肉に舌打つ蛆虫みたいに凝視・直叙する清造との二面性。怪物魯山人、或いは鳴き声がうるさいと生まれた仔猫を踏み殺し、或いは飼育中の小鳥が死ぬと鳥籠を覗き込んで涙ぐんでいたというが、そんな対極性を連想してもいいかもしれない。

さて、これが売れっ子の証左になるかどうか、『文芸年鑑』大正十四年版の執筆目録（つまり十三年中の執筆分）の清造の欄には二十六篇が列記されている。[13] 翌十五年版の同目録では三篇のみだが、私が調べた限りでも、清造、前年に劣らず二十四篇を公にしたのだった。注目すべきは十五年一月、小説家協会と劇作家協会とが合併して文芸家協会が設立されたのだけれど、龍之介、秋声、康成等は後者に参加していなかったのに、そして後者に所属していた青々園、薫、国士等は新たに大同した協会に加盟しなかったのに、清造は潤一郎、寛、実篤並みに旧小説家・劇作家両協会員でもあったし、新文芸家協会員にもなったということだろう。事実、彼は小説を書き戯曲を書いた。諸家を『都新聞』の文芸時評で『新潮』の合評会で、遠慮解釈もあらばこそ批判した。「現文壇稀に見るの快男児」とも称された。清造の得意や思うべし、といったことになるのであろうか。

　さりながら、清造の文学活動のピークはこの十三・四の両年どまりであった。いや、『根津』の成就に総身の生血を絞り出してしまったみたいに、その頃夙くも落潮は始まっていたと考えるべきなのかもしれない。まっこと数こそ多けれ、「刈入れ時」（『新小説』十三年十一月）「女地獄」（『新潮』十四年七月）「帳場の一時」（『太陽』同十二月）などの小説にせよ、「恥」（『新演芸』十三年四月）「嘘」（『演劇新潮』同七月）「愚劣な挿絵」（『文芸春秋』十四年十一月）などの戯曲にせよ、あの『根津』、手法上幾多の欠陥を孕みつつも、充実した混沌、とでも言っていい一種の力感に充ちた『根津』に較べるなら、いずれも格段に衝撃力は弱く、感銘度は薄くて、いっぱしの文芸誌に掲載されたことが奇異に感じられる程の作柄なのである。『根津』以外、清造の小説は一本に纏められなかったし、戯曲は一遍たりとも板に乗らなかった。

「狼の吐息」（『青年』十三年十一月）は、題名そっくりの寒風が吹き荒れる晩、作者の分身が鬱屈する粗末な下宿に、創業に際して彼の短篇集を開版したいとの福運が舞い込み、印税の内金二百円が明朝手渡される段取さえ決まるのだが、客が帰った後、はたして手持ちの原稿量が一冊を成すに及ぶかどうかが算えられるうち、肝腎の内容が単著として上木に値せぬのでは、という不安の霧が立ち罩め、一刻膨らんだ転宿の、或いは己れを見限った女を見返すという夢の蕾がにわかに萎えてしまう――といった筋書であって、注7にその名を引き済みの西氏は作品解説の方で「他人の作品に対して毒舌をふるうことで有名だった藤沢が、自分の作品に対しても、きびしい自己評価の目で、ながめていたことをうかがわせる小説」との、なかなかに好意的な品隲をこれに与えているけれども、清造が自作についてシビアであろうとなかろうと普通の自己認識を持っていたなら、己れの短篇集なり戯曲集なりが編まれるなんてこと土台無理との結論は自然に得られた筈、「狼」は這般の消息を正直に描いただけのもの、と私は考えるわけなのである。東光の「青春無頼」によれば、菊池寛は清造の才能を認めつつも（それも真偽の程は分からない）「藤沢はまだ作家として吹っ切れないよ。『根津権現裏』の一篇ぐらいじゃ本当の小説家の仲間入り出来ないよ」と語ったという。残念ながら清造の、雑誌に発表されただけで終った鮮少ならざる作品類は一つ残らず、寛のこの断案を立証しているであろう。

　これらが貧乏に病気という、現世の二大悪因を材料にしていること言うも愚かだが、その筆法はだいぶパターン化しており、比々皆是也、といった興醒めな気分を私達に抱かせるのであって、注7における杉森氏の謂う売物はこれら凡作劣作を思議貶議するのにはすぐれて的確な評語と考えられないでもない。パターン化といえば「嘘のつきツぱなし」（『婦人公論』十三年四月）において使われた（凄味の点では、それゃ微々たるものだけれど）イアーゴーばりの、いかにも思わせぶりな口吻でもって極小型和風オセローの疑念・妬心を煽る手口が「嘘」や「愚劣な挿絵」でも、さらには飛んで昭和三年二月、『サンデー毎日』の「狐の後悔」でも用いられている点など目に立つ一例だが、かように清造の作品中には、分限者に対する嫉情のみか男女の悋気を扱った何篇かが散見することをここで指摘しておいたがいいかもしれない。而して、改めて述べるに、わが面上に三斗の泥を塗られたみたいな屈辱、口惜しさに腸は九転するばかり、満身に愁思は錯落錯綜し、堅氷のごとく胸裡に固まる磊塊、自虐は蝮のように心を噛む――といった清造が清爽清冽な愛を高らかに謳う能わず、ただもう薄汚い嫉妬を紙片にべとべとと擦り付けるのは当に然るべき帰結なのであった。[14] すなわち戯曲「春」(『演劇新潮』十四年六月)において、玉の井の淫売婦によってぶちまけられる、彼女のひもの「それに、あたしのとこの人、あたし、少しでも余計に稼がうと思つて、××の一つも取らうとすると、押つとり刀でもつて、わたしのところへ、怒鳴りこんで来なきや措かないつて風なんだからね」というような妙に歪んだ、拗《ねじ》くれた嫉妬の感情の描出こそが彼の、言葉の悪い意味での独擅場だったのだ。

清造にとって良家の子女の恋愛なぞまったくの問題外、彼が実践躬行し、作品化するのは玄人・水商売の女達相手の性愛、いや、愛抜きの性事に限られていた。彼はあちこちで、已れの熾んな性欲を持て余すこと、と同時に、これの嵩と熱とを存分に書きたいことを述べている。序でに記しておけば、彼は、昔風に申さば、月経に異常な関心を抱いたようで、「帳場の一時」や「謎は続く」(『万朝報』昭和四年一月二十三日から翌月二十一日迄連載)において、下宿のお内儀や中小企業家のお妾の「女の体に毎月ある、あの変調」に因るヒステリーの発作を描いたのだった。性の全域・裸形が描破されて悪かろう筈はない、事実その種の極上の作品に接するなら、私達は、生けるしるしあり、と歓喜踊躍したり、人間の業の深さに床に跪いて祈念したりしたくなるであろう。しかし清造のそれは、右の「この世の女といふ女にみる変調」の個条にしたところで変にわざとらしく、文中に異物が突起したみたいな濁った感じを催させるばかり、万事この調子で、寛のあの「吹っきれない」はまさに適評と私は思うものである。

　この、言い得べくんば、性欲の文学に、大震災のルポ中にあたかも異形の爬虫類の朱い舌みたいにちらちらと顕れた残酷嗜好が癒着すると、「啜泣く風景」（『漫談』昭和五年九月）のごとき作物が狂い咲きのように生ずる。亀戸の淫売屋や玉の井の銘酒屋における見聞記の底のこれには、「とうさん」は「かあさん」が客を取るのを承知していながら事後痴話喧嘩をおっぱじめるなんていう、「春」に似通う話も入っているのだが、末尾に置かれた、作者の友人が放語するところの、文字どおり曾遊の地で貰った「ゴノコッケン」（私は今の今、独和辞典を引いてみて「淋菌」の意なることを識った）を同じ土地の「若いガール」に感染《うつ》して来たといった話に（桐生某の挿絵の人物が皆化物じみているのと併せて）ざらざらした後味の悪さを感ぜぬひとは稀であろう。当の友人は「復讐」の語を使っている。[15]復讐先は娼婦か、将又嫖客か。畢竟清造の文芸全体をきつく縫い取るものは、右の真っ赤な二文字なのだと思われもする。

　清造自身、骨髄炎のみか、性病にも罹っていたことは「病院から帰つて」（『文芸時代』十四年三月）に「そのころわたしは、混合下疳をわづらつてゐて」とか「一層のこと××を切断してしまはうか」とか「蜂の巣のやうになつてゐるわたしの××」とか記されているところから知れるが、もういいだろう、以上摘録を試みた清造の作品は既述のごとく、早々と読者に慊焉・倦厭の情を抱かしめ、彼の文壇的地位は十五年以降、古びた譬喩を用いるなら、まるで坂道を転がり落ちるみたいに急速に低下した模様である。発表数は各年共数篇、実際にはまだ他にも書いていたにしても、『根津』を唯一の例外として、元来清造の小説・戯曲は短篇なのだし、せいぜい数枚の劇評・随想を含めてそんな程度の数だとすれば、又もや不如意な生活に沈溺するに至った彼の姿はたやすく想像されよう。確かに「謎は続く」は新聞に掲載された。しかし、旦那の手切金をせしめたお妾の性状を拙劣に叙したこれは三十回で尻切れとんぼの恰好のまま打ちきられ、清造は自ら筆を断ったように言っているけれど、新聞社の方でその措置に出たのではなかろうか。浅見淵著『昭和文壇側面史』「新宿の聚芳閣」の節によれば、清造、『根津』の紙型を持って同社に現れ、社員の井伏鱒二相手に再版を執拗に要請したのだった。「和服の襟元から真っ赤な徳利ジャケツが覗いていて、そのネチネチした話振りと相俟って、どことなく異様な感じを与えた[16]」。

　直腸露出も厭やせぬ、といった風に己れの秘部恥部を曝台に晒した所行が清造の文学的寿命を縮めた、とは思われない。例の「囚はれのしこ鳥／罪の、凡胎の子／鎖は地をひく、闇をひく／白日の、空しき呪ひ」の葛西にせよ、「触ればふ人毎へ、闇をおくり、影を投げ、傷め損ずる、悪性さらにやめがたい自分」の嘉村にせよ、私小説家は挙ってかかる流儀に倣い、殉じて来た。しかるに、片や『椎の若葉』『湖畔手記』なり『業苦』『途上』なりは確然たる声価を有し、各種文学全集が編纂されるやその収録は自明の理のごとく定まっており、他方清造の諸作品は一切合切黙殺され、忘却の淵に投げ込まれている。清造の場合、醜い灰色の牡蠣殻の内側から燦然たる真珠母が創出される具合に行かなかったのは何故なのか。とどのつまりは天分の厚薄に帰する、と釈れば簡単だし、また事実その通りなのであろう。しかし、そう片づけてしまっては清造が可哀想でならない。

とは言うものの、私は清造作の不出来を適実に弁護する手立を持ち合せず、せめてこんな事柄でも考えてみる。今まで叙記して来たところからも、清造と善蔵との共通点は明白だろう。すなわち貧乏に病気、転宿に次ぐ転宿、金輪際返却を慮らぬ法外な借金、激越な、しかし善意の裏返しでなくもない悪態、これだけは一歩も譲るまいとする鞏固な芸術家意識。而して善蔵に有って清造に無かったものとして、自然との一体感だのとぼけた飄逸味だのが挙示されようが、私は敢えて（本当に、敢えて）虚構性の問題を強弁したく思う。善蔵の作品については、宇野の「あれは殆ど嘘だよ」とか広津の「彼は周囲の人間を殆どゆがめて書いた」とかの虚構性、これが大袈裟に響くならば、平たく、拵え事、としたっていいそれについての証言が有名である。清造はというに、彼は屢々「苟くも一個の作家をもつてにんじてゐるほどの人間は、嘘をついてはいけない」（「自分自身に与ふる詞」『新潮』十三年七月）「正直に描いた作品には光りがある」（「昼寝から覚めて」『不同調』十四年八月）といったようなことを書いていた。東光の「お正月の下駄」（『文芸春秋』昭和二十八年一月）によれば、清造、酔どれが一本の徳利でどの位の科白が喋れるか、下宿の台所から銚子を借りて来て実演しながら執筆したという。確かに、例えば清造、子供が居ないくせに、子供こそは貧乏人にとってどえらい負担、災いの種と、その出産を呪罵するストーリーを物している、そんな程度の作り事は為している。しかし彼にとって、呪詛は真正の実感であった、「春」におけるひん曲がった嫉妬の感情、「啜泣く風景」の毒念同様に。清造作にあっては、善蔵作のように虚実が渾然一如となっていない、赤剝けな実感と下手な作り事の分離が露わだ。要するに清造は、「狸」と云われ自ら「酔狸州」と号した善蔵に比べてずっと正直正太夫だったのである。

拘執性・被虐性の質において清造は善蔵より礒多に近いと思われるその礒多の、全篇隅から隅迄真実と見える『業苦』なら『業苦』にも虚構が意図的に巧妙巧獪に組み込まれていることについては綿密・犀利の研究が存するからには贅しないけれども、平野あたりが一再ならず論ずるところの、私小説家、それも破滅型のいわばメルクマールは自らの家庭の破壊、の一点に置かれるそのことに徴しても、清造は葛西や嘉村と彙を異にする。清造には葛西のおせい、嘉村のちとせのごとき、女房とは別の愛人が居なかった。そもそも彼には、壊してはいけない、しかし壊してしまう家庭というものが無かった、「大きな黴菌」（『哀しき父』）と目される、「――君の父ちゃんは女を安うして逃げたんだい。ヤーイ〳〵」（『崖の下』）と揶揄される子供を含めての家庭というものが。葛西、嘉村にとって、家庭の桎梏とそこからの脱離が、むろんそれには千辛万苦が伴われるにしてもとにかく、創作の宝庫、掬めども尽きぬ霊泉であったは疑いを容れない。そういった意味で、清造は徒手空拳だった、破滅型私小説家として甚だ不利な状況に在ったと言えるかに思う。

注7の『文学全集』の「年譜」の大正十四年の項には「十二月三十日、東京市外荻窪六〇六に転居、早瀬彩《あや》子と結婚した」と記されている。『文芸年鑑』当年版文士録における彼の住所はまだ「松翠閣」だが、昭和四年版（二年・三年は刊行ナシ）のそれには「上荻窪六〇六」（荻窪の地名由来からして「上」が付くのが正しい）となっており、『文芸春秋』昭和五年二月の「百舌来たる」には「これは（四年）九月十五日のことだつた」とか「僕は家にゐる女にむかつていつた」とか書かれているゆえに、その頃迄は該所にあや子と共棲していたことは明らかである。が、「年譜」『年鑑』が倶に本郷千

駄木の愛晟館への移転を誌す昭和五年には彼女と別れて孤棲孤眠していたことは、『婦人サロン』昭和六年三月の「独身者は寂し」という文章から知られよう。あや子について千束町の娼婦との説も見られるけれど、「独身者」に「元彼女は、亀戸に淫売して居たのである。其の彼女と知つて、僕は彼女と同棲したのである」とあって、亀戸が正しいと判る。いや、そんな些末事はどうでもいいのだが。その後清造とあや子との関係や如何に？　東光の筆先にかかると、「手前の嬶のオマンコ売らせる亭主」の清造、東光から金を借りては「これで女房買ってやるんだ」と我身を嘲笑嘲虐した由、しかし「独身者」には、原稿が売れず貧窮し（又しても貧乏、である）別離已むなきに至ったが、生活を建て直し、仕事に精を出し、再度彼女を迎えたい、といった殊勝な覚悟の程が述べられている。多分、真実はこの中間に位置するのだろう。[17]

昭和期に入ってからの清造の作品には、労働者の低賃金や解雇や失職への関言が認められる。「ブル」なんで言葉も。注5の大森氏の「左傾」が思い合されていい。しかし「本当は、火が降つてきて、残らず此の世を灰にしてくれれば申分ないんだがな」（「豚の悲鳴」『文芸王国』三年九月）だの「此の世における有産階級といふ有産階級に対して、爆裂弾を投げつけてやりたくなつた」（「槍とピストル」『世界の動き』五年三月）だのと、自棄っぱちに癇癪玉を炸裂させただけのような文章がどうしてプロレタリア文学の隊列に伍し得ようか。なにしろかの小林多喜二に限って言ってみても、『一九二八年三月十五日』は「豚」の二ヶ月後に、『蟹工船』は「槍」の一年前に現れているのだ。資料の点で学恩に与った大森氏には申訳ないけれど、清造のこの方面の文業はさして意義づけるには及ぶまい、無視に近い軽看をもって捌いても構うまいと私は考えるのである。

杉森氏の『一癖斎放言』には、清造の借金ぶりについて、万太郎の「おもしろい人でねえ、一円の金を借りるのに、人力車に乗って来ましたよ」といった、当今地を掃っちまった奇人の奇行を伝える回憶譚が紹介されている。「借金の手紙を書くのに、鳩居堂の便箋と封筒を使った」といったそれも。又二、三の文献からの孫引になるが、寛は十五年刊の『文芸当座帳』において、「金を借りられても決して不快にならぬ男。グウタラの如くにしてしかも一閃の潔癖を有す」と書いているという。これらは清造の比較的好調時の、粋がったポーズを執り得た頃のことであろう。晩年の清造の借金は人々の顰蹙をひどく買っていたらしい。浜村米蔵の、清造を追悼した「左様なら、藤沢――」（『演芸画報』七年三月号）中の「この頃は、どこへ行つても、俺の顔さへ見れば、懐を押へたり、机の抽出を押へて了つて、一銭だって借《ママ》さうと云う奴はありやしねえ」という清造の怨懣は、筆者が浜村だからして、まるごと信用されていい。まさに憂身を衆毀衆忌の巷に窶す、の按配である。金田一京助の『石川啄木』によれば、借金魔啄木もその時の態度は至極傲慢だったようだが、そんな彼に借りられても借りられても金田一は嫌な顔一つ見せなかった。啄木長逝する十日前、金田一は自家の一ヶ月の米代十円を病床の彼に差し出す。「石川君は枕しながら、堅く目を塞いだ顔を少しうつむけて、片手を出して拝むような手真似をしていた」――私はここを読んで眼前が霞むのを覚えたけれど、清造は啄木にとっての金田一のごとき莫逆の友に恵まれていなかったのだ。

浜村のあれが載ったと同じ雑誌、同じ号における三島霜川の「不可能な因縁」は「（昨年）凡そ七八へんも逢ツて、いろ〳〵な話もしたが、「どうかしてゐるンぢやないか。変だ」といつも然《ママ》ふ思ツてゐた。眼もシヨボ〳〵してゐた、影も薄かツた」と、清造の落魄・憔悴のさまを伝える。東光の描写によると、それはあまりにも浅間しくむごたらしくて、ここに引くのを躊躇われるが、清造の患っていた性病・梅毒がその骨髄脳髄を侵していた、との東光の断定はほぼ間違いないと私も思う。[18] 七年一月下浣、芝公園内、凍死体で発見され、いわゆる行路病者として荼毘に付されたが、清造と判明したについては、戸板によれば、「三上」という、あの「贋札製造者」と自ら半ば恥じ半ば誇っていた超売れっ子、清造の借金の大のお得意先於菟吉のネームが縫い取られた背広を着していたのがきっかけになって、西氏によれば、遺された靴が決め手になって、と説が岐れるけれど、どちらでもいいことだろう。翌月半ば、増上寺で告別式執行、秋声、犀星、万太郎、於菟吉等が総代となり、参列者は百名を超えたという。享年数えの四十四歳。

浜村米蔵は述べている、「いつか、三宅周太郎君とも話したことだが、君の値打は、一に人間、二に座談、三に創作だと思つてゐる。遺憾ながらだが、どうだかな、君の芸術は第三番目だと今も信じてゐる」。（うむ、誰かさんの様態が云われているようでもある⁉）一と二の分野については東光の文章に凭れ掛っただけの、三についても清造の文章に牽かれてか、いや、透徹・澄明におよそ異縁のわがさがのせいであろう、徒らにくどさが蟠る叙述しか為し得なかったことを自慨自哂するばかりだが、生きるに拙なりし、崩れたものを人生の形として過せし清造に対する私なりの愛は訴えられたかに思っている。禿筆を閣するに当たり、二つ程文章を引用しておきたい、前者は『荘子』の、後者は『那《な》先比丘《せんびく》経』（但し岩波文庫版『九鬼周造随筆集』からの孫引）の一節である。

「人の生くるや、憂えと倶に生く」。

「弥蘭《みらん》は問う。何故に一切の人々は等しくないか。何故に人には長命と短命とがあるか。何故に体質に多病と少病とがあるか。何故に生れつき貧者と富者とがあるか。何故に……」。

注

（1）不勉強の私は最近になってやっと、『解釈と鑑賞』昭和三十七年十二月号所収、長谷川泉編「明治・大正・昭和私小説三十五選」に『根津』が登載されていることを知った。その選に入っている、佐々三雄という作家、その『孤独の計』という作品を私は今もってまるで識らない。

なお新潮社の『日本文学大辞典』では杉森久英氏が、講談社の『日本近代文学大事典』では大森澄雄氏が「藤沢清造」の項を担当し、ひとしく『根津』を代表作として挙げている。

（2）これからも判るように、清造の文章にはそれ自体暗然、そしてそれの使用によって文章全体を鬱然たらしめる譬喩表現が夥しい。ほんの数例を列挙するならば、「まるで底翳《そこひ》の目でも見るやうに、どんよりと曇つてゐて」「あの蓋をも押しとばしてまで、たぎりにたぎり切つてゐる土瓶を見るやうな性欲の衝動」「丁度針のついてゐない釣竿を渡されて、釣魚方を命ぜられたやうな気持ち」「其の調子には、破れた器物の破片を手にしてそれを継ぎあはしてゐる時のやうな悲しさ」「一方の玉突場から、髑髏をかち合してでもゐるやうな、玉を打つ音」。

（3）先の文学館が館内での閲覧は許可してくれたところの十一年版は、清造からやはり石川の作家加能作次郎へ進呈されたもので、（清造自ら筆を執ってのことかどうか）伏字は全部埋められてあり、当個所については「強姦のされ通しさ」と傍書されている。伏字の部分は猥褻の禁に触れるものばかりで、その分量は十五年版の方が格段に多い。二箇所ばかり例示してみると「そんな隙があつたら、それこそ君の言ひぐさぢやないが、（マスターベーションでもかいて、）おとなしく寝るんだな」「今強ひて、其の悪臭を形容して云へば、悪性な梅毒のために腐爛し切つてゐる（女の陰部）を、火に掛けてゐる時のそれを思はしめるやうなのだ」（パーレン中が伏字）。

（4）「済みませんが、二十銭だけ、いや二十五銭だけ願ひます」について、久保田万太郎は作者に対して「ここで五銭をましたのは、作者苦心の余になつたんだらうね。それだけにまた、ここが作者得意のところなんだらうね」と言ったという。清造は「わたしはこれを耳にした時には、その場で久保田さんを亡者にしてのけようかと思つた。なぜといへば、かういふ恐ろしい観方をする人は、生かしておくだけ、それだけ気掛かりでならないからである」（「苦吟力行の人」『新潮』大正十三年六月号）と、いかにも彼らしい屈折した欣快の情を吐露している。

（5）大森氏の『私小説作家研究』所収、「左傾」と副題された「藤沢清造」は短文ながら、清造の、富者や不公平な社会の機制に対する反抗の意志を強調的に述べたものである。なおそこには、『能登往来』第十号所掲、岡部文雄が披露する、清造の次のごとき書簡が引用されている。

「僕たちのように《（ママ）》、こう《（ママ）》友達が「貧乏」ばかりになると、剣を手にして、起ちたくもなります。よし、起つことが、直ぐと敗北を意味しても、現在の僕達のやうに、囚人同様の生活をしてゐる者には、一気に勝敗を決してみたくなります」（昭和四年二月三日付）。

私自身、この稀覯の雑誌のコピーを入手・披見しているけれども、これは偏に石川近代文学館、石川県立図書館のお蔭で、その他種々お世話になったことも併せて、両図書館の係の方に感謝の念を表したい。

（6）横川敬雄編『無　横川巴人』は、清造と親しかった書家巴人の、犀星が「お前の文には近代的紅毛味がない。チト翻訳ものでも」と言って『カラマーゾフ』を清造に呉れたとかいう伝聞を紹介している。なお清造は同郷同齢の犀星の極貧のさまを「渠に云ひたいこと」（『新潮』大正九年七月号）で精写したが、それはとりもなおさず清造自身の惨状そのものなのであった。或いは、犀星の絶唱「洲崎の海」は清造の安放蕩を詠じたものだとしても、私にはなんの不思議も感じられない。

（7）ただ一寸述べておくに、『石川近代文学全集5　加能作次郎・藤沢清造・戸部新十郎』所収、西俊明氏執筆の「藤沢清造評伝」には「父庄三郎の職業は、はっきりしないが、木こりのような仕事をしていたともいわれ、一説では叺や筵などを商っていたともいわれる」と記されているが、紅野氏の示唆もあって、三月下旬、七尾出身の杉森久英氏を世田谷は赤堤の邸第に訪ね、直話に接したところによれば、それは「町外れの風呂屋」の由である。

なお杉森氏が当日、「清造は足の悪いのを売物にしていた」と語ったことは、きわめて印象的であったが、清造の、無惨悲惨という套語では表しきれぬその人生に寄せる私の気持はどうにも渝らない。

（8）「哀れにも餓死するのを待たねばならないやうな破目に陥つてゐた矢先だつただけに、（略）衷心窃に母の死なるものを願望してゐたのだ」（『根津』）。

「僕が母の生よりも、寧ろ死を願つてゐた所以のものは、これ外でもない。余りといへば余りにも僕達母子が貧しかつたからである」（「母を殺す」『文芸春秋』大正十四年九月号）。

「今までに僕は、母を殺すか、でなければ、僕自身、自殺しようかとさへ思つたことがあるんだからな」（「本音の陳列」）。

（9）戸板康二著『演芸画報・人物誌』所収「藤沢清造」の項中のもので、これのコピーは日頃示教を辱うする、屈指の歌舞伎評論家上村以和於氏から頂戴した。記して謝意を呈したい。なお上村氏の私信には「清造の「稽古歌舞伎会」は三木竹二の業績を受け継ぐ意図で始めた型の研究で、（略）清造はそれを「演芸画報」の記者という立場から考えたのでしょうが、それにしても不運な存在です」と述べられている。

（10）戸板も言及しているが、清造は後年、この厄介きわまる仕事を通して接した羽左衛門のぞんざいさ、歌右衛門の尊大を、これと対蹠的な梅幸と雀右衛門の温藉・懇到をこってりと回想した。(「重忠役者と岩永役者」『演劇新潮』大正十三年二月号。私より歌舞伎につばらかならぬ人々のために注しておくと、重忠・岩永は『一谷嫩軍記』における善玉・悪玉役)。更に「『家康入国』の批評」(同上、十四年二月号)では「岩永役者」に対する遺恨、「外は是蝉の声」(『演芸画報』昭和六年九月号)にあっては「重忠役者」に対する感恩が発露、清造の愛憎の揺曳の久しきを窺わせる。

(11) それぞれの退職に関する文章を引いてみる。「とにかく、わたしのゐた間の松竹キネマなるものは、つまらないもの、素てつぺんだつた。もし、かういふことをいつてもいゝものなら、それはみな白痴《こけ》のよりあひだつた」(「不愉快な思ひで」『新演芸』大正十三年九月号)「ある時間の束縛と、加ふるに、それから入つてくる幾分の報酬にとりすがらうとする弱いこころに敗けて、またまた今後幾年間といふもの、創作をよそにしなければならない慮があつたから」(「記憶を掘る」『三田文学』昭和四年三月号)。

なお後者「記憶」は、最も親炙・敬慕した小山内をその「燈心のやうに弱い」気性に焦点を当てて追憶した、而してゆくりなくも清造自身の心優しさをも証した、一寸切ない気分を覚えさせる好文章である。

(12)『金蘭帖』によれば、清造は下宿代を「まる三年と何カ月」溜めていたという。話半分にしても、また文士達の貧乏物語にはこの種の不払いが判で捺したように得々然追想されるにしても、清造のこれは余っ程放埒無類ではあるまいか。

(13) 但し当欄の「「金」と「恋」と」(『婦人公論』十月)と「いまの創作家のこと」(同)とは同一の文章。また「平賀元義を憶ふ」(『文芸春秋』八月)、その国学者然たる和歌よりもその「淫歌」の方をずっと興がり、彼我ひとしく「片足満足でなかつた」ことに、さらには己れの最期を予覚したみたいに、元義が「いき倒れ」の形で逝ったことに親密感を吐露したところの「平賀元義」が脱落している。

(14) 又ぞろ　ドストエフスキーを持ち出せば、『貧しき人びと』のマカール・ジェーヴシキンとて至って貧しく寂しい。しかし彼にはワルワーラという女性を心の友とすることを得ていた。「きみがわたしの前に姿をあらわして、この暗い生活を明るく照らしてくださったのです。すると、わたしの心も魂もぱっと明るくなって、わたしは心の落着きをとり戻し、自分だってなにもほかの人に劣らないのだと悟りました」（新潮文庫版・木村浩訳）などといった、いわば愛の交流は清造の作品のどこにも、兎の毛で突いた程にも見つからない。

(15) ここに、サミュエル・ピープスの日記のこんな個所を連想するのはあまりにも恣意的であろうか。妻の不倫を知ったカーネギー卿の復讐方法について、「売春婦のところへ行き、梅毒をうつしてもらった」以下を図示すれば、売春婦→カーネギー卿→同夫人→ヨーク公→同夫人→同子供達。（岩波新書。臼田昭著『ピープス氏の秘められた日記』に拠る）。

(16) 志村氏も指示していることであるが、芥川の、十四年十二月十六日付中根駒十郎宛尺牘は左のごとし。「「根津権現裏」を新潮社より出してくれないかと申し居り候へども如何にや（略）同人この頃は首でもくくりたいなどと申居候へばなる可く本になるやうにおとり計らひ下され度候」。清造は芥川と私小説に関して少々議論を交しているが、私がここで引きたいのは、宇野浩二の『芥川龍之介』中のものとしてもおかしくない、彼清造の、左のごとき文章である。

「一体に芥川は、非常に臆病だつた。臆病だといふのがいけなければ、彼は、僕達とは比較を絶して彼自身を守るのに急だつた。彼は名聞ををはばかり、赤裸裸になるのを恐れてゐた」（「フロツクコートと龍之介」『文芸春秋』昭和五年七月号）。

　清造は芥川を非議しているのじゃない、彼なりに強く愛惜しているのだ。清造の哀悼文は彼の愛情乞食の面を反映してか、心に沁みる小レクイエムであることが多い。

(17) 尾崎士郎は『わが青春の町』において清造の葬儀に関して、「そのとき、藤沢の女房として参列した喪服姿の若い人とバッタリ顔を合わせたときにはさすがの私もびっくりした。私が根津権現裏の下宿にいた頃の女中さんだったからである」と述べるが、これは誤認である。尾崎はそこで清造をこう讃頌したのだったが。「藤沢は、作家生活が、もっとも不幸な、対世間的には、まともな人間として取り扱われていないような時代を、まともな態度をもって生きとおした男である」。

(18) 紅野氏から頂戴した『思い出す人々』の「斎藤緑雨」から次の一節を書写してみるであろう。緑雨を清造に替えて読んでもらいたい。「服装《なり》も書生風よりはむしろ破落戸《ごろつき》——というと語弊があるが、同じ書生風でも堕落書生というような気味合があった。第一、話題が以前よりはよほど低くなった。物質上にも次第に逼迫して来たからであろうが、自暴自棄の気味で、夜泊《よどまり》が激しくなった。昔しの緑雨なら冷笑しそうな下等な遊びに盛んに耽ったもので、「こんな遊びをするようでは緑雨も駄目です、近々看板を卸してしまいます」と下等な遊びを自白して淋しそうに笑った事があった」。

（一九九四年八月）

岸田劉生——人と文業

戦前、余技として彩管を把った祖父に連れられて行った、当時は帝室が冠されていたであろう、上野の博物館においては、猿猴の画幅が子供心にとりわけ印象的であって、当の作者を尋ねたならば「橋本関雪というひとだよ」と教えられたことこそわが斯道賞翫の萌芽である。爾来半世紀の間数々の眼福に浴して来たつもりなのだが、万事こるという美点に恵まれぬ私はただその場限りの愉悦に甘心するばかり、近代絵画の主流支流を瞰望したり、個々の作品の勝劣・真贋を較明したり、といったわざに竟に無縁のまま今日に至った。勃然、還暦を迎えたからには特定の画家についてなんらかの愛と筆を費やしているのが相場だろうに然に非ざるさまがまるで、我身のどこかにうろが空いているみたいに慽まれてならない。

尤も、顧みるに経眼したところの無慮二、三百か三、四百の展覧会中断然鮮烈な感銘を蒙ったのは岸田劉生と速水御舟のそれに止めを刺す、ことくらいは明言し得る。御舟、劉生より三年遅く明治二十七年に生まれ六年遅く数えの四十二で没し、後段に関言するつもりの宋元院体画、特に皇帝徽宗に劉生と同じく心酔し、「同氏の仕事に対して私は可なり以前から注意を払つてゐるものゝ一人である。

今日の日本畫といふものが、展覧会用の作品となり切つて行く中にあつて、速水君は本当の「絵」をかこうとしてゐる」（「速水御舟氏の近業を観る」）といったような、同業に対して熱罵痛罵をほしいままにした彼劉生のものとしては実に例外的な好情を示され、劉生の金蘭の友武者小路によって「御舟はむしろ岸田がやりたいと思つたことを、ある点日本画で完成したとも言へる」（「岸田劉生」）と両者の親近性を指摘されている、その御舟は別に措く。

ここに御舟ではなく劉生を選んだ事訳としてはまず、嘗て歌舞伎役者の芸技と為人との関連を検考した砌、劉生の『旧劇美論』にいたく啓明された因縁を挙げていいだろう。その後、劉生が画業と文業とを車の両輪のごとくに併行させ、齢不惑、この、不惑程彼の生涯にふさわしからざる語は無いのだけれどそれはともかく、該齢前にまさに溘焉として逝く迄に「八千枚」と云われる、事実岩波版全集では平均数百頁全十巻に達する量の文章を遺したことを識るに及んだ。そもそも演劇・美術・音楽に関しての、通史や理論ではない、夫々の対象を髣髴現前たらしめる、生まの臨場感を招来する批評の存立に私はきわめて懐疑的なのだが、さなきだに目の利かぬ私に絵画だけを相手にして何が書けるであろうか。いかにも私には劉生についてなら、右の文章の森に分け入り嫩葉・紅葉・落葉せし処を確かめて何かが書ける、と思われるのである。もちろん劉生の画集の方に一切言及せぬというのでは話にならず、具体的作品に対する鑑賞、と言っては気が咎める、好みとでも申すべきものも少々は述べてみたい。

劉生の父が錚錚一世に卓越した吟香で、英傑なるか奇傑なるか、この吟香が例のヘボンの辞書編纂に尽瘁した謝礼の代りに目薬の製法を伝授され、これを精錡水と名づけて発售したところえらく当たって財を成し、銀座通りに面した店舗・住家はいとも富贍でハイカラな状態にあったとか、吟香、二十二違いの妻勝子との間に男女七人ずつ儲けたもののそのほとんどが短命、しかも勝子の姉の精神病が劉生の兄姉弟に遺伝し露表し、自分の内部にもその異常性[1]が胚胎しているのでは、との疑懼が劉生を絶えず懊悩させていたとか、劉生は吟香が上海在住の愛妾劉女に生ませた日支の混血児なりとの噂高く、彼の日本人離れした風貌・挙動や画布上の追求力・色彩感からしてそれは半ば肯首されもしたけれど、劉生とした事由については論が岐れるにせよ、とにかく吟香が正妻勝子腹九番目の子供にそう命名したのは確かという真説によって右の訛伝は斥けられるとか、各種劉生解説が同様に叙述するところであって、呶々を要すまい。だが、これらいずれもが劉生全像を思議するうえで押さえるべき壺であろうとは私も言っておきたい。

　さて全集第一巻劈頭「小品画集　黒猫」所収の五篇の詩、後記によれば画集は明治四十五年、劉生数えの二十二の時上梓されたものらしいけれど、断片的な引用を為すなら「ビツシヨン　ビツシヨン／ゆるい曲線の長い軒灯《のきび》の連り／雨にゆらいで悲しく戦《そよ》ぐ／江戸の錦畫のいたましさ」（「築地を通って」）だの「唇に舌にけむりのあまさよな／金口煙草のあまさかな／ロシヤ女の紅《べに》の唇白い乳房のあまさかな」（「金口煙草のおもいで（ママ）」以下一々（ママ）を断らない）だの、宛然白秋・杢太郎の世界である。これこの通りといった証拠は呈示しかねるのだが、私が「黒猫」詩に寓目、両詩人を連想したのはまったくもって自力より出でたものにて、暫時鬼の首を取ったみたいな気分を味わったのだった。ところが第二巻月報3を見れば、咄！　稲垣達郎が当詩篇を至れり尽くせり論評しているではないか、「とともに、白秋や杢太郎の耽美派とのつながりがみられようし、ことによると、かれの美感のどこかに、かすかな地下水となって流れ、後の日の、例のデロリズムあたりへとどくのかも知れぬ」（「初期劉生についての雑談」。後に『稲垣達郎学芸文集三』に収められたが、以下この点も一々断らない）などと、冥々裡に予覚していた私見の主線と構図をばぴたりと言い中てるがごとき行文において。もはやわが文章には何程の新味も叶えられぬのでは、との絶念に駆られもするが、ま、勇を鼓して筆を継いでいくであろう。

この件は稲垣のみか、研究者達が判で捺したみたいにひとしく論ずるところだが、明治四十四年の暮に武者との間に、浸漸して遂には蜜のごときそれに至る交情が訂されたのであった。その数年前に劉生はキリスト教の洗礼を受けて、数寄屋橋教会で日曜学校の教師を相勤めている。これは職として、吟香の葬儀を司祭した異色鮮やかな牧師田村直臣の骨柄・能才という噴泉のしぶきをもろに浴びたことに由るらしいが、明治四十年の日記を参照してもらいたい、「集会者数名、熱誠なる祈を神に禱ぐ、あゝ祈は我が命なり、我が喜なり、我が神に接するの機関なり」（二月六日）なり、「主基督の十字架を想ふの日、この大恩に浴するの日、我肩の重負、我首の軛はさながら、切りてすつるが如く、我をはなるゝの心地す」（三月三日）なりの文言からして、キリスト教が彼の心意の全幅を領していたさま瞭らかである。尤も別の処の記載によれば二十一歳の時には離教しており、しかし日録の当該部分が欠落しているゆえに這裡の消息は窺知しがたい。

私がここで申したいのは、劉生には、白樺派と接触して「第二の誕生」を遂げ、武者と「双生児」と評されもしたその前史としてキリスト教信仰期が存し、キリスト教から武者への移行について考えるに、劉生はひたすら己れの活力・熱情を迸発させるに足る場が欲しかった、彼にとって信ずる対象は神でも武者でもいい、ただ信ずる、憑かれる、燃えること自体が目的だったのではなかろうか、というようなことに他ならない。前引武者の「劉生」では「当時の岸田が、画をかくことを罪悪のやうに考へ、画をかくのをやめて出家したがつてゐるのを止めるのに骨折つたことだ」と追想されているけれども、「出家」が牧師、僧侶のどちらを指すかはさだかではないのである。潔らかな生様は乞食生活に在り、と考えた劉生は一再となく家出を敢為したとも云われる。（「家出」の件は諸氏が述べるところである。だいたい数多の劉生研究・解説書類において記事の重複鮮少ならず、いずれがいわゆるプライオリティーを有しているのか容易に判別しがたい。以下、例えば先の稲垣の、どこから見ても個性的な識見などはその旨明記するにしても、最大公約数的知見についてはそれらの出処を逐一断らぬこと諒せられたい）。とにかく劉生は満腔子これ真面目の火の玉だった、とは言い得て謬りの無いところであろう。かかる点からも、あの「浅草のオペラダンスの／源氏女の黄色い声が／しびれ頭を　抉ぐつて消へた／チャ　と消へた」といった調子の「黒猫」詩の詠出はすぐれて暗示的、さらには啓示的な意味を齎らすものと思われるのである。

　さて武者との関係だが、『或る男』にも「岸田」は登場するけれども、彼等の膠漆の契りを確かめるには『彼が三十の時』を一読するに如くはない。武者は劉生より六つ年嵩だからして、当然「彼は三十で、Kは二十四だ」である。親縁な魂の相互牽引の無上の証左「何と云ふことはなしに」をもって、二人は往訪を活発に繰り返す。劉生からの二枚続きの葉書には「自分は君を信じて敬して居ると同時に感情に於ては可なり深く愛して居る」と書かれており、武者も又吹きこぼれる共感を隠そうとせず、ここには同性愛の陽炎が立ち罩めている、とすら言ってもいいかもしれない。熱っぽく交される話柄は全世界的に偉大な作家に捧げる崇敬、彼我の落差についての嗟嘆、既述のごとく本邦の同業に対する真っ向唐竹割の怒罵、乃公出でずんばの絶大な誇負などであって、要するに命を的に文学・絵画に精進する青年像とその交流がそこには活写されている。武者は語る、「どん〳〵敵をつくってやる、さうしてそれを無理押しにおさへつけてやる。僕等はまだ征服の欲望にかられなければいけない齢だ」、劉生も語る、「偉い奴のものを見ると恐ろしいけれども、日本の奴は軽蔑する、今度からもう、自分は天才だと云つてやるのだ。どうしても、もう押えつけるより仕方がない」。まさしく意気投合、意気軒昂の見本であるだろう[2]。

　だめを押す形で、劉生の、武者の口真似めいた文章を大正二、三年度中のものから列記してみるならば（以下、さしたる必要が無い場合は原文の出所も省略に従う）「只ひとり人類の為めにつくすてふ事のみ、自己の為めに尽すてふ事と矛盾しないのである」「見つめれば見つめる程、自分は自分を尊敬しずには居られませぬ」「自分は、自分が、弱いといふ事を云はうとすると或る苛責を感じる方の人間である。そして、自分は、その事を祝福して居る」「すべてが自我である。自我の本能である。それに強いられてそれを生かし抜く事である。こゝにのみ美しき力強き調和がある。そして生成がある」といった具合であって、微視的に検覈すれば双方のずれは紙背に透けて映るかもしれない、しかし共通弦が可及的に長い同弦円を想像してもらってもいい、その異同部分は重複部分に較べて遙かに僅少、とするのが尋常な見方なのではなかろうか。なお劉生の小説「結婚迄」（大正二年）「ある夫婦」（三年）「彼と人間」（同）「罪を悔ゆる男」（同）「二つの力」（四年）など、妻蓁に対する微笑ましくも猛烈な肉欲、かなり執拗な苛虐、そして義母への生理的な不快感、義姉への観念的な、あまりにも観念的な不倫の情を描叙したそれらが武者小説の模倣作品《パスティーシュ》なることも明白だと思う。紅野敏郎が「岸田劉生――『白樺』および『白樺』衛星誌との関連」（『図書』昭和五十四年四月号）において、両者を比校、前者劉生のが武者のには一籌も二籌も輸するとしたうえで「作品の構えとしては、ほぼ同質といっていい」との評定を下したことはこの際是非共援用しておきたい。

ところで紅野も説述するごとく、里見や志賀などの巧緻・明勁な作物の出来栄えとは対蹠的にすこぶる未熟・稚拙な劉生の小説から、私は己れの連想が突飛にか正当にか躍って、大のつく素人として武者と双璧の、あの蘆花に及ぶことを防遏しがたい。急ぎ足に申さば、私は蘆花の、語の何重もの意味での問題作『冨士』をいささか吟味した折、その「熊次」と『或る男』の「彼」とが相似しているさまについて、醜悪な肉体、自慰の常習なんてものも含めて十項目ばかりを列示したのだった。とりわけ彼等が共有の、海面さながらに鎮まったかと思うと又荒れる気色だの、制御がまるで利かずに破裂する癇癪だのに興味を覚えたのだが、その件に関しては劉生小説の「自分」や「俺」は「彼」よりも「熊次」に、酷似と言っていいくらいに近いと今の今は考えられる。而して「自分」や「熊次」、それは生身の劉生と蘆花と同然なことだけれど、御両人共気色が穏やかになり癇癪が治まるや自己を責めるに急でもあり深くもあった[3]。この、我身を二つに引き裂くみたいな慚愧・悔恥の念は武者においてあまり多くなかったように思われる。序でながら、癇癪で有名な漱石にあってはこれがおよそ認められないとも申しておこうか。

好晴に恵まれず屋外写生がままならぬところから劉生の癇癪が爆発、蓁夫人に、物干竿を振り回して暗雲を追っ払えと命じ、夫人は仕方なくその滑稽な仕種を践行したと伝えられている。この挿話こそ端的に、先天的な怒りっぽい気立、苛立ちやすい性質はさるものにて、彼の癇癪の激発は畢竟絵画制作の契機・進行・展開と密接に係わっている、瑣事によってそれが溢流するかのようで淵源を尋ねればすべては右の制作の動静・浮沈・成否に輻輳し収斂してゆく事情を私達に合点させてくれるであろう。注2中の一政の一文には「何しろ癇癪を起すと、胸のところに太い棒がグーッと底の方から突き上げて来るようになって、這って歩きたくなると言っていた」とも記されており、私はここからも、癇癪の被害者の方の難儀より加害者の苦患の方が重たく感じられてならない。私は必ずしも、癇癪なり狂気なりを芸術創製の培養基として意義づける議論に与しないが、劉生の、制作に関する、疳の強い駿馬に見られるがごとき神経のピリピリとした昂ぶりには好意的にならざるを得ないのである。ましてや癇癪の発作の事後彼は、それは『マノン・レスコー』中の言葉であったか、（ああ、何故俺はこうなのだろう）とばかりに自哂自虐が己れの胸を蝕みたいに嚙むに任せているのだ。

劉生は武者と倶に、天下を呑むがごとき気炎を揚げていただけではない、寸陰寸刻を惜しんで拮据勉励したさまは、麗子が母からの伝聞に負って書き留める、恋女房と結婚した三日後「今日で三日も仕事をしていない。仕事をしたいのに出来ない」と癇癪を炸裂させかけていたという一事をもって想像されるだろう。大正二年の結婚時、吟香とっくに道山に帰しており、生家の楽善堂本舗の商賈は衰退するのみ、劉生は赤貧に耐えねばならなかった。長与の妻から、彼女の女子美時代の古絵具一式を貰って雀躍然たるを抑えられない。絵が新たに出来上がると鴨居に掛け、隣りの絵を降ろしてその上に描いた。菓子函の裏にも描くのだった。来訪者を片っ端から描いてしまうので「岸田の首狩り」だの「千人斬り」だのと恐懼される。モデルの数は限られており、あまりにも豊盛な制作の意欲と力量の赴くところ、自画像の多産という果を結ぶに至った。尤もこの夥しい自画像が遺されたことについては、劉生の自我意識や内向性に因由が探られており、私もこれを承引するになんら吝かではない。

つとに高村光太郎や佐藤春夫もさように頌しており、矢代幸雄の「日本の油絵が生んだ最大の天才、或は本当の天才と私が信じているのは、岸田劉生である」（「岸田劉生」昭和二十九年四月号）に極まる、これと同趣旨のオマージュに触れるのは珍しくないけれど、元来誰が言い初めたのだろう、天才とは努力の異名なり、とは他ならぬ劉生にこそ剴切と私は強調的に述べたく思う。むろんその魁偉な容貌を劉生によって描かれた椿貞雄、劉生の傍に居ては放射される熱に焼き殺されるだけだと皆四散してしまったのに、師に最後迄扈従して、幸いなるかな、一廉の画家になりおおせた椿が大正四年大雪の日、劉生との生面の機を得た折の光景を追懐するところによるならば「痩せて刺げ刺げしく、強い近視のためもあって、目が眼鏡の奥で炯炯と光り、上唇をしょっちゅうピクピクと痙攣させ、ジッとこっちを見詰める。（略）そして着物はと言うと綿入れなのだが、垢や油で汚れ、ことに両膝は油絵具やポッピー油でよごれた手でこするのでピカピカに光っている。（略）そしてひっきりなしに貧乏揺ぎをし、絵を見る時には少し首を左へ傾けて画面に顔を擦り付ける様にして見る。そのせわしない焦々しさ刺げ刺げしさはこっちをヒヤリとさせる或る不気味さであった。（略）僕は何故岸田劉生を訪問する気になったかと言うと、勿論彼の作品に感服した為であるが、彼のこの真善美に対する真剣無比な生活態度に心服したからである」（東珠樹著『岸田劉生　椿貞雄の回想から』より孫引）という風であって、こう申しても誇大には響くまい、凄凄たる鬼気を漂わせて、画業に精励する青年芸術家像がここから私達の目交に浮かぶ。なお椿は、劉生は当時酒は一滴だに口にしなかったとも証言している。

晩年の彼はなんと、丼鉢で斗酒を呷ったのであったが。

語の真の意味での名作『道路と土手と塀（切通之写生）』が制作されたのは同年十一月のことである。『大崎附近』（同年同月）『冬の崖上の道』（同年十二月）『冬枯れの道路』（五年一月）など、いずれも三嘆に値するものばかり、踵を接する形で出現したのはまっこと驚倒させられるが、私にはやはり重文の指定を受けた『切通』が優作群中の絶巓を示すかに思われる。但し、例えば「柔らかな赤土の、しかし、ずっしりと重量感のある右手の切り立った土塊に対し、高さや角度を鋭く強調させた人工の石垣と塀を、くっきりとした明暗で対峙させた……」などという、特に名を記すには及ぶまい、その訳はこの種の表現は他の誰さん彼さんによっても用いられているからなのだが、或る美術評論家の文章を私はなぞりたくない。さりとて私はこれとは別の妙なる文句を物しかねるからには、ただこの傑作に対する感想において、麗子の「いかにも明るくて暖かそうだ」よりも椿の「いかにもさびしい絵だ」の方に左袒する旨述べておくに止める。いやはや、遺憾な事ではある。しかしながら、敢えて神品と呼んでもいい『切通』が劉生の、灼熱の向上心、斬人斬馬の争気、張り詰めた緊張、不如意な生活、不断に継続する精進、先に胡麻点を振ったところの、真面目、に要言されよう魂の土壌から結実したのだという私の叙述は一応脈絡が付いているのではなかろうか。

劉生の多岐に亙る画道遍歴・彷徨、すなわち黒田清輝主宰する白馬会の外光派に始発し、白樺派からの衝撃《インパクト》によって後期印象派（劉生は「後印象派」と呼ぶ）に変移し、就中ゴッホにいかれては「ゴーガンは常に全体の為めに部分を択つた。（略・改行）しかしゴオホにあつては全体は後の事であつた。部分が生きれば生きる程全体がはつきり生きて来るのだ」とか「彼は実在の真髄などといふ概念を作つて、それを表現しようなど、したのではない。（略）彼は描き得る丈描いたのだ。彼は打つかるものを全力で食ふ様に造つたのだ」とか、まるで小林秀雄の批評の先駆のごとき文章を書き、人の顰蹙を買う程に（私とて明治末年の『夕陽』には鼻白む）ゴッホそっくり作品を描き、大正元年フランス語で木版画を意味するヒュウザン会（後にフュウザン会と改められる）旗揚げの催しに最も多く出品、識者の期待と鏑木清方に贄を執っていた蓁の敬愛を贏ち得、次いでお山の大将劉生自身の命名に成る草土社の頃にはクラシックへの道が採択され、これにあってもレンブラント、ルーベンスあたりからの感化に揺れた挙句、最終的にはドイツ・ゴシックの頂点A・デューラー（劉生は「デウレル」とも記す）に帽を脱し、それは日記から一つ引くなら「デューラーの例の本を見て居ると実にいゝので、自分の絵がなさけなくなつて来る。（改行）どうしてこう美が出るのか、その力が不思議に思はれる」（大正五年四月二十日）という推服ぶりであったが、同五年秋には肺疾と診断され（実は誤診）屋外写生を控えねばならなくなったところから静物画に着手、翌六年鵠沼に転居以後のそこにはデューラーばりの細密描写が見事な成果を収めている、といった経緯については、又もや遁辞を吐くようだけれど、解説書類に譲るであろう。私は唯々『静物（湯呑と茶碗と林檎三つ）』（六年）『同（白き花瓶と台皿と林檎四個）』（七年）『同（砂糖壺・リーチの茶碗と湯呑・林檎）』（八年）などの絶品に、写実の極地をば認覚して感嘆の吐息を発せざること能わぬのである。

しかれども、ここで私なりに述べたい事柄絶無というわけではなく、それは劉生に付き物のように、しかもアイロニカルな意味において「模倣の天才」「模倣の大家」が被されるという問題である。栴檀は双葉より芳し、の俗諺どおり、劉生少年、糝粉細工で血塗れの小指を拵え銀座の歩道に置いたところ、本物と間違えられ騒ぎを聞いて巡査が駆けつけて来た。極度に潔癖なくせにスカトロジーが嗜好の劉生、一家の主人になるに及んでも「雲虎」の玩具を作り後架の草履にのっけては来客を困惑させた。元々、模倣の天稟を享けていたのである。而して如上の、絵画制作上の旺盛な食欲と錬磨による咀嚼力とによって清輝を食らい、ゴッホ、セザンヌを食らい、デューラー、ファン・アイクを食らったのだ。誰がよく模倣を経ずして独創に至り得ようぞ。芸術家の成長は模倣によってのみ約束されるもの、模倣を伴わぬ芸術に秀作は断じて存在しない、などと云われる所以であろう。第一劉生自身、こんな風に書いている。「模倣だと云ふ事で目を皿の如くにしてなぢる人がある。（改行）あゝ、さういふ人に聞いてみたい。模倣がなくて芸術が今日迄引きつゞいて来ましたかと」。又こうも。「古来すぐれた天才は或る一面に於てこの模倣性の強い人であつたと云へる」。

刻下の自己にとって何をいかに模倣するのが適切かの敏感な判断が肝要でもあれば、又その判断を履行しきる抜群の膂力も必須である。模倣は或る種の盗略と考えられようが、そう、プロメテウスの栄光は凡器には到底無理な話だろう。天才劉生における倫を絶する写実力が完全に発揮されてこそ模倣の美徳は成就したのだ、と私は解したい。なにしろ劉生の迫真の写実力ときたら、面上のにきび、果物の皮の斑点、括り染めの絞りの凸凹すらも如実に描破する程だ。私は展覧会で『麗子五歳之像』（大正七年）の画面の上部に描かれた半円形の額縁を実際のそれと見紛った驚駭をとこしなえに忘れまい。重ねて『静物』の林檎、台皿、壺等々、我国における写実の窮極点に迄到達した明証であって、かくばかりの写実力による模倣はもはや模倣に非ず、対象とは別の美の領域神域に達している筈と言いたく思う。果然、矢代は前記の文章で右の『麗子』を讃頌して「模倣は模倣として指摘されようとも、それは岸田の才能を隠さず、デューラー等の持っていない、或はデューラーらにも負けない迫力を岸田は持ち」などと論じたのであった。(4)

やがて、劉生は模倣餓鬼なぞという悪声を蹴ちらして隆隆たる名聞を謳われるようになる。元旦から大晦日迄一日だに欠けぬ日記は大正九年（九年度は全集第五巻の過半を占め、以下十三年迄一年度分に一巻充てられている）に始まって五年間続けられるのだが、(5)その九年一月九日には「原善一郎の註文による」、同じく二月一日には「芝川より今日は留守なるもフチは届けさせておくとの電話あつたれば也」との記事が見られる。芝川とは大阪の羅紗問屋の入婿で『芝川照吉氏之像』は大正二年に描かれているところから彼と劉生との好誼はこの以前に遡れるにしても、原善一郎は三渓富太郎の子息であって、この原父子、原一族の西郷健雄、住友財閥の御曹司寛一等はいずれも鵠沼時代に劉生のパトロンになったのであろう。金員は流入する。蓁はしきりに髪結に通い、麗子は愛らしく成長し、朋友は近くに在って交歓は絶えない。一家は湘南の和煦に常住包まれているかのようである。さりながら女神フォルトナは気紛れなもの、運命はすでにひそかに破局の糸を紡ぎかけていたのだった。

武者と長与に捧呈された『劉生畫集及芸術観』の開板は大正九年、晦渋と迄は行かないにせよ、思い込みと堂々めぐりが交錯して何かしら宗教書的な本書は、私にとって劉生文業中最も読みづらいものであったと言わねばならない。再度精読を期しているが今は、前者は後者の下風に立つかの意味合において「写実」に「装飾」が対置されていること、両々相俟っての理想的な「内なる美」の実現が志向されており、いわば写実絶対・万能は揺らいでいることを述べるだけにしておく。同文章に曰く「たとへば写実を旨としたものでも、皆この装飾の感じがなくては、美術にはならない」、或いは曰く

「もし、写実的な美を生かす事が、唯心的な域（「内なる美」と同義）を殺す事になる様な場合に遇つたら、唯心的な域の方を生かし、写実的な追求は犠牲にしなくてはならない」。尤も富山秀男などは岩波新書『岸田劉生』その他で、劉生を不渝不変の「反印象主義者」と規定、彼は単なる視覚映像の再現自体絵画になるとは毫も信じきれなかった、現象の奥の生命感・神秘性を追求して已まなかったと論じ、これはこれで傾聴すべしとは思うものの、劉生における写実に対する不壊の信仰が、そして我国にあっては空前にして絶後も確実であろうその写実力も又、ここでは盤石の重みを失つていると私は強意的に述べたいのである。

牽強の譏りを甘受しつつ、私は写実と生活との間に一種のパラレリズムを認知したい。一体、勉学・勤労の退行と真面目ならざる遊びの発生は各々因となり果となるわけだけれども、この相関において写実は格別の作用を及ぼすように私には考えられるのである。確かに劉生にあっては、写実から遠退けば遠退く程その生活は従来の真面目の気魄を稀薄にするのであった。せいぜい五目並べか相撲が趣味であったのに、九年から十年にかけて芝居見物や長唄・三味線の稽古が始まる。趣味を馬鹿にしてはならぬ。自らの体験に徴しても、双方共気恥ずかしいばかりにやわなものではあったとはいい条、剣道に励んでいた時とかっぽれに興じていた時とでは我身の裡に夫々別人格が生起するのを体感したことを伝えるであろう。ましてや熱中・没頭は得意業の劉生、趣味も淫すれば骨髄に徹する、という言種どおりになったのはなんら不思議ではない。

来客、それも先年大雪の日、誠意・切情を眉字に漲らせて訪れた椿などとは彙を異にする連中なのだが、その人数も多く頻度も高い。「家に八合あつたのに四度四合をかひ足した由二升四合の御酒を五人ほどでのんだ訳也。蓋し家ではこれがレコードならんか。原田の歌沢が皮切にて、あとの三人がかわる〲三味線を弾いて小うたをうたふ。皆うまいもの。殊に富さんはいゝのどにて、かなりの通人らし」（日記・大正十二年二月二十一日。因みに「原田」とは築地の魚問屋「大力」の息子彦太郎。「富さん」は不詳。なお当日の条の結尾は左の如し。「蓁照子、原田は朝まで花をしたとか」）との一斑をもって全豹は推察されるかに思う。この前後「つるかめをならひ、八景をさらふ。（略）今日は一日何もせずぶら〱してしまふ」といった、つまり余技には熱心、本業の制作では怠慢の記載が目に入るのは当に然るべき帰結と申すべきである。いや、九年の夏頃には「今までかきにかいたものでは満足も出来ず飽きて来たのだ」なり「この頃細かい描写に飽きてゐる」なりの、私に言わせれば、写実からの離脱離反についての衷情は告白されているのであって、必然的に制作上の惰気・不毛の影は、通常劉生芸術の充実・発展期と一括して意義づけられる六年有半の鵠沼時代の後半には早くも射していることが理解されるのだ。

大正十一年に書かれた「写実の欠如の考察」は、私が先程から云々している件について、いみじくも題名どおりに「これ（深い美）を作品の上にもたらすにはやはり写実的追求を或る処で切りあげなくてはならぬ。写実の道にあつても、その書面が一層の魅惑を持つためには」なぞという言方をもって積極的に唱説したもので、私は脳裏に、転向なる語を徂徠させずには措かない。今や劉生の、非写実反写実への変貌は滝つ瀬の傾斜のごとく較著であろうが、では彼が写実に代り信倚信憑しようとしたのは何か。武者の「劉生」などに回想されるところの、劉生が油絵具は臭い、汚いと言い放ったのも多分この辺りであったのだろうか、劉生が日本画に対する最初の染筆は十年頃、との考証が遂げられている。私は折角全集を通読したのだから、ここにも大正七年執筆の「今後の日本の美術に就て」中「かくて一般に存する日本画といふものは生きたものではない。それは残骸だ。（略）しかし何と云つても本当の美術の生命は洋風の技法の上に移らねばならない」（そこには「だから美術においての写実以外の道は特殊な道と云ふ事が出来る」とも明記されている）というような文章を引いて、彼の上にその後出来したところの、変節に看察を促すことにしたい。

　しかしこの段階の劉生にとって日本画より枢要なのは、冒頭御舟に関して一寸立ち合わせた宋元画、そして浮世絵、歌舞伎（劉生は「旧劇」と呼ぶ）に対する、狂熱と言ったがいい情熱であろう。管見をもってすれば「東西の美術を論じて宋元の写生畫に及ぶ」と『初期肉筆浮世絵』と『旧劇美論』とが劉生文業の三幅対《トリオ》なのであり、これらはいずれも関東大震災による京都移遷後発表された。けれども、そのいわばこやしが蓄積されたのは疑いもなく、私の謂う転向・変節が発現した鵠沼時代後半である。いかにも劉生は該期に「しかし、これを李迪の犬のそばに持つて来ると、どうも畫品に段がみへる」と書いた。李迪とは、今次中国美術概説書を調べてみて、南宋の院体画、つまり宮廷風様式に属す画人なるを私は初めて識る始末なのだが、この一絵師が「これ」を指す「デウレルの素描」の上に位置づけられることには私は唖然呆然たらざるを得ない。かような品隲が「宋元の写生畫」における「これ（レオナルドの素描）を支那の畫のそばに持つて行くとこれ等のもの（同素描の各美点）が、すべて軽くさへ見へて来る」といったそれと谺みたいに相呼応するは、誰にも一驚の末首肯されるところではなかろうか。

　浮世絵についても同然、例えば日記中の「浮世畫ことに初代又兵衛あたりの大味な一種のミスチックな、味にもかなり引かれてゐる」とか「芝川の所で、浮世畫大家集とかいふ本を見たがいゝ畫がたくさんあるので一寸興奮してみた」とかの所感が、やがては巨獣の吼えるみたいに交響する楽音まだピアニシモをもって奏されているに過ぎないとはいえ、そこには全曲のテーマは明らかに聴取し得るといった風に書かれており、宋元画のそれと共に浮世絵の収集も加速度的に履践されていることは解説書がおしなべて指摘するところである。又、そもそも浮世絵に対する劉生の関心を喚起するに至った根元の歌舞伎に関する当時の彼の熱愛ぶりを述べてみるに、日記に誌される観劇の記事は実に夥しいけれど、彼の好尚はすでに水面上殊更蒼い澪のごとくに歴然としている。すなわち、これは日記ではなく「「玄治店」に就いて」という短文中のものだが、「私は旧劇は竹本劇が何と謂っても本当の旧劇であると思ふ」との断言（なお、この、幕末に作られた当たり狂言は「写実を本意として型を欠くもの」だからこそ駄目だとされる）は、南北劇に、況んや黙阿弥劇に、さらに況んや九代目の活歴や、桜痴・逍遙・綺堂等の新作に対する否定的評価に直結するであろう。或いは構成上極限迄剪定・洗練された十八番の方の『勧進帳』の方ではない『御摂《ごひいき》勧進帳』の幕切、毬栗頭、二本隈の弁慶が関の番卒大勢の首を引き抜き天水桶に投げ込み、板を両手に持ち芋を洗う状に擬すといった荒唐無稽な「芋洗ひ」が大いに堪能されることも強力な一証としていい。劉生の観劇上の、言い得べくんば絶対保守の立場は早くも徹底していたのだった。(6) 而して劉生が旧劇を酷愛するのは、それが単に旧きがゆえに非ず、大正十一、二年に書かれた「旧劇の白いグロテスク」「東洋芸術の卑近美」「デカダンスの考察」などという題名から優に推測されようところのたちのものなるからに他ならない。

　編年体的叙述の次第に添わぬけれど、ここらでもう、あの三幅対に言及しても許されるのではないかと思われる。木村荘八によって、劉生の浮世絵論、旧劇論は彼の絵の仕事より上、などという鬼一口の評言も存する程の、各々を対象にしての独立した長論攷が必要とされる程の名篇を、しかも劉生が浮世絵に対して用いた特異な形容句を藉りるなら「デロリとして」「デヤツとした」気味を多分に含む文章で綴られるこれらを整理・検討するのはそう楽ではない。しかしその趣意の半らくらいは既述したつもりだし、次に摘録する事柄もそれの延長・補整以外のものではないとも考えられるだろう。『旧劇美論』から見てゆくなら、「即ち、旧劇の持つ卑近美は、他の日本芸術のどれよりも、最も卑俗的であり、「悪」の色が濃く、グロテスクで、エロチックで、猥雑で、世間的で、無智的で、出鱈目である」とか「第一女が腕を生むといふ、(『源平布引滝』の「小まん」の件を指す)アイデヤからして、へんに病的で、怪奇的で、どこか淫虐的なグロテスクの味である」とかが層々累々たるところに主意は尽きていることに気づくはさして難しくない。

　右の悪徳乃至美徳の謳歌が、歌舞伎の内に合理的な側面、すなわち主人公の行動や筋の展開上の整合性を認めたり、小宮のあれを思い合わせてもらってもいい、「真面目」だの「精神」だのが横溢せる演技に拍手したりといった立場に鋭く対立するのは至当であろうが、「旧劇の美はやはり、昔の、役者気質又は小屋物気質からでないと本当に生れて来ない。どうもあまり学問をしたり、道徳家になつたりしたのではあの味は出し憎い」とは、皮肉・揶揄でもありはしない、劉生肺腑の言なのであった。そしてさらに着目すべきは、劉生が歌舞伎の卑俗美を「自覚」と「意識」の近代にそっくり永らえさせるのは無理、よしんば「叡智」に富んだ役者が該美の再生を試みたとしても、その術が意識的に施されたことによって「無意識」の味の喪失するは不可避、と認識している点である。そこで彼は筆端に千思万感を滲ませて左のごとく書く。「時代に合せたら旧劇の味は死んでしまふ。亡びるものは、美しく亡びさしたがいゝ、時代に合はしたら、その時もう旧劇は半死になるのである」[7]。『旧劇』とすぐれて有機的連鎖を保つ『浮世絵』の主旨が脇にデロリズムと仮名を振りたい、卑近美の高唱なるは言うを須いない。荷風も大正二、三年集中的に当研究史上魁と称されるにふさわしい浮世絵論を成しており、その観点は結句「恰も娼婦が啜り泣きする忍び音を聞く如き、この裏悲しく頼りなき色調を忘るゝ事能はざるなり」（「浮世絵の鑑賞」）といったもので、いかなる現象からも遺瀬無い悲哀美を感受せねば已まぬ彼荷風の面目はここにも躍如としているわけだが、劉生の場合、浮世絵の本家本元は書名どおり初期肉筆の、篇中に泡立つ、『旧劇』のと同臭味の評言によれば「現実的、卑近、猥雑、濃厚、しつこさ、皮肉、淫蕩等の味」や「淫靡、自堕落、血なまぐささ等のへんにしつこい味」要するに「でろりとした美しさの味」（傍点原文）を湛えた作品なのであって、荷風のあれを淡粧とするならば劉生のこれは濃抹となるだろうか。荷風が「果敢なきメロデー」を最も能く奏するゆえをもって殊好する春信がここでは「その審美はどうも甘く」なり「ねちこいところがまるでない」なりの貶語を蒙っていることからも、両者の径庭は明瞭だと思われる。

　荷風が何事にも悲哀悲愁の匂いを嗅いだごとくに、劉生は歌麿について「彼の描く女の肉体はへんに厚く、生々しく、汚れをさへ持つてゐる」と書いた。春章については「そのへんにデロリとした苦いやうな甘いやうな味覚は中々いゝものである」と書いた。広重について「一抹の悲調と、一種民謡を聞くやうな民族味の持つ卑近美がある」と書いた。国貞について「それはあまりにも堕落したところから生じる、無智な安つぽさから来る一種のしつこい卑近そのものの味である」と書いたのであった。浮世絵に不知案内の私は、この当否に容喙する資格をまるで持ち合わさない。ただ私は劉生の、それ自体生血で染まり、黄色に膿みきったみたいな強烈な主観に搏たれる。そして『旧劇』と併せてこれを読むならば、劉生の美学・美意識の本質と全容は誰にでも領会されるだろうと思う。

「宋元の写生畫」については、通説とは同一轍とは申しがたい、ごくささやかな一家言を私は有する。すなわち専門家連中はそれこそ異口同音に、劉生が浮世絵におけるデロリズムと宋元画における「崇高美」「深い霊性」「幽玄幽邃の形而上的世界」という異質の美に魅せられたこと、その対蹠的な両方の伝統美の止揚的蘇生を油絵具によって試みるといった未聞の難関《アポリア》に彼が直面したことを論ずる。しかし、今回まことにふつつかながら学習したところによれば、元朝ではだいぶ衰えたようだが、北宋・南宋期を通して盛行した前記院体画は写実性を標榜・実践し、これとは相反するいわゆる理想主義的理念を持し、技術の巧拙ではなく画家自身の胸懐の披瀝を宗とする文人・僧侶・道士の絵画も両時代に跨って存在した。又院体画は如上の写実性と共に詩的情趣や装飾的効果を特色とし、殊に花鳥画の色彩の見事さは無類と云われる。以上を承知したうえで「宋元の写生畫」に目を転じてみるに、そこには「又支那の畫の持つ一種の稚拙感、大痴感、等も其処から来てゐる」とか「これ（ギリシアあたりの美術）に対して支那の畫は陰気で、黙りやで、そして非健康的である」とか「これ（唐朝の芸術）に比べて、宋の畫は一層文明の繊細さと爛熟さを加へてゐる」とかいった文句が気づかれ、それらは院体画宋元画全体に対する公平・適切な鑑識の程を明かすものには断じてなり得ていない、且つ劉生が宋元画に先の括弧内の「崇高美」その他を追求したとの認定とはおよそ齟齬するものなのではないか、私はそう言いたいのである。

或いはこんな事柄も。劉生が宋元画中最も瞻仰、欽慕した風流天子徽宗の本物はこれ一点の由の『桃鳩図』や伝徽宗筆の『水仙鶉図』『五色鸚鵡図』をば眺めるに私は、温雅・明暢なる語は舌頭に数遍転がしたにせよ、「深い霊性」は竟に感得しかねたのだった。貧弱な眼力を自ら憐れんだっていいが、しかしその『搗練図巻』など練絹を搗く官女達の姿態は何人の目にも官能的にすら映るのではなかろうか、との己れの実感に執せずにはいられない。いかにもこれは、春信調か歌麿風かはともかく、宛然浮世絵なのだ。

以上、あれこれ思議するに、先記の専門家の言説に蹤いて、劉生の分裂の苦悩苦闘にあまりにも力点を置くは慎んだがよいのでは、との考えはいよいよ固まってしまう。すなわち、甚だ明快ならざる形ながらかような一説を成す私は、鵠沼時代後半から京都時代に架けて、むろん濃淡・深浅の差こそあれ、劉生の美学の坩堝で溶解・形成されたのは所詮卑近美《デロリズム》だったのだ、と結論して悔まないのである。

麗子像についても、私はそう考える。いたく乱暴な話だろうが予め、私は相当数の当像中先引の、七年の『麗子五歳之像』からのみ床に跪いて祈りたいような心緒を湧かされるのに対して、『切通』と並んで重文に指定され、各劉生画集の表紙がこれで装幀されるさま比々として皆然りといった該像中のいわばお職、十年の『麗子微笑（青果持テル）』を含めて他の作品はほとんど好みでないというのが正直なところと断ったうえで、十一年の『麗子住吉詣之立像』にせよ、十二年の『麗子断絃図』にせよ、十三年の『童女舞姿』にせよ、いずれもデロリズムが愛娘の肖像を通して発現具現したものに非ざるは無いと言いたいのである。十二年の『童女図』や同年の『童女像』には能面の硬さ、冷たさが指摘されているが、あの小面なり増なりはこれと懸絶して清貴清浄の美を湛えており、双方同断の議はまさに道断なりと私には思われる。道釈画で名立たる顔輝の『寒山・拾得図』の影響下に描かれたという、十一年の『野童女』にしたって、原画の飄逸味を微塵だに写さず「グロテスク」「怪奇的」ばかりが煮詰まっている、と評するのとは別の手立を私は知らない。

麗子像は劉生の自画像の変貌、と言ったのは亀井勝一郎であったか、自画像が本人の心裏・胸奥に渦やとぐろを巻いているものの直接的反映であるならば、麗子像も又劉生のそれをあからさまに表現しているわけであり、当該像が総じてそんな風に仕立てられたのは宜なるかな、と思われる。と同時に、ここ迄劉生は麗子をだしに使った、麗子は劉生の犠牲に為ったと考えられ、私はウッと呻かずにはいられない。日記によれば「朝麗子をふとんの中に入れてからかふ。顔を何度もなめてやつたらとうく泣いて下へ逃げて行く」（十一年二月四日。麗子九歳）というように、劉生は文字どおり舐犢の愛を麗子に灌ぎ、又麗子蒲柳の質なるか劉生過保護のせいなのか、麗子が屢々病褥に横たわるに際しては周章狼狽、「神よ守り給へ」と祈るのだった。『父　劉生』を参照するまでもく、劉生・麗子が交わす愛情のこまやかさには露だに疑いを容れがたい。にもかかわらず私はあんな風に、娘を描いた父、父に描かれた娘に関して、涙点を振った語を用いたのだ。

大正十二年に被った殃禍の子細や京都への移転の経緯は、例によって余所に委せる。ただ震災後には、滅法高額な売値を意に介さず劉生画を購ってくれていたパトロン達はその贔屓・愛顧を続けること能わず、又絵画の動向が挙世滔々として左翼化前衛化してゆくのに劉生慊焉・嫌厭たらざるを得ず、といった伝記上常識的な事柄くらいは書いておこうか。そしてこの四年前、彼の個人展覧会が京都で催されたのを機に再度に亙って上洛した際の想い出の快味が彼に古都を桃源郷《アルカディア》のごとく夢見させ、あそこへ行けばなんとかなる、との楽観を抱懐させたのではなかったか、そう忖度されもする。加うるに、当時京都は劉生をして垂涎せしめる海彼・本邦の古画の宝庫であった。その頃には彼において、アランが謂う「まず制作せよ。（略）これこそあらゆる芸術の第一条件である」、或いはピカソが謂う「カンバスの絵具をなすりながら発展させていく。なすりながらでなければできない」などの美学的垂訓は脳皮には沁みるにしても、四肢を動かすには至らぬものになっており、一方、我流の拙い造語を持ち出して恐縮だが、買画の欲望は躬にはち切れるばかりになっていたからには、この、古画獲得の狙いこそが彼を京都に赴かせるいわばダイナモであったとも考えられるだろう。

京都日記はまずもって、蒐集マニアのそれである。「李迪の犬」のあれを収める「閑雅録」には「美術品への愛結局、「清玩」に至つて、最も、自然な結局を告げるものであらうと私は思ふ」（ここには「清蔵」なる語も見られるが、これは『大漢和』にも無いから劉生の造語か）と書いているけれども、宝の山に入った劉生のそれはもはや「痴玩」であり「狂玩」であった。買画の委細を列記するのは到底煩に耐えない、又それにはいかばかりの紙員を要するだろうか。私はただ、自称「海鯛先生」（「かいたい」と読む）の「陶雅堂蔵宝」中首座を占める『慶長遊女遊戯屛風』が劉生の所有に帰した際の彼の歓喜踊躍ぶりを左に写すに止め、爾余は各位の好事心を発露させての閲読に任せたい。

「それから屛風二千百円にまける事交渉。中々まけさうもなかつたが余が一寸強気に出たので結局二千三百円でと云つてゐたが二千百円にする。（略）屛風持つて帰る事になり俥にのせて帰る。去年の暮この畫を発見して半年以上たつた今日とも角これを手に入れて帰る事が出来る。何といふ幸福であらうか深く〳〵この事を神に感謝するものである。（略）夜はお祝ひ事とて中村屋より御膳をとり、坐敷へかざり御酒をのむ」（十三年七月二十三日）。くどいようだが私は、祝宴が張られたのは心血が注がれての制作が完成してのことではなかった、と申さねばならない。

劉生の買画欲望はあたかも底の抜けたダイナードの桶のごとく、買っても買っても彼の心は満たされなかった。『屏風』購獲の二ヶ月一寸前には「いろ〳〵借金が多くなり心配なり、何とかしなくてはならぬと思ふ。あまりつまらぬものを欲しがつて買ふのがいけない、これからつゝしみたく思ふ」と、劉生十八番の反省が記されたのにこのざまなのだ。嵩む借金を僅かなりとも減ずべく、彼は買画ならぬ売画に努めるものの売行は一向にはかばかしからず、殊に油絵はさっぱりだった。第一劉生が油絵に対して、稀に孜孜たりといえども概して碌碌たりといった風であったことは『屏風』購得の一ヶ月後に「八号の畫布を久しぶりで張る。パレットに油畫々具を出す。赤をしぼつたところどろどろにとけてゐる。七八本皆ドロ〳〵也。とりかへなくてはならぬ。仕事にかゝる。三月ぶり位なり」と記されたところから推察される。集中を欠き中断を挿んでその旬日後に仕上げられた『冬瓜葡萄図』、充実期のあの名作・絶品に比較するなら芸術的に半産と申せば済むみたいな出来であるのは言うを俟たない。

尤も日本画、アマチュア臭を払拭しておらず、嗤うなかれ、私の祖父の遺作に毛が生えた程度と断じて憚らぬ、劉生のそれは結構売れたらしい。「岡墨江堂から余に日本畫八枚の注文あり。金もうけなり喜んで引きうける」といった調子で描きちらし、他ならぬ関雪に、岸田は絵の贋札を描いていると指弾される元になった類のものはさぞかし粗放粗率の様を露わにしていただろうが、債鬼に追われる劉生、いわゆる芸術的良心なぞに構ってなんかいられなかったのである。なにしろ日記によれば劉生、「例の菱川派の風俗屛風をみに行く。これももうかりさうなのでよかつたら四百円にて買ひ、もうけやうと云う話なり、しかし何だかあまりエゲツないのでいやではあつた」（傍点原文）という、骨董屋顔負けの思惑を心中蕩揺させている有様だったのだから。（注2の「友情難」は「眼の効くのを強みに百円足らずに買つたものを二百円にも売りつけ」と、彼が実行為に及んだことを伝える）。

贋札を印刷するみたいに日本画を描いても描いても、首は自由に回らなかった。羽目をまるきり外した豪快、というより凄絶惨絶な飲酒の習癖で劉生は骨がらみになる。日記は蒐集狂の記録以上に大酔漢のそれだ、と言っていい。油絵が描けず売れぬところからのどろりとした屈辱感、買画をしくじっての噬臍の返覆、愛蔵の唐画・浮世絵がむざむざ人でに渡る際の悲辛、交際相手は狡譎な古画商か阿諛追従の取巻き連中ばかり、(8)といった悪因が彼を痛飲劇飲の底無しの沼に陥没させたである。例えば十四年六月二十二日「十二時頃迄のみ、帰りに広のやへより、花菊と小万が来て花菊がのりあいを半分弾いてうたふ。帰つたのは二時過か村田君父子が送つてくれた」（村田の「子」の方は永之助で西陣の機屋の息子。「デヤツ」をもじって「泥蛙」と号した）、同二十三日「余又遊びに行き度くなり村田をつれて広の屋へ行き、おそく帰る」二十五日「大分酔つて四条へ出、蓁と別れてひろのやに行き、村田が家へ来たといふ電話なので電話に出て呼び、おそく迄のんで帰る」、二十六日「暁四時頃村田つれて酔つて帰宅。夕方木村斯光君から電話あり遊びに来ないかといふ。（略）。（近江駒。ひろの屋、東洋亭と梯子を経て）それから酔つてとうとう自働車で嵯峨へ行き三友といふ宿へついたのが三時過、皆でねる」（この木村は錦小路の魚問屋の息子）、二十七日「昨夜はとうとうさがでとまり、（略）村田と夜小型の自働車にて帰宅」二十九日「村田と祇園へ出て、（略）村田君は大房に行かうといふので出かける。喜子福と花菊がよびたいと云つたら二人とも来たので大に喜ぶ」、三十日「(勘定書が届けられ蓁が怒ったのに）こつちもいやだつたので、木村にさそわれるまゝ家を出て、近江駒で一杯やる。（略）花菊がウイスキーをのむといふので、大ビンをとり、結局二人で空けてしまふ。二人ともひどく酔ひ、余はひろのやへとまつてしまふ」という、何と申したらいいのか疥癬患者が瘡蓋を掻きむしってその痒さを増すかのごとき爛酔沈酔の記述が月が変わり年が変わっても延々連亙することに、私は声を呑むばかりだ。

見られるとおり、赤提灯で安直に飲むのじゃない、いっぱしの料亭で芸妓を揚げての話である。劉生の茶屋遊びの初体験は十三年十一月三日、『冬瓜』の売約が反古に帰して「ヤケクソの気分」を覚えていたところに他人の誘惑と自らの好奇心とが相乗されてのことで、翌四日、「今後はもう御免だと思ふ。神よ罪をゆるし給へ」だの「海鯛先生から描きたい先生にならねばと思つたりする」だの、お定まりの殊勝な反省が為されており、「ピユーリタン」の彼にとって粉黛に綺羅、媚態に嬌声の巷における遊興がかなりのショックだったは事実であろうけれど、やがて祇園の弦歌は彼の耳朶にまるでセイレンの叫び声みたいに蠱惑的に触れるようになるのだった。飲んでも飲んでも、いや、とめどなく飲むゆえにこそかのエピクロス派の謂う、心の平静《アタラクシア》は得られずして、焦慮は昂じ頽気は満ち、それの一時的解消を図って又飲むという無限の悪循環。（どうしてこんなに迄）と、私はたまらなかった、日記を読みさしにしようとさえ思ったものである。

宴席での劉生はなかなか座持ちだったらしい。武者は一政との対談「回想の岸田劉生」（昭和三十年六月号）中、洒落は達者、落語は玄人はだし、五題噺においても出された言葉を即座に織り込んで都々逸にして唄う、といった劉生の才覚の一側面を回憶している。長唄や三味線も利用されたであろう。そして私にとって何ともやりきれぬのは、注8の逸話中の仁王の格好もそうだけれども、あの超人的な模倣の大才をほんの小出しにして物真似に使えば劉生隠し芸の極付はたちまちに生じ、それはやんやの喝采を博したに違いないそのことである。松本清張の「劉生晩期」(昭和四十年二・三・四月号)は、この言ってみれば堕天使《ルシフエロ》の狂態・怪姿を、諸材料を巧妙に按配し、適度に空想の翼を羽搏かせ、又清張自身の裡に伏在するその種の潜熱に因るところのいわゆる感情移入も加味して活写した、さすがに手だりを感じさせる文章だが、[9]そこに「彼の得意は癩病やみの真似で、それがあまりにも真に迫っていたので芸妓たちがいやがったという。それが面白くて、彼はまた執拗に演技してみせるのだった」と書かれている「それが面白くて」云々に私は胸を衝かれずにはいられない。劉生にとって、それがどうして心底からのものであろうぞ。太宰の小説の主人公達の、例のサービス精神に裏打ちされた演技に通うこれを想見して、私は一掬の涙無きを得ないのである。

柏亭は「晩年大分酒に溺れて若い時の清教徒的孤独さを離れ、江戸つ児的に砕けもし洒落のめす様にさへなつたが、或はそれが彼の本音ではないかと思つたことである」と述べている。注8の荘八のあれや、そうそう、「黒猫」の「ビッシヨン　ビッシヨン」や稲垣の卓見などが想記されることである。これは誰の言葉だったろう、人間の運命はその性情を離れては存在しない、は私においても加齢と共に不抜の信念になって来たゆえに、稲垣の謂う「地下水」が劉生の後半生の表面に滲み出し、それを水浸しにしてしまった、花は根に鳥は古巣に帰るがごとく、劉生は彼本来の気質基質にぴったりの居場所に落着いたのだ、と考えられぬわけではない。だがしかし、それではあまりにも劉生が哀れではないか、『切通』や『麗子五歳之像』が創造されたことは一体どうなってしまうのか。私はせめても、ドイツの詩人が詠んだとかいう、左のごとき詩句を引き合わせてわが劉生鎮魂のよすがとしたい。「麗しきもの見し人は／はや死の手にぞわたされつ／世のいそしみにかなわねば」。

劉生の命数は十五年二月、京都を引き揚げ鎌倉に移り住んでなお四年近くを算え得る。しかしながら、もはや実質的に死出の山を攀り始めた劉生について、私は紙数を費やす気にはなれない。以下能の急之舞のテンポをもって終局を目指すならば、昭和四年十月初め満鉄の招待で満州に赴いたのは、同地の高官の肖像を描いての一儲けを狙ってのことだったろうが、或いは蓁に対する「疑惑」に依然怏怏然たりしことも絡むか。一攫千金、濡れ手で粟の企図はすべて徒矢であった。積年の鯨飲馬食の悪果はすでに劉生の二十余貫の身躯をいたく蝕んでおり、失意のみか高熱に悩んだ劉生、十月末にはまさに這う這うの体で帰国する。しかし彼は門司から鎌倉へ直行せず、満州行に同伴した田島一郎の慫慂により田島の郷里徳山へ逗留、画会を企てたのは、手ぶらでは蓁に合わせる顔が無いと慮ってか、或いは光晴が『ねむれ巴里』に書いているごとく、「疑惑」を現実のものとして見るやもしれないことに怯えて逡巡したのだったか。地元有志に囲まれての宴会は夜毎催され、劉生の桁外れの飲みっぷりは大評判になったけれども、作品の売行は不振を極めた。十二月中旬視力障害が現われ、心臓発作で倒れ、腎臓炎・胃潰瘍を悪化させて二十日深夜田島別邸で客死した。武者によれば、視力が不自由になつた劉生、「馬鹿！馬鹿！」と怒鳴ったという。

聞説《きくならく》、鷗外も死に臨んで、右と同じ文句を激越な調子で発したという。暴語は各々の人生に向かって放たれたと釈るのが妥当と思うが、人倫上鷗外のそれと劉生のそれとのどちらに軍配団扇を挙げたがいいかは謂うも愚かである。さりながら私は、小林は秀雄の方が「絵の仕事は、遂にゴッホといふ人間を呑みつくす事は出来なかつた」と述べているけれども、この、仕事と人間とのスケール上の相互関係についての絶妙な立言が劉生、鷗外のいずれに適実かといった点も明々白々であろうと申したうえで筆を擱することにしたい。

注

（1）異常性といえば、劉生についての第一等資料、岸田麗子著『父　岸田劉生』（中公文庫版）には左のごとき見過しがたい記述が存する。この謎の解明は他に見られないようだから、長きに失するのを構わず引用してみるであろう。「ここで私は父の肉体について触れなければならない。前に私は父の兄弟に双生児は一人もいなかったと書いた。しかし双生児の可能性はあったのだ。父がそうであった。片方が人並より大きかった。（原文改行）小学校の頃にはひとにもそれがわかったらしく、友達とけんかでもすると、それをはやし立てられたという。（同）後年、鵠沼に住むようになった大正八年九月、日赤に入院して手術し片一方を切除した。切除したものは今も日赤に保管されているときくが、その内容は双生児となるべきはずの可能性を持った物体であった。（同）父が亡くなってから、母はある時私にその事実を話して、しみじみとこういった。（同）「――だからお父さまは二人分の頭脳《あたま》を持っていらしたのだよ」……」。

劉生自身、日記にその点に関する痛心・憂患をこう吐露している。「それから肉交する事を空想した。そして不安だった。（中略）自分の身体の事も考へた」（大正二年四月六日）、「結婚出来るか。肉交出来るか。自分のこの体で」（同十日）、「自分は彼女の上に乗つた。そして腹ばひになつて頭を彼女の胸においたり、キスしたりした。しかし肉交しようとは思はなかつた。（略）肉交出来るかといふ不安があつたので。〔此《マ》間ノート約三頁分略《マ》〕」（同五月二十一日）。

麗子の謂う「片方」云々が睾丸を指すは、さような物体を往昔銭湯で目睹したことからも直下に納得できる。しかし劉生のこれは脱腸とか性病とかに因るものではないようで、疑念を医学につばらかな友人に質したところ、双生児として生まるべかりしその片割れが原形のまま局所に閉塞されたのだろう、という解答を得たものである。

（2）劉生は長与善郎とも昵懇で、鵠沼時代、鎌倉に住む長与とのお互いの家族ぐるみの往来は頻繁であった。長与の『わが心の遍歴』にも劉生の名は散見するが、注目すべきは「友情難」（『文芸春秋』昭和十年四月号）であって、これは「氏家一成」（劉生）の七回忌の時点で「仁木新之助」なる後輩画家が「氏家」に抱く怨恨感情《ルサンチマン》をぶちまけた体裁の作品である。「仁木」は誰ぞ。作中「俺が廿で、氏家が廿二の時のことだ」とも記されており、中川一政か木村荘八かに考えられ調べてみるに二人は同年だ。一政の「劉生と私」（『芸術新潮』昭和二十八年七月号。以下同誌の場合は誌名を省く）の「木村が描いた静物に対して、劉生がここからここまで切ったら構図はよくなる。そう言ったら木村が泣き出した。（略）木村は、自分がかりそめにも絵描きだと思っている。自分が必死になって、こうではない、こうだという風にして描いたものを、ここから切れと言われたらそれは致命傷だ。考えなしに描いた絵ではない、そう言った」を一見するに及び、「友情難」におけるほぼ同状景が思い合わされ「仁木」は木村と判明した。それにしても、長与が「仁木」と一体化したみたいな筆調をもってこれを物した意図はまったく解せない。

（3）明治四十年二月二十六日の条に「巡礼記行を読む、（改行）蘆花氏が卜伯にあふ所。真に迫っておぼへず、感嘆の声を発しぬ」とある日記から、それこそ枚挙に遑無い癇癪の記事を抄記してみよう。実は小説執筆と時期を同じゅうする分から引きたいのだが、該期の記載はごく疎らなので後年の分から。

「戸がつかえてうまく開ないのからかんしやくが起り、坊や（甥の信之）がかげんがよくなくてくすねてゐるのを少しからかつてからあやしたらぐすねたのに腹を立て衝動的に坊やのあたまをつゞけ様に平手でなぐたりしてしまつた。それから気分がこぢれて、イラくしどうしだつた」（大正十年四月三十日）。

「（仕事前に）いつもめしをたべないと落ちつかぬくせがあるのでそれからかんしやくになり、蓁とけんかし、蓁が又たてついて戸外に逃げ出したので、とび出して、倒して引きづつて玄関へ来た。（略）自分の中にあんな狂暴なものがあるのを考へると淋しい。自己厭悪の気持ちになる」（同八月二十二日）。

「又一つ花（写生対象の椿）を落しどうしてももとの様にならぬのでかんしやくおこし、麗子のもつてゐた大きなゴムまりをとつて二階のかべへ下から投げつけてゐたら麗子がそれをとりに来たのを頭をハタいたら麗子が泣く」（十一年四月一日）。

「つまらぬ事で二階で蓁と一寸ひどい大げんかして、三味線をおつてしまふ。（略）もう決してあんな事はすまいと思ふ。蓁は可愛さうであつた。ゆるしてほしい。神よ守り給へ」（十二年三月二十四日）。

（4）古くは石井柏亭が『日本絵画三代志』において「素描などを見ると岸田の筆には雅味があるが、其の写形は決して正確ではない」とか「又其の静物の幾つかにひびわれが出て居るのを見ると岸田の油画技法はあまり確かなものでなかつたことが分かる」とか批難したことは、柏亭と劉生とが大の仲悪だったがゆえに何割方か差引いて解釈してもよろしかろうが、しかし生野幸吉が劉生作に対して、これこそが彼の大成を中絶せしめたとの観点から「彼の師デューラーについても言える、強いとみえてじつは表層的な線による緊張、光のふちどりでなぞったような物の把握が、内部から盛りあがる発展の力を欠いたのではないか」（「デモンの創造」昭和三十九年十一月号）と論じていることは私をいたく考え込ませる、そう申さねばフェアではあるまい。他でも、その画面の平べったさ、薄っぺらさ、量感の無さが指摘されるのは何故なのだろう。
武蔵野美大の油絵を卒えている義妹に訊いたならば「テンペラ画との関係はどうなんでしょうか」との示唆、当画特集雑誌の貸与を受けた。成程、厚塗りや暈しや描き直しには不向きで平滑な線描的な特性を持ち、これを活用するには敏速で堅確な手腕を要し、近時ファン・アイクの絵画技術の解明にも参考にされているという、このテンペラ画の画法が劉生の油彩に何程かの影響を与えていることは十分に参酌されていいように思われる。日記にも曰く「テムペラにて八号アブソルバント畫布にかきはじめる」（大正十二年三月二十九日）。

（5）日次の体裁になっているけれども、実際には「連日外出で日記が六日間たまつた。（略）日記もたまると一仕事だ」「朝食後随分たまつた日記つける。（略）九日分たまつてゐるので例により照子（五つ違いの妹）を参考人にしたりして途中一寸やすみ二時迄かゝる」といった風に録されてもおり（しかも挿絵入りである）、劉生の、日記に対する荷風並みの執着が窺われる。そして書簡が一日「十何通」「二十通」書かれることも珍しくなかった。但しどちらも阿修羅のごとく制作に格闘していた時が過ぎ去っての現象であることに、私は自分なりの感慨を深うせざるを得ない。

（6）劉生が褒めそやした役者としては、まず日本一の光秀役者七世中車に指が屈せられるが、それは何よりも彼の芸容が「古風」だったからである。他には、（何世は自明だからして略す）源之助、雀右衛門、宗十郎、三津五郎には好評が、歌右衛門、幸四郎、菊五郎、吉右衛門、猿之助には好悪相半ばか悪評かが下されており、私にとっては悉皆伝説上の名優達だが、彼等に関しておのずから見聞・吸収した知識によって、褒貶のいわばメルクマールは役者の芸における近代性の有無（言うにや及ぶ、その闕如こそ彼の誉れとなる訳合において）であったと考えられる。

　吉右衛門といえば、彼のブレーン小宮豊隆の、明治四十四年発表の「中村吉右衛門論」は、後の大播磨の芸風を、ロダンの彫像を引合に出して迄「真面目」「スピリットの充実」「近代的」などと絶讃したものだが、劉生の左のごとき見解は小宮のこれを意識して書かれたかのように憶測されぬでもないだろう。「只だ困ることには旧劇の美をシッカリ理解しない人を、若し後援者に持つてゐる何でも内容本意、内容本意と云ふやうな忠言に従つて、美術としての旧劇を軽んずるならば……」（「「吉右衛門」私感」）。なお当文章の前年十一年度中の日記にはこうも。「白樺と、思想が来たが思想の中に和辻（哲郎）が旧劇についてかいてゐるがやはり脚本に不服を云つてゐる。どうして書としてかくもすぐれたものを味へないのかと思ふ」。劉生の反動的な旧劇観、推して知るべしである。

（7）これから『冷笑』や『妾宅』において、旧劇の改良は改良じやなく根本からの破壊とか、江戸音曲の江戸音曲たる所以は時勢によって亡びるところに在るとか述べた荷風に再び想到するのは私だけではない筈である。劉生、日記によれば、演劇記者の某から「余の態度と永井荷風の態度と似てゐる」と云われて満更でもない様子だが、ここではこんなものを引いておこうか。「世界で一番美しかつた町／江戸／世界で一番醜い町（又醜くのみなり行く町）／東京」（「塘芽堂漫筆」。なお劉生は唐画と掛けてこの他にも「陶雅堂」「唐芽堂」と号した）。

（8）『父　劉生』を筆頭に、十四年四月、すでに十一年に参加していた春陽会からの脱退や荘八の一種の裏切り、つまり劉生は盟友荘八も行を倶にしてくれると信じていたのに木村は会を抜けなかったそれが劉生に精神的打撃、孤立・寂寥感を与え、その酒量を増やすに至らしめた旨説く文章は少なくない。しかし麗子は別として、人々は劉生の、会における暴慢専恣、党同伐異、具体的には自分の息がかかった者の作品は強引に入賞させ、然に非ざるは仮借なく排擠するといった所行が会員達の怨府になっていたことも併せて指摘する。彼等の辟易は忌避に及んで、劉生は追放されたのであった。

或いは小林勇が紹介する、こんな逸話も引いてみるに、右と同年の暮、長与の『竹沢先生』の出版記念会の席上、唯一人大酒大酔の劉生、パンツ一丁になり、煙草を鼻孔、唇頭、耳介などに差し込み、仁王の格好をした。「力むと赤い劉生の肌はますます赤くなり、顔も文字通り仁王様のようになった。皆その異様な芸におどろいていた」。武者が突如「たまらんから僕は帰る」と言って立ち去ったという。（「冬青庵楽事――劉生の悩み――」昭和五十年十月号）小林はそこでは、己れが劉生や武者にじゃれていた振舞を省みつつ「一体何が「たまらなかった」のだろうか」と一応訝っているけれども、次号十一月号では、酒を飲まぬ武者が劉生の、京都生活を背景にしての酔態痴態を目のあたりにして不快のあまり吐いた言だと確信している。とにかく武者と劉生の管鮑の仲が鋏状差《シェーレ》を形づくって離隔し、この時点ではもはや架橋し得ぬ迄になっていたさまをこれは告げるものと思う。なお序でに書いておけば、荘八は劉生の死直後「思想的に過ぎたる人道主義を奉じたのが最もいけませんでした」との、まことに意味深長な見方を述べたのだった。

（9）清張は、劉生の放蕩の原因について「それを活字に公表するのははばかるが、要するに、劉生の心にきざした或る「疑惑」といっておこう」なぞと、いかにも思わせぶりに書いている。清張は又麗子の「母は母で女盛りを美しく飾って、私を連れて取りまきの若い連中と、京の名所旧跡を訪ねたりして遊んだ」との追憶に着目し、「彼の「疑惑」の暗示もぼんやりと汲み取れなくはない」との推理を働かせてもいる。武者と椿が夫々「家庭的には相当悩みがあつたり」「何か家庭的な事情もあって」と述べたところの、もし真実なら劉生の心の臓に焼鏝を付けた、と申してもいい当件について私は、昭和四年十一月二十二日、大連発蓁苑書簡中における、感傷に浸った行文中の「あの事は僕等夫婦にとつて、かなり大きなよき事だつたと思ふ」（そこには「この間は塩川と、タイガーへ行つたさうで、面白かつた事と思ふ」とも記されている）に何かを感じるくらいのことしか言えない。

なお余計事ながら、小林が引用する、劉生を初めて全体的に考究し、類書の手本になつているみたいな土方定一著『岸田劉生』の「あとがき」中の「ことに劉生がcocuであったという伝説」は、私が所持する改訂版のそれでは「ことに劉生の私的な伝説」と改められているのだが、この土方こそは金子光晴の妻森三千代と通じ、光晴にコキュの苦汁をしたたかに嘗めさせた（委細は光晴の傑作『どくろ杯』に生き生きと書かれた）人物なることを言い添えておく。

（一九九三年八月）

金子光晴——放浪三部作に即して

詩なんてものは、思春青春期に馴染んでいないと生涯竟にその要諦の味識は叶えられないらしい。御当人の懸命な精進にもかかわらず中年に達してから始めた囲碁なり剣道なりの技量の方はもちろん、見識の方もやわで胡乱な感じを拭い取れぬことをここに立ち合せてもいい。詩にえらくつばらかな畏友中川敏氏がテレながら「そりゃ、或る程度馬鹿にならなくちゃ付き合えないものだからね」と語ってくれたのは、這裏の事情をいみじくも衝いているように思われる。而して私は嘗て語の勝義における馬鹿、つまり夢中熱中の美徳に与れなかった罰が中って詩には盲同然、この、文学にかかわる者にとっての致命的欠格は我身において爾今も埋められないのであろう。だからして私には金子光晴、中川氏の断々乎たる評定によれば、現代詩界にあって朔太郎と拮抗して嶄然上々吉の極めを付けられたところの光晴の詩をばあげつらう意図はおよそ抱かれていないのである。

それにしても、この際斯界の巨擘光晴の詩をいささかなりとも心得ておかねばと、まったくもって遅蒔きながら吉田精一・伊藤信吉・村野四郎といったお歴々の提撕により『こがね虫』『鮫』『落下傘』『女たちへのエレジー』『蛾』『人間の悲劇』等々中の優作に関する理解や鑑賞の眼を僅かに開けてもらった次第なのだが、わが認識の薄明裡にも感得されたのは、該詩群はまさしく端倪すべからず、中川氏のあれはなんら誇大言に非ず、ということに他ならなかった。「彼の抵抗の対象は日本の風習や国家権力にとどまらない。自己の内部に潜むいやらしきものに対して徹底的な批判を加える」と高く評価されるその批判力はさるものにて、なにしろうまい、滅法うまい。詩がこんなに怖くて愉しいとは！『女たち』中の白眉、娼婦の放尿を「しやぼりしやぼり」といとも絶妙に表現した詞書を有する『洗面器』、「洗面器のなかの／さびしい音よ。／くれてゆく岬《タンジョン》の／雨の碇泊《とまり》。／ゆれて、／傾いて、／疲れたこころに／いつまでもはなれぬひびきよ。」など何遍か誦するうちにいつしか諳んじられて、嗤うなかれ、上厠の度毎に唇頭に洩れ、いわば哀愁の根元に触れるみたいな気分に浸るようになった、とは言っておこうか。

　私が光晴の詩文に親しむに至った端緒といえば、中川氏もその成員だが、専攻は区々ながら同じ禄を食む者同士近代文学作品を閲覧・品隲し合う月次会で、当番の松本道介氏が光晴の『マレー蘭印紀行』を扱ったお蔭で、かかるたちの文学が在ったのか、との驚倒に近い感銘を蒙ったことに因るのである。松本氏が参考に挙げた『どくろ杯』『ねむれ巴里』『西ひがし』を繙けば、眩暈・戦慄はいよいよ深まるばかり。但し、如上の三部作を読了するのにいったいどれ位の時間を費やしたであろう。私とて小林秀雄や保田与重郎の癖の強い文章には接しており、平易ならざるそれに慣れていないわけではない。いや、三部作は措辞において論旨において小林・保田流の飛躍、曖昧を免れて、あくまで明白明確な行文を宗としているかに思われる。すなわち、三部作の一語々々の背後にはこれらが吐かれるに及んだ莫大で充実したエネルギーの熱と圧がひしひしと感じられたそのせいで私をして到底卒読を為す能わしめなかったのだ。
尤も光晴にしたところで、三部作級の、神の、というより天魔波旬の助力を受けたみたいな傑作だけを物したのではない。改めて驚くべし、三部作は光晴七十代後半に執筆されたのだったが、多くの光晴論が伝記的な面をこれに依拠する六十代前半の作『詩人』、むろんこれとても世間並みの水準から見れば恐れ入る程の出来栄えなのだけれど、この『詩人』と三部作の両天体を比校してみるにスケールの点マグマの点前者はかなり劣勢なのではなかろうか。『日本人について』『日本の芸術について』『絶望の精神史』『日本人の悲劇』等に纏められた夥しい芸術論文明論には悉皆、光晴一流の才気が迸発している。しかしこの文章類は私達を一応興奮させたうえでやがて滅びる。(1)いや、『大腐爛頌』劈頭の文句「すべて、腐爛《くさ》らないものはない！」こそは光晴自身の不抜の信念であってそれはその通りだろうが、三部作は容易に滅びがたい、或いは人類の衰亡まで遺る。畢竟光晴の文勲は半世紀に亙る詩塊と最晩年の三部作に尽きるのでは、そう私には判断されるのであって、先述のごとく己れが不得手な詩の方は棚上げにしておき、以後三部作についていくらか検考を試みてみたい。

ところで、古今東西の自伝文学中の傑作に照合してもおさおさひけを取るまい三部作は思いの外論じられていない。管見によれば、一年余前雑誌『文学』所掲、今橋映子稿『徒花の都』と題された『ねむれ巴里』論が存在するのみである。そして当論攷は、パリをめぐっての憧憬も母国回帰も自己のアイデンティティーの模索も光晴には無縁であり、さようなニヒルな彼にして「花のパリ」のイメージは「徒花のパリ」のそれへと鮮烈に逆転されたのだ、とでもいう趣意を文学史的に表現論的に整然と考察した佳章と認められるであろう。

確かに『ねむれ巴里』におけるパリ罵倒の文句は凄まじく、今橋論文内の引用との重複も介意せずに書写するならば、「この土地は、どっちをむいても、むごい計算ずくめなのだ。リベルテも、エガリテも、みなくわせものだ」「花のパリは腐臭芬々とした性器の累積を肥料として咲いている、紅霞のなかの徒花にすぎない」「エトランジェがパリの石に咲く苔の花、がらくたの骨董品で息もつけないこの街の頽廃の廃品捨場を、芥子の花苑と見誤り」といった調子で、この他「寝臭い町」「排泄物の町」「売色の町」「偽善の町」なぞの悪口は書中随所に撒き散らされている。はたしてパリの実情実態は光晴が怨恨と呪詛の泥絵具をもって描叙したとおりのものだったのだろうか。あの荷風、光晴とは強い通有性を保ちながらまた著しく対比的な、大のフランコ・フィル(2)のフランスはひたぶるに雨と霧、感傷と悲哀で傅彩されて現実の彼処とはだいぶ相違するものであったろうとは考えられるところである。『巴里』の記述が現実を歪めている、とは言うまい。それは実相を剔抉し真実を看破している、と言ってもいい。ただ光晴の視野はパリの醜悪・汚穢の面に画定されていた、彼は自らの好みに任せてそういう面ばかりを直視していた、とは言い得るように思う。

いかにも光晴の好尚の赴く先といえば、賤劣・卑陋であり、尾籠・猥褻であり、淫靡・遊蕩であり、下品・下等であり、さらには不具・畸型であり、残酷・凶行……要するに世上常人が表向き苦り切り尻込む界域なのであった。例のパリ罵倒の一個条「このうえもない溝渠《どぶどろ》だ。上海どころのさわぎではない」が着目される。そう、右に列記した言葉が指示するところのものをもろにかぶって『どくろ杯』の上海は、なんとまあパリと相似の姿を現していることだろう。繰り返すごとく、光晴は両都市をその独自性を無視し同じ刷毛で彩色したのではない。けれども彼の炯眼は表面上殷賑を極める両都邑が抱える暗部・病所にひたと注がれて已まず、それとは対蹠的な明なり陽なりの側面には毫も移されなかったのである。『杯』に曰く「私の場合は、もっと生れつきで不潔なものへの度外れな潔癖性がかえって不潔なものをたのしむという嗜好をすでに少年時から内に養っていて」、『巴里』に曰く「それは僕にも身のおぼえのあることだが、満足なものよりも、欠落があって人があいてにしたがらないものに、あわれをかける心情があって」、『西』にも曰く、「世人が異様なもの、片輪なものと見做すものの強烈なしぶきほど僕にとってたのしいものはない」。なおこれらの感懐は夫々、睾丸を露出して蹌踉たる上海の乞丐、跛者のパリの私娼、シンガポールは隻手の混血娼婦との接触によって発せられたのだった。

下層・底辺に蝟集・匍匐する人々はいずれも似た者同士と成り果てるのだろうか。売笑婦達は言うにや及ぶ、『杯』における上海の「鼻のぽん助」、光晴が作るガリ版刷りのエロ小説を売り捌く彼と、『西』におけるシンガポールのポン引きで光晴に己れの女房すら斡旋するシャオとはまるで双生児みたいに酷似した印象を齎す。或いは『杯』には「どくろ杯」の魅力に憑かれて自ら髑髏を盗掘し、鋸で挽き、紙やすりで磨いて酒器に仕上げたものの、その燐火・魔気に怯えて元の墳墓に戻したがるガラス吹き職人が出て来る。光晴も介添役として墓地への行を倶にしたのだったが、ここで三部作の文章の持味を酌んでもらうべく論述の緩慢化を厭わず一寸引用してみるなら――「春の夜によくあるくらい細月が斜めにかかってなにか春めいてなまめかしい、粉黛の鼻にかよってくるようなそれでいてぞくぞくと寒い夕ぐれであった。江南のこの季節は、とりわけものの香が刺戟的で、新緑や草の芽が、それにもまけない肥料やクリークの汚臭とまざりあって、形容できない醞気をただよわせていた」。なお同書の、在中国日本人人名録を刊行してかつかつ活計の途を立てる島津四十起(3)は、食客とねんごろになった妻とは爾後一切口を利かず彼女を女奴隷さながらに酷使することを所決し履践しているのだが、島津やガラス吹き職人からも、それこそクリークを栖とした爬虫類か両棲類の不気味で冷寒な感触を私はひとしく覚えずにはいられない。

成程『巴里』の、出島春光は島津なぞとはタイプを異にする。この在パリ日本人社会の鼻つまみ者は厚顔無恥、放逸無慙、体軀・膂力に秀で、やたらに大言を吐き暴力を揮い、詐欺・恫喝に明け暮れていた。しかしながらその実彼の悪行は滑稽にも蹉跌の循環で、大柄な肉体は肺疾に冒され、やっと略取した金はみすみす彼の情婦のその又情夫の手に渡り、しかも情婦は金輪際彼出島と肌を合せず、彼がどうやら許諾されていたことといえば彼女の全身のマッサージだけという為体なのであった。彼のこわおもてもつまりは怯懦の裏返しに他ならない。私は出島春光のキャラクター・スケッチからゆくりなくも『冬の宿』の霧島嘉門を連想してしまうのだがそれはとにかく、出島について光晴が謂う「人間であることの悲哀」があの島津や『西』の、マライ半島のバトパハで爛酔と児童の親との破倫に身を持ち崩す小学校教師やに通底し、彼等を共扼していると考えるのはあまりにも牽強の所為だろうか。ただこうは明言できようは、光晴の、彼等人生の落伍者たちに寄せる親近の念、灼熱なり粘稠なりの形容につきづきしい程のものなることだ。又ぞろ光晴の言種を用いるなら「出島という人物の、人によって、それこそ人非人のように言うのをきくと、僕はいつも、それを口にする人間の方がくだらない奴にちがいないとおもわずにはいられなかった」。なお中公文庫版『巴里』解説で、中野孝次氏がこの、出島に対する作者の共感の点を美しく述べているとは言い添えておかずばなるまい。

だがしかし、こんな書きぶりから、光晴が敗残者達に甘い惻隠の情を灌いだ、温かい連帯の手を差し伸べたなぞと釈るのは甚だしい錯認である。先に「不潔」「欠落」「異様」「片輪」などについての嗜欲の疼きを並記したあそこにまがまがしい毒気はすでに感知されたであろう。あのような不祥な告白をやらかす男に、今言った結構なヒューマンな心意や行動がふさわしい筈がない。実際に正義・理想とか、仁慈・博愛とかに対する不信と反発は、三部作のみかは光晴の全文章を通貫するものなのだ、と言ったとて極論を為したとは思われない。例証は枚挙に遑無いので省略に従うが、光晴の裡に彼の愛用語「血のさわぎ」が劇しく掻き立てられるのは、これも興味深い表現「御座敷用のヒューマニズム」が土崩瓦解する時に限られるとは確言できるのである。このことは早くも『マレー蘭印紀行』を初読した際、恐怖の鰐の出現、ゴム園経営者一家の惨殺、極限までの発熱の苦悶、発破による苦力《クーリー》の首の飛散なぞを期待・見聞する個条にあって作者の昂揚感が勢いよく爆ぜるところに認められたのだった。ただその悪しき衝動と、エンジェリックとでも評すべき清麗な自然描写との併存は私にとってさらに一層の驚異であったのだけれども。

『マレー』の娼婦は「その顔はこわれた大丼、欠けたお皿のようで、首すじは、垢と鳥肌で、川蛇の腹のように粒々立っている」と描かれ、これは移して又上海やパリの彼等に関する筆法ともなるのだが、ここには毛筋程の愛憐も存せず、在るのは半ちくながら画家でもあった光晴のリアルな眼、いやそうじゃない、醜穢な対象に直面して沸々と滾る「血のさわぎ」である。光晴詩はあげつらわぬ、という前言にも悖るし話も散らかるみたいだが、戦後にわかに隆々たる声名を謳われた『鮫』を央とするその種の詩篇が良心の証明だの孤立の抵抗だのと讃美されることも私には肯いかねる。確かに当時、天皇制や封建制、国家権力や軍事体制に向ってあれだけ果敢に譏刺・叛意の矢を射かけた詩人は他にまず絶無であろう。しかし刻下私が申したいのは、結果として記念碑的な抵抗詩が創製されたその裏・底には作者自身にもしかとは了知しがたい怨念がびっしり貼りつき呪詛が幾重にもとぐろを巻いていた、つまり契機はそんなに褒められたものじゃなかろうということなのだ。惟るに荷風は戦時下『断腸亭日乗』に警察権力や軍国主義に対する、刺衝力において『鮫』や『落下傘』に劣らぬ反感反情を録していた。だけれども、不屈の反体制的態度として意義付けられもするそれら言辞は彼の狷介で偏頗な個人的気質に基づく不平不満の表白に過ぎない、と私には考えられる。世人を与党的と野党的とに分類するのも一つの方法で、周囲とは調和・妥協が図れず、物事のずれにこだわり、異を樹てては生甲斐を感じ、否定・反対[4]によってのみ自己を鮮明にし得るというのが後者とするならば、荷風も光晴も断然後者に属していたのであった。こう考えてみると、御両所の抵抗の詩なり日記なりも多少色変って見えるのではあるまいか。

一人息子乾の徴兵を忌避すべく当人を生松葉で燻し喘息の誘発に努めた、という件を抵抗詩産出の胎盤みたいに目す通説にも、私自身野党的な性質なのか、素直に与しかねる。第一、息子と同齢の若者達が根こそぎ引っ張られて愛別離苦が全土を覆っていたという状況下この行為がいかなる意義を有するのか、私は疑問無しとしない。『詩人』には「僕の気持としては、各人がそれぞれの才覚で軍拒否を表明して、国民運動にまでもっていってほしい存念だった」と述べられているが、それは光晴にも似気ない大甘の見識、或は過去の朧化を狙う現在からの遡及的弁疎の見本みたいなものであろう。

私は何を言いたいのか。反軍思想に藉口してのエゴイスティックな肉親愛をここに指摘したいのか。そうではなく、息子までも使っての反対の、単に徴兵に対するというよりわが争気を発揚せしめる巨怪にして瞑瞑たる翳に対する反対の意志、意志というより意地・執念の陰火のめらめら燃えるさまが松葉燻しの白煙中に認覚されてならないのである。身を海老みたいに屈して咳き込む乾。彼を見成りつつ生松葉を継ぎ足す光晴が一種会心の笑みを泛かべていなかったと誰が断言できようぞ。(もっと咳くんだ、もっと)、快感に顫える光晴の呟きが私の耳朶に響く。これをしも愛と呼ぶのなら、いかにもそれは狂気を冠した愛以外のものではない。

話を元に戻して、といってさして脇道に逸れていたわけではないと思うが、尤もらしい愛情や感傷は言うも愚か、なまなかの悪に対する好奇心くらいでは三部作の熟覧は不可能なること、私は力瘤入れて唱えたいのである。もはや引用は充分だろうが追記の形で幾個条かを写すならば、親子三人六個十銭のコロッケが御馳走で、豆腐百丁分といった借金が店並《かど》みに出来、挙句の果家賃を踏み倒しての夜逃げと相成る。上海の見世物といえば、皮膚を剝いで動物の毛皮を植えた「熊男」や嬰児の時から箱に入れて育てた小男の背に羽を付けた「蝙蝠」という類であった。パリへの船中では夜間同室の中国人留学生達の裸出された腹部を眺めて射精したり、その一人「譚嬢」の肛門を探った指を嗅いだりした。この文章がやけにふるっている。「日本人とすこしも変らない、強い糞臭がした。同糞同臭だとおもうと、「お手々つなげば、世界は一つ」というフランスの詩王ポール・フォールの小唄の一節がおもいだされて、可笑しかった」。ここでコメントを挿めば、「同糞同臭」は「同文同種」のもじりでこんな風に洒落のめしているところに真の?人類愛なぞ約束されようもないとの私見を又も陳べたくなるがこれはさておき、この卑猥な所行は本当に真実だったのかと疑う向きも居るであろう。光晴の生身が韜晦術にたいそう長けており多分にうさん臭く出まかせで「ホラ吹き」「嘘つき」と呼ばれていたことに関する、彼を識る人達の証言は乏しくない。私は彼の文章にも嘘、こちたく申さば虚構は適宜鏤められていた、光晴が中国人常套のかけ値をポジティブに評価した条の表現によれば「食肉の脂身のようにうそがゆきわたっていた」[5]（傍点原文）と思う。が、このことは別に非議されはすまい、A・フランスやP・ヴァレリーだって文章の社交性の必要、つまりサーヴィス精神を伴わずしては他人に見せる文章を書くなといった旨趣を説いているというではないか。有効な嘘の薬味が利かされてその文章が躍如たらしめられたなら、それはそれで嘉されていいのである。そして右の肛門探尋、同糞同臭のさわりは明らかに、実感に充ちた嘘の効果を大いに挙げていると解されるのである。

話を繋げてゆくと、パリでも極貧の連続、あらゆるまともならざる仕事に関わり、あの出島とつるんでのゆすりたかりも仕出かし、世の光晴論が判で捺したみたいに引く台詞だが「しないことは、男娼ぐらいなものだ」という始末であった。覗きにしても、それが大好物だった荷風の流儀のような思わせぶりなところは露微塵も無い。「あちらの人間は、避妊や黴毒感染の予防のために男が一回射精すると、女はいそいで、白い瀬戸の洗滌ポットに水を入れ、洗滌のゴムの管を入れ、途中のゴムの球をつかんで、ぎゅっぎゅっと水を膣内に送り、大さわぎしてしばらく内部を洗う。男の一回の射精毎に床にしゃがんで女がやるので、宵の口から朝方までにおおかた女が七、八回は洗滌をするので、寝不足な僕が安心してねむるのは、朝方からであった」。新しく借りた部屋のシーツカバーを捲ると「何千匹」かの南京虫が羽箒で掃き寄せられるように走る。上の数字も誇張だろう、しかしいささかも不自然を感じさせずリアリティーを保障する、すなわちこちらの背筋も寒くなる。東南アジアの街衢に屍みたいに寝そべる阿片の煙鬼達。いずれ牙を抜かれ蛇使いの女の軀に巻かれるうわばみはまだ野性の「妖雰」を四囲に漲らす。それと同然の猛烈な臭気が敵娼のシャム女からも漂う。無一文は目前、帰国も悲観的、にもかかわらず敢えて酔わんとするわが光晴！

　三部作の地獄絵の輪郭は大凡察せられたであろうが、そして、適度の嘘や誇張を含むにせよ、これら飢餓・虐遇・疾病・好色・偸盗等の各画面は光晴の醒めた眼によって把握されたところのものの客観的反映と考えられていいが、それにしてもかばかりの現実暴露をやってのけた光晴の魂の状態《エタ・ダーム》はいったんどんな風であったのか。有体に申して三部作には、疥癬患者が瘡蓋を掻き毟って却って痒さを激化させるがごとき趣が感じられる。あたかも自己の精神がどこまで残酷さに耐え得るかを意地になって試しているみたいだ、と言い換えてもいい。ここに瞭らかなのは、なんとか地獄を脱して浄界に近寄ろうとする上昇志向ではなく、我ひともろともに苦海への潜没の快味がこたえられぬ堕天使の意嚮である。三部作を通覧してぬんめりとした嫌悪感を覚えずにはいられぬ人達は倖せである、と私は心底から思う。そういう人達によってこの世が占められることはとりもなおさず真正の文学の全部、ではないにせよ過半大半の消滅を意味すると考えられるが、私はそれでもよろしいと思っている。ただ厄介なのは、うわばみやシャム女の激烈な臭気を嗅いで、生けるしるしあり、と叫ばずとも鼻を抓みつつその存在の貴重なる所以に思いを致す手合もまた簡単には亡びずして、さような連中にとって三部作は無二の福音書なのだということである。さりながらこうは述べてみても、三部作中の怨恨・呪詛、醜悪・汚穢の濃抹の訳柄は奈辺に求められるのかは一考も二考もされて然るべきだろう。

三千代、光晴の妻にして閨秀作家森三千代が問題の核心だと私は考える。

単調な摘録になるかもしれないけれど、主として三部作によって、光晴・三千代の愛、というより関係の軌跡を辿ってみると、大正十三年三月、光晴の許に女高師の桜のバッジを付け(6)、才智と美容と詩への情熱が盈溢した三千代が来訪する。放蕩三昧に倦んでいた彼の胸に倏忽として真剣な恋《グランド・パッション》の火が点く。調子のいい光晴節の一つ(7)「唇でふれる唇ほどやわらかなものはない」の仕儀が済んだ翌日、彼女はこんな自白、わたしには恋人が居てその彼には別の恋人が居て最近彼はわたしに冷たくなった、詩だの文学だのを名目にして参上したのは色恋沙汰の相談に乗ってもらうためだった、こう書くのも阿呆らしいそいつを物語る。結局両人五月に交媾、「彼女は身をもみながら私の遠慮勝な手ぬるいふれかたに、それでは足りないと叫んで私を狼狽させた」とあって、三千代の官能がすでに充分熟していたさまが知られるであろう。七月結婚、同月東北への、大正季年中国への旅行は夫婦同伴だったが、昭和三年(8)春の上海へのそれは、三千代は東京に乾は長崎の義父母の許に置いて国木田虎雄夫妻と連れ立ってのものであった。乾を引き取って帰宅すればこはいかに、三千代は出奔していた。「みだれたままの私の浴衣をみると、その男がここへも来て、それに手を通したのを脱いで蹴散らかしていったものらしく、私は、顔を足で蹴返されたような情なさで、眼がしらには涙がたまった」とは三部作にしては珍しくしどけない、感情の垂れ流しのままの筆致であって、なんだか近松秋江の小説の一節を読んでいるみたいだ。その名前はこれも『杯』では伏せられているが、恋人は光晴には未知の、草野心平とは親昵なアナーキストの帝大生土方定一。光晴が心平に案内されて豊島郡の恋人達の僑居へ、そして四人が夫々の思念・焦心を蔵して池袋駅への道すがらの場面は、人間同士の七面倒臭さをとことん感じさせてこちらもやりきれない。

かくして光晴は「コキュ」となった。括弧を付けたのは『杯』にこのとおりの語が出ているからである。

県立美術館長に就任し岩波あたりからも美術書を上梓するに至った土方と光晴とのどっちが最終的に偉かったか、問うまい。ただ右の時点においては、姦夫土方の方が寝取られ男光晴より遙かに颯爽としていた。自分より三歳下で美貌[9]、正統的な学力、尖鋭で危険な思想の持主は、新時代の知識・感覚の吸収に躍起の三千代を文句なしに魅了した筈である。光晴の方といえば、時運は日々に非也で、詩作は完全な屏息を強いられ、窘困の極、時代遅れの教養を披露するだけの文学的破落戸に過ぎなかったのだから。言うまでもなく当時は姦通罪という法律が存在し、光晴が畏れながらと訴え出れば、土方と三千代は確実に何年かの体刑に服さねばならない。尤も私は這般の消息におよそ無知不案内だけれど、不倫の実数に比べて訴訟の割合は格段に低かったのではなかろうか。被害者達はひたすらじっと我慢したのである。で、光晴が事件を法的に不問に付したのはまるきり看過できぬにせよさして異とするには値しないであろう。しかし光晴が妙に浮かれ躁いで、事の次第を存知せぬ人々にも触れ回り「君、そのことは、あまり人に話さないほうがいいよ」と注意されるその様態は或いは痴態狂態と見做してもよろしいかに思われる。私ははしなくも、狂言『右近左近』の幕切でシテ役の故武智鉄二がアドの女房の私通をなじるも逆に打擲され、見所に向って「笑え、笑え」と名人弥五郎直伝の泣き笑いを演じた玄人はだしの芸を想起する。高見順の秀作『故旧忘れ得べき[10]』末尾の「歌ふといふより、口をあけて胸のモダモダを吐き出すやうな侘しいヤケな歌声」をここに聴取できる、と言ってもいいかもしれない。

三千代、子供を前面に出して、どうする?といった光晴の遺口を「狡い」と言ったが一応戻って来た。しかし土方とは切れない。光晴の一指が触れることすら拒む。六月三千代猩紅熱に罹り一ヶ月半程入院、その間土方も面会に訪れ、三千代の『青春の放浪』(11)によれば「消毒着がずらりとかかっている更衣室のところまで、彼は私をぐんぐんひっぱっていった。果実でもまるかじりするように接吻をむさぼった」という血気の勇が弾ける振舞に及ぶ。退院間近の三千代に光晴は外国旅行を提案、その拠り所については『杯』では「彼女の恋愛の純度をためす試金石ともなり」なぞときこえよく書かれてもいるけれど、『青春』の「定ちゃんと私を、それで引離そうというのね」が彼の企図の真実の的を貫いていたと思われる。『青春』には又「私のあたまの中を、そのとき一つの小狡い考えが走りまわった。金子と一緒に日本を出る。ヨーロッパに行ったら離婚する。定一をよび寄せる」とあって、三千代がこの実現を確信していたかどうかは疑わしいが、やはり女は恐ろしい。束の間の名残りを惜しんで、恋人達は茨城の高萩に遊んだ。旅行の可否や子供の処置をめぐってバクーニンの原書が投げつけられ着物が千切られる、といった若々しい痴話喧嘩を『青春』は伝えてくれる。とどのつまり九月光晴・三千代はかすがい役の乾を親許に再び預けて、色男土方の居る日本を離れ、三年半に亙る漫遊、いや放浪の道中に出立したのだった。

屢々、このオデュッセウス風の大旅行こそは光晴の文業のバックボーンを形成した、もし大旅行無かりせば文業の方も、といった具合にまことしやかに且つかいなでに論じられるものだけれども、それは「しょびたれたコキュ」の、刃物を押し込まれた、焼鏝を当てられたみたいな傷心がどこまで斟酌されたうえでのことであろうか。三部作において光晴は、中也の、泰子を小林に奪われての「私はたゞもう口惜しかつた。私は「口惜しき人」であつた」（『わが生活Ｉ』）のごときあからさまな歎慨を記していない。しかし晩年取巻き連には、今でも土方という名前を聞くとむかむかするとか、後にも先にもあんなに苦しい嫉妬を味わったことはないとか言明していたらしい。嘔気も道理、嫉妬も当然である。ここで私には、愛子の虫歯に孔が穿たれても歯科医と彼女との肉体の接着が案じられて治療を受けさせなかったり、牡猫さえ抱くのを禁じていたのに幼い甥に添寝していた彼女を殴打したりの蘆花だったらどうであったか、内弁慶の彼蘆花は姦夫を傷つけ得なかったにせよ愛子を殺したはまず必定、と臆断されてならない。だが光晴の嫉妬は直截に爆発せずして、ねじくれた格好で発散される他はしんねりと内攻するばかりであった。彼には離婚なんて考えられなかった。裏切られっ放しに畢るのじゃなく改めて自分が選び直されたことを示したい、という世間向けの思惑くらいは抱懐されていたであろうにしても。[12] これはそうと述べられていないが、三千代の肉置《ししおき》よき軀、潤湿・顫動・登頂の性的反応にも未練が断ちがたかったのかもしれない。とにかく、鹿島立ちした光晴の心緒をありきたりの悲惨の語をもって表すだけでは不充分だろう。

墜ちる所迄墜ちた光晴に上昇・向上の気魄は稀薄であった。繰り返すように三部作には、懦夫豈奮起せざるべけむやという敢為の気象は薬にする程も見当らない。三千代の詩集、なんとまあ、土方が画いた絵を表紙とし、土方を慕う作品を収めるそれを上海で出版すべくせいぜい努める光晴は、版元の島津に「あなたの奥さんも男の問題であったのだそうで、あなたのように若いのに、どうして叩き出さないで、男ののろけを書いたこんな本まで出してやるのですか」と難詰される。パリに先着している三千代の部屋のドアを光晴が開ける際「入っても、大丈夫なの？」と念を押す個条は、彼女の有《あり》様《よう》と彼女に係る彼の姿勢をほとんど象徴的に呈示しているであろう。すなわちパリにあって三千代は生気溌溂、外国人のためのフランス語学校や社交ダンスの教習所に通う。土方の影響の揺曳だろう、『ユマニテ』や革命に関する書物などを熟読した。黄色の、白色の男達から迫られ、三千代はいずれも軽くあしらったみたいに弁ずるものの、唇を吸われたのは一寸数えきれず、肌を許したのだって二人や三人と、これは私のまさに下衆の勘ぐりだが、これが満更中っていないでもあるまいとは、右の再会・交歓の最中光晴とは別の男がドアを叩くことからも言えるように思う。光晴が素寒貧なのに三千代の嚢中が時に結構潤沢であるのも私の邪《よこしま》な臆察を或る程度裏づけるのではなかろうか。濁水を得た魔魚のごとくパリを遊泳する三千代、対するに光晴の方は例えば、三千代のアミの一人が来遊、二人で散策に出かけた後「帰ってきてから彼ら二人が気をおかないですむように、僕は、部屋の洋服箪笥のなかに入ってからだを曲げていた」という、演技・衷情のいずれによるものか本人にもしかと分からなかったに違いない、そんな情無い挙動を執る始末。洋服箪笥といえば、あのロココ時代、情事の舞台の絶好の大道具であったが、そこに身を隠すのは眉目秀麗な姦夫側と決っていた筈なのに。

先の中野氏もそうだが、パリにおいて光晴の裡に「組織更《が》え」が成就したことを注視する論者は二三に止まらない。これをもって光晴の、何物にも囚われぬコスモポリタンの精神だの異邦人の視座だのが確立したとか説く論者達からすればまさかこんな風に簡単には参らぬにせよ、当語はごく平たく言って、人は人我は我なのだから男は女の浮気を嫉いても仕方ないと肚を括ることである、そう考えてよもや謬ってはいまいと思われる。また三部作に頻出する「シャンジュ・シュバリエ」なる語はパーティーの踊りの途中掛声で即座に相手を変える動作を指す由だけれど、光晴が該語を専ら恋愛・結婚上の組替えの意味で用い、その実行の鼓吹に積極的なのも確かである。だがしかし私は「組織更え」はそれこそ掛声だけに終ったと判定せざるを得ない、コキュでありながら洋服箪笥に隠れるいじましい挙措一つを取ってみても認識の革命!?が惹き起こされたとはどうにも感じられないのだ。いじましいといえば、光晴が三千代の父親から娘宛一人分の船賃送られて来たのをくすね、いやくすねたって一向に構わないのだが、その小悪事を犯すに当って心中呟く「彼女にしても、介子推ではないが、じぶんからふくら脛の鶏のささ身のような上肉を惜し気もなく人にふるまってきた[13]」なぞは、積年の遺恨の滲出であって彼の主観に則せばその至当性はよく認められるものの、盗人から三分の理を聞かされるみたいだと評せなくもないだろう。

いかにも、三千代にアミ達の費用での遊楽を勧めてその報告に一々相槌を打つ光晴、あのドストエフスキーの異色作『永遠の夫』の主人公、多情・背徳の妻に合わせるのが唯一の役目の、そして禿げあがった額に二本指で角を作りひひひと笑うトルソーツキイ、私は両人の像がダブって見える。ト氏の妻は数多の不貞を働きながら良心の呵責といったものにはまるきり不感無覚であった。三千代はそこまで徹底したかどうか。ともあれ、赫然と怒気を発しないのは「組織更え」の精神的革命を閲したからではなく、多年憂目に逢っているうちに蕃殖したコキュ特有の惰気・怯心のゆえという点で光晴とト氏はまったく軌を一にしているように思われる。光晴とて稀に憤懣遣る方無し、とならぬでもない。又もや無心をしくじって何日ぶりかでリヨンからパリに帰った光晴、パリの公園のベンチに坐ってひとしきり暗鬼を跳梁させたうえで寓居へ。「扉がひらくと、彼女の髪に右手をつっこんだまま、部屋へ入るとあっちこっちを見廻した。寝台の下の床のくらい隅、洋服簞笥のうち、それから簞笥のなかなども見た。／「どうしたの？　差押えのお役人みたいね」」。今度は彼が眼を血走らせて洋服簞笥の探索しているわけで私はこれに好感を覚えるけれど、その瞋恚の炎は彼の胸懐を一寸焦がしただけで消えてしまう。そして、彼にとって異例なこのヒステリックな暴挙も、くどいようだが、革命と同義・等価のごとくに視られている「組織更え」の適例には到底なり得るものではないだろうと重ねて言いたく思う。

　話を急ぎ足で続けるに、五年冬、出島の口利きで三千代は単身ベルギーはアントワープの船舶賄業宮田商会に事務員として勤めた。社長の宮田耕作が常時、その中には海老原喜之助や鳥海青児の名も見える居候を十人二十人養うという太っ腹の奇傑だったらしいことは注9の『無想庵物語』に寸描されている。山本氏は「(宮田は)ずいぶん三千代につくしたが三千代はついになびかなかったというから相性が悪かったのだろう」とも書くのだが、真相は半世紀前海彼の港街の濃霧に紛れて杳として分からない。『無想庵』を引合に出したのは、三千代の帰国後ア市に出現、ついには宮田と結婚したのが文子、彼女の前夫がかの武林無想庵であって、当書は両者の愛憎の縺れ具合を見事に精叙したものだからである。而して武林夫妻は『巴里』に数回登場、光晴がその博士論文の下書を草する農学生「I」と文子との間柄も意味深に記述されているのだけれど、『無想庵』によれば「農政学の秀才池本喜三夫」と彼女の深間は歴然たる事実だったことが判明する。つまり無想庵は文子にシャンジュ・シュバリエをしてやられた真性のコキュなのであった。[14] 而して魔女か妖婦か、確か蘇峰が佐々城信子を一見して言ったものと記憶する「七度姦する女だ」が剴切な文子・三千代を夫々妻に持った無想庵と光晴、又かと顰蹙されるのも承知のうえで、彼等の、めりめりと剝がされた皮膚を裏返しで着るみたいな悲辛が磅礴して迫ることを私は指摘したいのである。なお光晴と同じく絶類の博覧強記を有しながら、山本氏が謂う「ダメの人」無想庵が遺した『むさうあん物語』四十余冊を私も頃日購ったけれどとても読む気になれず、これが光晴の詩文上の偉業の比に非ざるは火を見るより明らかだが、何故そうなったのかの検覈は稿を改めて行った方がいいのだろう。

七年初頭光晴だけ先に帰国の途に就いたが、南国の魅力というより、久方ぶりに故郷の土を踏むことについての重い億劫、軽い恐怖からマライ半島辺を彷徨する。やがて三千代シンガポールに到着、船中姉川とかいう画学生と狎昵、噂の種になっている旨彼女自身物語るのを、光晴は例によって、そうか、そうかと聴く。姉川の求婚に応諾しきれぬ訳を「……それにね。私にはね。あの人では、満足させてもらえないということもあるのよ……」と述べられるところに牡としての優越感を僅かに覚えながら。彼女を船に連れ戻すべくホテルに現れた姉川を交えての三者会談。姉川の方は激昂しづめの、光晴の方は冷静、ではなくダルな調子での応酬を三千代はいとも愉し気に眺めていた。談合果てて姉川が彼女を拉致する段、さすがに彼女は柱にしがみついて光晴に制止を乞う目くばせをしたが、光晴、動こうとしない。彼の心地にはニヒリズムともマゾヒズムとも違う、そう、『杯』のあの「屍体を放りこんでもどぼりと音のするだけの、汚物で流れなくなった深いクリークの底ぐらさ」に通じる疲労感が濛々と立ち罩めていたのである。三千代に遅れて宇治山田の舅姑宅に着いた光晴は、これをもって三部作全篇が閉じられる三千代の、数日前東京に発ったという置手紙を手渡されたのであった。

「それから、船中の人は、神戸へ着くと出迎えの者からじぶんの家の破産をきき、すべてを船中だけのことにして消えました。策略ではなさそうです。あれはあれでおもしろい男です。では」。

以上、三部作の凄愴なまでに暗澹たる色調の原因を追尋すべく三千代の生の有様、そして光晴の、その心性をクリークの澱みに擬えられる程頽墜のコキュぶりについて私なりのクロッキーを試みた。運命は人各々の性情と別には在り得ない、という言葉をするめみたいに噛みしめる近頃である。既述のごとく、光晴は生来いびつなものに対する嗜好が殊の外鋭敏・旺盛であった。彼の「血のさわぎ」がどんな時に沸騰するかを書いたところを想起してもらってもいい。しかれども、異性と一緒に寝る所為、光晴流のフランス語によるアベック・クーシェは本人にとってあくまで自然であり愉快でありしかも誠実・真粋なることを妨げない女、男は己れの嫉妬が屈折・歪曲し或る種の快楽と化してまでも離れようとはせぬそんな女三千代との遭逢が光晴に起きなかったとしたらどうだったろう。いかにも三千代無かりせば三部作は成立しなかった、控え目に申しても、三部作はあれあのように彩られなかったとは考えていいと思う。

最後に、三部作と付き合っている中、毎週一度勤め先に宿泊、翌朝食事を倶にする佐伯彰一氏の講演中の「どうやら自己弁明というかくやしさの思い、これが自伝の大きな動因になっている。またそういう自伝が実に生きた血の通った自伝になっているという例が幾つもあります」[15]、或いは大学の教養課程で同級だった、その実お互いに知らん顔を通した故阿部昭が何かに書いていた「つくづく考えさせられるのは、物を書く力というのは思い出す力だということである」などが念頭に徂徠していたことも言い添えて、禿筆を擱する。

注

（1）但し『現代詩の鑑賞』などは筆者の蘊蓄とセンスが交響した素敵な書物、と評しておかねば粗略な概括との譏りを免れまい。ここでのレニエやサマンの作品解説はこちらをぞくぞくさせるばかりに繊妙にして流麗だし、泰西の詩と本邦の詩との比較、例えば中也の『サーカス』『正午』からラフォルグが連想されるあたりは癪に触るくらい面白い。

（2）『巴里』では、光晴の立場からしてむろん否定的な意味合でだが「フランコ・マニア」と記されている。なお同書には「マ・ボエーム」「アベック・クーシェ」「エロティコン」など、作為的なものなのだろうか、由緒正しからざる？フランス語が散見する。

荷風に因んでこんな一文も引いてみようか。「永井荷風もたしか、パリでひどいのをもらって、よほど晩年になってからも季節の変り目には痛んで困っていたという話だから」。

（3）芥川の『支那游記』中「上海游記・病院」によれば、「よそき」と読むらしい。『杯』に「春夫の小説『老書生』の主人公にされたことによって有名であった」と記されているのは『老青年』の誤信である。また『老青年』の「山野」の明を放散する性状と島津の陰が凝固したみたいなそれとは重ならない。

（4）中央公論社版全集第五巻中詩拾遺に収められた、『こがね虫』以前のごく初期の作らしい『反対』の最終章を引く。「僕は信じる。反対こそ、人生で／唯一立派なことだと。／反対こそ、生きてることだ。／反対こそ、じぶんをつかむことだ。」

（5）あれだけの名詩を量産したのだから不思議はなかろうが、光晴の文章に駆使される比喩は滅茶苦茶にうまい。挙げ出したらきりが無い、『杯』『巴里』『西』から一つずつ引いておく。「現実はいよいよのっぴきならない様相で、ざらざらした鮫肌をこすりつけてきた」「なまじ真実を口走って烏賊墨を流して、その場をまっ黒にしてしまうようなことは」

「硝子のけずり屑で出血した内臓のように、それが細かければ細かいほど、除去がむずかしい」。

（6）蘆花の夫人愛子も女高師の出身。妻の高い学歴についてのひがみから蘆花はひどく呻吟した。光晴はこの種のコンプレックスに懊悩した形跡は認められないがその心裏やいかに？　なお蘆花の妻に対する嫉妬はきわめて狂暴であって、後述の光晴のそれとは鮮やかな対照を成すからには早目に引合に出しておいた。

（7）恋人の名前は『杯』には明記されていないけれど、光晴も旧知の詩人吉田一穂。翌年二月誕生の乾はまず光晴の実子であろうが、三千代と一穂が結ばれていたことほとんど疑いを容れない。

（8）原満三寿編のだけを別として、中公版全集その他すべての光晴年譜は二年と定める。しかし『杯』をまめに読めば、文意の続き具合からいってこれが三年の出来事とおのずから納得できる。なお光晴達が上海で偶会した横光利一の年譜を参照するなら、彼が上海に一ヶ月程遊んだのは三年四月とされているし、また旅費はいわゆる円本の印税によるものだが、調べてみるに改造社版独歩集の刊行は二年四月（春陽堂版のは三年三月）であって、虎雄はその不労所得をだいぶ消費したうえで上海に出かけたとあるところからしても、三年が正しいのではなかろうか。

（9）土方の写真は未見だが、『杯』には「やや下ぶくれのなまめかしい美貌の青年」とあり、後で援用するつもりの『無想庵物語』において、昭和五年シベリア鉄道のコンパートメントで一緒になった土方を著書の山本夏彦氏は「丈高くにがみ走った美青年」と書いている。

（10）「故旧」が「コキュ」に掛けてあるのは申すまでもない。高見も昭和八年留置中妻愛子に背かれたのであった。なお『故旧』と『鮫』は相前後して共に武田麟太郎の人民社から出版されている。但し『故旧』は第一回芥川賞候補となり文壇の脚光を浴びたのだったが、『鮫』の方は二百部刷られたもののほとんど売れず武麟宅に山積みになっていたという。

（11）昭和二十六年発表、『森三千代鈔』（五十二年刊）に収録。ここで光晴はなんと姑息で卑屈な人物に描かれたことだろう。先の浴衣の件についてもこう書かれている。「定一は金子の浴衣に手を通すのをいやがって私の女ものの浴衣を着た。寝床にはいってからも、金子のにおいがするといって、小夜着の衿当てを引きめくった。無神経な金子は、定一の着たかもしれないその浴衣を着て、じぶんの寝床を奥の座敷に敷いてもぐりこんだ」（傍点引用者）。

（12）尤も昭和四十四年執筆「コキュの弁」（全集第八巻）には「姦婦を木につないで、ダイナマイトを陰部におし込み」とか「（殺した姦夫姦婦の）皮をきれいに剝ぎとり、赤裸なからだを壁に釣りさげて」とか、おどろおどろしい話が紹介されている。

（13）介子推は流浪中の主君文公の飢えを凌がせるべくその行為を致したのであった。忠義と淫蕩との対照の妙！『詩人』によれば、光晴は少年時より漢籍に親しんだ。彼の漢学のみならず江戸の小説類・歌舞伎・寄席芸に関する甚大な造詣は三部作の文章に遺憾なく活用されている。「死んだ松助の蝙蝠安のしぐさで私は、おしいただいてみせた」とか「「パリも甘えな」と北村大膳を尻目に出雲（ママ）邸を出る河内山のように」とかに私はほとほと舌を巻く。

（14）『無想庵』によつて無想庵作『「Cocu」のなげき』が在ることを識って一読に及んだ。これは自分と文子と「秀才」の三角関係、というより自分が文字どおり疎外された醜態をなりふり構わず書いた一篇である。「わたしの妻はこの年若な農学士とある夜ひそかに巴里から駆落ちして、そうしてここまでおちのびて来ているのだ。そうしてその駆落ちを黙許した、あるいはむしろ勧誘した、むしろ教唆した、はなはだ気のしれぬ彼女の夫であるところのわたし自身が、こうしてますます妻にいやがられる、わくわくと女々しくも彼らのあとを追いかけて来ているのだ」（中央公論社版『日本の文学』78『名作集（二）』に拠る）。

（15）中央大学英米文学会におけるもの。尤も自伝研究の雄たる同氏は他にもあちこち同趣旨を述べておられるであろう。

なお佐伯氏は富田姓文子が八十歳近くで著した一種の稀覯本『わたしの白書——幸福な妖婦の告白——』を貸与して下さった。『無想庵物語』も氏の薦めによって読み得たものなることを付記して感謝の意を表する。

（一九九〇年八月）

Ⅱ

蘆花と漱石

　自己宣伝が大好きだった蘆花の顰みに倣うみたいだが、私は近時、勤め先の紀要に「蘆花作『富士』の問題点」という一文を発表したことをまず述べずにいられない。私はそこで、妻の処女性にまつわる執拘、気丈な母との不仲、対社会的適応力の欠漏などにおいて、蘆花と礒多とは倫を同じゅうするものと見た。或いは肉親・眷族を総動員した作品の結構や、身近な素人相手の発情遂情やからして藤村を引合に出した。或いは又、武者作『或る男』の「彼」と『冨士』の「熊次」とが酷似しているさまについて、醜悪な肉体、自慰の常習なぞまでも含めて十項目ばかりを列記したのであった。

　世間の狭い私は沢山貰う抜刷の処理にいつもいたく困るのだが、それでも七、八通位は先達・知友の一粲に供すべく逓送したであろうか。就中畏友大津山国夫氏に対する進呈は、氏の労作『武者小路実篤論』中「トルストイ離反」の章には、本邦トルストイアンとして屹然たる一対を成す蘆花・武者相互の接近・離隔が精覈されており、これを如上の拙稿にも引用したうえは私において実に当然の所為だったのだ。ここは氏の優渥なる返翰の委細を吹聴する場所ではないけれども、この中に比校するなら泡鳴がより剴切なのでは、といった教示が存したことだけは披露したく思う。果然、当月報2所載猪野謙二氏の「日記と自伝小説」にも、蘆花・泡鳴間の至近性についての示唆に富む見解が認められ、識者の寓目する点は違わない旨私は合点したものである。

さりながら泡鳴に関しては、こう申すのは毫も謙遜に非ず、まったく悲しくなる程に無知不案内であって、該問題は他日を期する、という我身にはおよそふさわしからぬ殊勝な言種でもって済ませておく。今私がそれによって責を塞いでみたいのは、紀要の文章を物する途次偶見に及んだ、蘆花教信者の大番頭前田河広一郎稿「漱石と蘆花」（『日本評論』昭和十一年一月号）から触発された、この両作家における一種の親縁性を窺うことなのである。尤も、ひとしく未完の名作怪作を遺して逝き、各々自らの前期の、『草枕』に『虞美人草』、『不如帰』に『思出の記』に対して慊焉・嫌厭の情を隠さず、手法的にはだいぶ異なるにせよ、人間存在に巣食う虚偽虚飾の剔抉という志向上は同然な、そして共々、言い得べくんば、耳の人《オーレン・メンシュ》よりも目の人《アウゲン・メンシュ》であった御両人の作品全体を鷲づかみにして、肝腎要の急所を衝くといった芸当は、紙員の制約、いや、能力の不足でよく為すところではない。私はただ、先の文章でもちらと援用したのだったが、俗に謂う前広によって、双方に通有な美徳悪徳として挙示された事項中最も興を覚えたところの、癇癪玉の炸裂、余人には何とも卑小な事柄に目されるやもしれぬそれに、やや立ち入って述べてみるであろう。

この所行は限られた紙幅を慮って話の進行を計るあまりのことゆえ許されたい、私は先の文章中「熊次」イコール蘆花の、癇癪の暴出溢流について左のごとき個条書を試みた。（一）愛子が勧工場で買った筆を落したことを責めて、ステッキで乱打。（二）愛子の銀時計・文卓・化粧匣を破壊。（三）愛子丹誠の和服を引き裂く。（四）父祖伝来の真剣を振い、父揮毫の額を破る。（五）食膳を覆し障子を壊す。(六) 愛蔵の鉢物何百を踏み躙る。(七) 隣人に尾を振った愛犬を雨傘で突き殺す。(八) 無愛想な宿の女中を捩じ伏せて殴る。(九) 理不尽な買い直しの命を断った家の女中を打つ。(十) 寄宿させていた姪を縁側から突き落す。

ここから、鏡子夫人の『漱石の思ひ出』にぶちまけられた、例えば「部屋の唐紙を明けるが早いか、煙草がないといっていきなり莨盆を放りつける。そうかと思うと時計がとまっているといっては懐中時計を放りつける」(角川文庫版) とか「(女中の) 一人を廊下から下へ突き落とし、一人が門のところへ出たのを追うて、門前の路の上で人が見てるところでポカポカなぐったそうです」とかの粗暴猛暴に想到するは容易だろう。むろん私とて、模範生小宮豊隆、劣等生森田草平が同音に、師の癇癪は職として夫人の無理解無神経に由ると弁じていることを、或いは誰さんん彼さんによって漱石の、深刻・痛惨ないわゆる魂の状態《エタ・ダーム》と関連させてこれらが意義づけられていることを識らぬではない。しかし、理屈と膏薬はどこにでも付くもの、というのが右の論説類に対する偽らざる実感であって、いかにも私は文豪の癇癪をば、単なる気質に基づく嫌悪や忿怒の単発的現象、といった風に釈りたいのである。

そう考えるに至る訳は、万事気質性質に原由を求めたがるわが流儀のせいでもあろうけれど、何よりも御同様に思想的な苦闘、家庭的な煩累を負いつつも、それこそ神色自若たるを宗とし常としていた鷗外なる存在が私には想起されるからに他ならない。角川文庫解説で漱石の子息伸六は、海面さながらに鎮まったかと思うと又荒れる父親の気色に、家族達はまるで「どろぼう猫」みたいに惴々乎としており、一旦父親の怒気が暴発するや、衆人環視下ステッキによる凄惨な打擲が幼児の身に加えられもしたという事実を証言している。一方小堀杏奴著『晩年の父』は、鷗外の、それはほとんど名人芸を感じさせるばかりのいとも繊細・周密な心づかいによって、一家の平安が保たれていたさまを鮮やかに伝えてくれる。「一度などは私が毛糸をめちゃめちゃにからませてしまって、どうにもこうにも始末がつかなくなった。父はそれを書斎に持って行って三十分もかかってすっかりほぐして綺麗に巻いて持って来てくれた事がある」(岩波文庫版)。漱石だったらどうだろう、毛糸は無惨にも引きちぎられ、筆子なら筆子は激しく殴打されたに相違あるまい。而して蘆花も又。

但し、暴行蛮行を恣にした漱石・蘆花と罵辞一つも吐かなかった鷗外とのいずれが人間的であったか、生きるに苦しかったかについての答解は簡単に出し得ない。今はただこんな点も指摘しておくなら、癇癪の発作が始まった場合漱石は、その胸臆裡にはいかなる感慨が渦巻いていたかはいさ知らず、涼しい顔を通したのに、蘆花は、ま、そこが自己を責めるにも急で深かった彼の彼たる所以なのだが、現物は焼棄されて残存していない時期の日記に「余は悪魔なり」なぞと記したという。存分に撲たれてぐったりしている愛子に向って、睦言を連禱のごとく浴びせ、さらには交媾を迫りもした。惟るに蘆花の癇癪は、少なくとも愛子に対してのそれは、愛すればこそ迸発したのだった。この愛の熱度純度は、漱石の想像を絶するものであったは言うもおろか、「わが跡をふみもとめても来んといふ遠妻あるを誰とかは寝ん」などと妻しげ子を、温柔にか巧妙にか、慰撫した鷗外にしたって到底真似できるものではなかったのである。

(一九八六年一月)

『歌行燈』における錯誤

1

例えば現在時と過去時との往還・融合や序破急や仕方話などの点における鏡花作品と能との関連、葛野流・宝生流に所縁浅からざる彼の出自については、つとに吉田精一・村松定孝氏等によって検考済みである。而してこの場合『歌行燈』がほとんど必ず立ち合されるのは、その主題・筋立・作柄からして当然だろうが、しかしこんな問題が無いではない。

まず作品のハイライト玉の段、ずぶの素人にこの難儀な段物の完璧な習得がたった五日間で果されるというのは不自然きわまるけれども、そんな所に拘泥していては鏡花を読む資格を失う、いや、むしろそれがそうであってこそ『歌行燈』の神気・鬼工は成就するのだと考えてもみる。或いは、宝生流では当段の冒頭は「ひきあげ給へと約束し」、その際扇は（なにしろ「利剣」なのだから）畳まれたままと決っているのに、『歌行燈』では夫々「其時あま人申様」より引かれ、扇は開かれるといった具合に変替されていることに関しては、これとても作者一流の、骨肉の情なり美的映像なりをきつく印象づけんがための作為と釈るべきなのであろうか。

さりながら、お三重の仕舞に改めてつきあうべく、雪叟が雲井とかの名器をば「火鉢の火に高く翳す」云々には、私は看過しかねるものを感じてならない。同じく鼓とはいっても、大鼓の粗剛な革が演奏前、備長炭で飴色に変わるまで焙じられるのに対し、当歳乃至二歳の若駒の革で製せられる小鼓に火の気は大の禁物なること、斯道では常識に属する。舞台で小鼓方が時折裏革に指で唾をつけるのも、あれはそこに貼ってある調子紙を濡らして適度の湿り気を呼ぼうとしているのだ。その種の唯一の労作、故朝田祥次郎の注解が該個所を「皮の張りを固くして、よい音を出すため」なぞと説いているのは、右の大・小の鼓の特質を一考しなかったからに他なるまい。尤も小鼓にあっても、梅雨の頃はさすがに過度の湿気に参るらしいが、しかしこれを火気に当てるなんて暴挙は断じて許されず、ましてや作品の季節は「霜」の字が反復・鏤刻される冬の乾期なのである。

前述の詞章の起首や舞扇の開閉の問題とは相異なり、この火鉢の件りには、それによって作品を光輝あらしめる（鏡花自らの言葉を藉りるなら）「想像の潤色」はどうにも認めがたく、ただ彼は単純な錯誤を冒したのだと考えられてならない。葛野流は大鼓の流儀、鼓といえばすべて焙じるものと彼が思い込んでいたわけでもなかろうが。

（一九八四年四月）

2

私は嘗て、この鏡花最高傑作のいわばハイライト中、「小鼓取つて、本朝無双の名人」（傍点引用者）辺見雪叟がヒロインお三重の仕舞「玉の段」に付き合うため、雲井とかの名器をば「火鉢の火に高く翳す」といったその所為は、小鼓にとって火気は大の禁物という斯道の常識からして到底あり得ない旨指摘したのだった。当文の冒頭「葛野流・宝生流に所縁浅からざる彼の出自」とだけ述べた点について改めて補言するならば、鏡花の母鈴は加賀藩お抱えの葛野流大鼓師中田万三郎の末娘だったし、彼女の次兄金太郎は同シテ方、いわゆる「加賀宝生」の松本家の養子となったのである。ここから、鏡花は（遠縁の者、つまり金太郎の養父の弟が幸清流小鼓方であったにせよ）大鼓のそれ程には小鼓の特性の仔細を呑み込んでいなかった、と臆度しても許されるように思うのだがどうだろう。

余談めくが、葛野流は「かどの」であるのに、岩波文庫版、水上滝太郎著『貝殻追放抄』所収「鏡花世界瞥見」では「くずの」とルビが振られており、御節介な私は文庫係宛、過誤を告げる一書を飛ばしたものの梨の礫、同書解説を担当した三好行雄氏に偶会した折これを伝えたところ、「いやあ、ルビは編集部任せなので」と躱された。その三好さんも今は亡い。

又拙文には「大鼓の粗剛な革が演奏前、備長炭で飴色に変わるまで焙じられるのに対し」とも述べてある。この点に関して執筆後気づいた、漱石の『永日小品』中「元日」の一節を書写してみれば、「（虚子は）鼓がくると、台所から七輪を持つて來さして、かんくいふ炭火の上で鼓の皮を焙り始めた。みんな驚いて見てゐる。自分も此猛烈な焙り方には驚いた」というものであって、「元日」には虚子の打った鼓が大・小いずれかについての記載はなんら見えぬけれど、これが大鼓なること疑いを容れない。訳はいとも簡単、虚子は、同じく伊予・松山の出、しかも同じく明治七年生れの、先の雪叟に対するオマージュが「小鼓」を「大鼓」に換えればそのまま通る、川崎利吉、号して九淵（「きゅうえん」と呼ぶが、能の囃子方では食えんが掛けられている）の隣りに住み、彼の稽古を授かっていたのだ。そして又「元日」に「元來が優美な悠長なものと許り考へてゐた掛声は、丸で真剣勝負のそれの様に」と記されていることも、大鼓の掛声が小鼓の「優美」とは対蹠的な、まさに裂帛の気合をもって為されるところからして、虚子が打ったのが小鼓ならぬ大鼓、という事実の傍証の他の何物でもないであろう。

或いは又、何年か経って、かの新派の大立者花柳章太郎が「大きい部屋の火鉢に大鼓や小鼓の皮があぶられて居ます」（「思い出の歌舞伎座楽屋」、大笹吉雄『花顔の人　花柳章太郎伝』より孫引）と語っていることにも気づいた。私は能以外の囃子の面にはそうつばらかではないのだが、努めて能を模倣する松羽目物の類にあって、小鼓も大鼓と倶に焙っちまうなんて暴挙が行われるとはとても考えられず、花柳自身の不知・錯過をこれに認めたいと思うのである。

なお前の文章で「当歳乃至二歳の若駒の革で製せられる小鼓」と述べるに止めたのは、発表場所が能楽界の雑誌だったからで、その時すでに耳にしていた事柄を今敢えて書いてみるに、それはなんと、及ぶ限り柔らかな革を入手するためには、臨月時の母馬を屠り、胎中の仔馬の背の左右の一部分を取るというものである。すなわち、一丁の小鼓の作製は、而してこれを使っての私達を恍惚然たらしむる名演奏は、母子二頭の生贄があればこそ叶えられるのだ。厚かましさでは人後に落ちぬつもりの私にしてもさすがに、この残酷事が真実か虚伝か、囃子方の玄人に質すのが躊躇されてならない。

（一九九五年一〇月）

『断腸亭日乗』における「ラヂオ」

いかなるたちの文章においても、赤むけになったような自らの心を人目に敢えて晒そうとする生来の悪癖はどうにも抜けずして、こんな話を枕に振って書き出してみる。

ほぼ四半世紀前、都心のターミナルから急行で半時間要して薄汚ない停車場に到り、未舗装で凸凹の田舎道を十数分自転車を駆って着けば、私みたいに他所者ならざる土着の人々の祖霊を祀る墓所が目に入り、近傍の農夫が清掃を怠ったままで営む豚舎の臭気が鼻を衝く、といったところが拙宅に他ならなかった。視覚的にはまったく気にならず、嗅覚上の不快はなんとか我慢して暮すうち、隣接の三十坪足らずの空地に安普請の小家が建ったとたん、我身はラジオによる聴覚上の災難を蒙る羽目に相成った。

もちろん一切の価値判断を容れずに、つまりあくまで便宜的にこの呼称を用いるのだが、新しい隣人は日雇人夫だったせいか、雨天ともなると終日在宅する、そしてラジオをつけっ放しにする。朝辰の刻から暮六つまでの間、寸時の絶え間もなくかけられるのはもっぱら歌謡番組であったが、その音量は、周囲が田畑多く家屋まばらで至って閑静だったせいでもあろう、私にとって「喧騒を極む」

「喧騒忍ぶべからず」との文句も決して誇大とはならぬほど凄まじいものなのであった。

どこまでそれに打ち込んでいるかとはともかく、勉学上いわゆる朝型を執る私が机に向う頃、その日が雨天であれば必ず、好晴であっても稀には「囂然たり」「轟然たり」のラジオが鳴り始めるや、忽然わが向学の意気は消沈し沮喪してしまい、確か太宰春台の切語「悲哀ハ淫心ヲ生ズ」は宜なるかな、連動作用みたいに私は女房との交媾に及ぶのだった、事後やりきれなさの増幅は必定だというのに。中村屋の肉饅、文明堂の三笠山などを供して、音量の抑制を何遍乞うたかしれない。ついに頼みても頼みても甲斐無きことが判明し、さらには私のしつこい懇願にかえって先方の不機嫌が昂じ、学齢に達していた娘に仇が為されるのでは、との恐怖感を覚えるに至ったからには、居を遷さずにはいられなかった。今でもたまに、まだあの土地に住んで狂的なラジオに怏々・兢々然、といった夢に魘される。

前置がだいぶ長くなったけれど、かかる呪わしいラジオ禍の記憶を蔵有すればこそ、荷風の『断腸亭日乗』の、先に括弧つきで引用したような記述はこちらの琴線を切実に振わせるのだ、と私は言いたいのである。いかにも私は、よしんば古風と嗤われようとも、作品中に己れと同憂同苦の吐露を認め、悩むは我のみに非ず、との感慨を抱かしめられるところにまずもって文学の功徳が存する、と考えている。畢竟文学とは、ラジオの騒音くらいでは熾んな仕事ぶりは毛ほども変わらず、ねじくれた性欲なぞ毫も起こさぬ、健康で逞しい手合いには無縁な代物ではなかろうか、と思っているのだ。とにかく『日乗』における「ラヂオ」に関する受難・被虐の記載はたまらない、こたえられぬ魅力をもって私は慰撫した、鼓舞したとさえ言っていい。

『日乗』をざっと通覧してみるに、「ラヂオ」の初出は大正十五年一月三日の条であって、そこは「四隣今宵は寂然として蓄音機ラヂオ等の響も聞えず」（『日乗』原文は岩波版全集に拠る。ただし「鄰」は「隣」に改める）と一応穏やかな筆致だが、わざわざさように断られるところに、荷風がすでにしばしばこれがための困苦困厄を嘗めていたさまが窺われるかに思う。果然同年八月二日の条には「灯下机に凭るにラヂオ蓄音機の響、近隣の家より興り、喧囂極りなし」との、不断鬱積していたものが突如爆発した感じと釈れなくもない激語が見られる。昭和期に入ると、日付は省略に付すが、その種の懊悩、例えば「炎暑燬くが如き日盛りラヂオの洋楽轟然たり。真に焦熱地獄の苦しみなり」「浅草に関する記事を草せんと欲し一二葉原稿紙に筆とりて見たれど四隣のラヂオに妨げられて遂に止む」、その種の安堵、例えば「隣家のラヂオも点滴の響に遮られて甚しく人を苦しめず」「ラヂオも聞えず。四隣寂莫、雨中唯虫の鳴くを聞くのみ」といった文言が、むろん前者の方が断然多い割合において、交々反復されるのが容易に認められるだろう。

「ラヂオ」禍を痛切に憤り怨む点で、これに匹儔し得る作品を私は他に識らないが、何故『日乗』はその特色、尤もあまり輝かしからざるものながら、ともかく一つの特色を有するのか。第一に昔は、午砲《ドン》やニコライ堂の鐘は随分遠方まで到達したらしいし、路上を流す物売りの声、廂間《ひあわい》を駆ける駒下駄の音なら昭和癸酉の生まれの私だって印象深く憶えているように、街全体が静けさを保っていたことを指摘せずばなるまい。次に当時のラジオの品質がきわめて不良・粗悪で、放送には多分に雑音が混じていただろうことが考えられる。百科事典の類に当ってみると、本邦におけるラジオ放送といえば、『日乗』中「ラヂオ」初出の前年三月一日のそれをもって嚆矢とするみたいだが、現在のとは比較を絶してひどいものだったに相違なく、昭和三、四年ごろ、女学生の母が名古屋のＪＯＣＫで『宵待草』や『流浪の民』を歌ったのに際し、家族一同、鉱石式とかいうやつを代りばんこに耳にあてがってみたけれど、明瞭な聴取はほとんど得られなかったと我家に伝えられている話もその一証となるであろう。音響方面につばらかな知人の説示によれば、人間の聴力は二万ヘルツまでキャッチ可能だが、ラジオは方今の高性能の品でせいぜい一万ヘルツ、所詮生の音とマイクを通しての音との間には、鮮明度においてあたかも写真とこれが新聞に刷られたのとの径庭くらいは免れがたく、ましてや戦前のレベルは推して知るべし、而して劣悪な品だと高ヘルツが叶えられぬのみか音にひずみを生じ、奇数高周波が入ってえらく耳障りの果を結ぶ、といった由で、理科的知識におよそ晦い私にはヘルツ一つがよく呑み込めないにしても、荷風を日夜煩わせていたのが相当に聞き苦しい音であったのは確かだと思われる。

又、荷風が視覚型・聴覚型いずれの作家に属するかの論議はさておき、彼の音楽との深厚なかかわりも挙げられよう。長唄・清元・常磐津は言わずもがな、『雨瀟瀟』の宮薗節をはじめ、河東・一中・荻江節など江戸古曲についてのただならぬ蘊蓄・嗜好、これこそ荷風文学の結構な特色と見做すべきだろうが、今の場合西洋のそれに対する愛好もなかなかのものだった、と強意的に述べておきたい。この点、安川定男氏は『作家の中の音楽』の荷風の項において、歌劇に偏していたとはいい条、そのたいした情熱を、幾つかのエッセイ、『あめりか』『ふらんす』の両物語、『日乗』などの記述に徴して、いとも懇篤に論じている。安川氏の引用との重複を避け、大正末年九月、来朝したロシア歌劇団に関する『日乗』の記事を抜粋してみれば「二十一日。帝国劇場、この夜より十日の間魯国オペラを興行す。初日はアイダなり」「二十二日。夜帝国劇場に往きてフオーストを聴く」「二十三日、カルメンを聴く」といった具合、二十七日は築地小劇場の方だが、三十日の千秋楽までのうち実に九回も通っており、それへの熱中ぶりは明らかである。荷風が俗に言って、耳が肥えていた、音にうるさかったところに不幸が胚胎したわけでもあった。

尤も、如上の条件だけからでは、『日乗』のごとき呪詛・憎怨が迸発・噴出するとは限るまい、と考えねばならぬのかもしれない。音に敏感なのは荷風一人に止まらず、なのに『日乗』にのみあれあのような激越な文字が記された訳柄の検覈には、では勝本清一郎あたりがしきりに唱説した、精神分裂病までは行かぬものの精神分裂気質よりは進んだ、精神分裂病質、とはいってもそれぞれの程度は私にはチンプンカンプン、ま、常軌を逸して物事にいらだち易くこだわり過ぎる病的なタイプとでも解しておくしかない、それをここに想定すべきであろうか。さりながらこれとても、焦燥・拘執の病者だったら決って「終日ラヂオの声喧しく何事も為がたし」だの「終日隣家のラヂオに苦しめらる」だのと日録に書くか、との疑団の発生を抑えきれないだろう。結局安岡章太郎氏によって、話は実弟威三郎に関する記載に即してのことではあるけれど、いみじくも「荷風はまるで自分の精神の残酷さを鍛えようとして、ことさら憎悪の情を貫くことに努力しているようにも見える」「それにしても、日記は若いころから、復讐のために書くのでなければ、こうは長くは続けられないものだろう」などと述べられているところに問題解明の秘鑰が存するかに思われてならない、私が胡麻点を打った言葉こそ何よりも、荷風ばかりか私たちの文学に対する態度全般が病んでいるその較然たる証左だと痛感されるにせよ。

憎忌なり復仇なりの一念はしかし、次のような興味深い文章群をば遺さずには措かなくもある。「ラヂオ」禍がひときわ猛烈なのが「日曜の故なるべし」というのは別に不思議ではないとしても、「早朝より花火の響きこえ、ラヂオの唱歌騒然たるは紀元節なればなるべし」（昭和七年二月十一日）「早朝よりラヂオの君ヶ代軍歌など聞えて騒がしきこと限なし。天長節なりと云ふ」（同八年四月二十九日）「正午四隣のラヂオ俄に囂然たり。始めて此日祭日なるを知る」（同年十一月二十三日）など、三つ目の「祭日」とは、天皇、当年の新穀を神に供え、自らも食する儀執行の新嘗祭なのだが、特に注目に値すると言っていいであろう。すなわち荷風にとって悪鬼・羅刹の叫喚にひとしい「ラヂオ」は、該時絶対的に神聖にして不可侵なりし天皇制の祝事と、いわばパラレルな関係になっているのであって、これを煎じ詰めれば（天長節が有るからラヂオがやかましいんだ）（紀元節が無くなればラヂオは静かになるんだ）といった過激な思惟が形成されるはずである。あるいは「此日遏密。四隣ラヂオの声なく静閑喜ぶべし」（昭和八年十一月十二日）「ラヂオの放送も中止せらるべしと報ず」（同十一年二月二十六日）「防空演習も今夜にて終ると云ふ。この数日間はラヂオの唄も騒しからず」（同十四年十月二十九日）など、最初の「遏密」は、明治天皇第八皇女朝香宮妃允子内親王の葬儀のせいであり、真ん中の「二月二十六日」は申すまでもなく二・二六事件を指す、となればそれらは、国家の不祥、政情の不穏のお蔭をもって「ラヂオ」の跋扈跳梁は鎮まる現象をイローニッシュに意味したものに他ならず、而して荷風がそんな現象の出来をひそかに、熱烈に期していたさまは紙背に透けて見えるとまで私には思われるのだがどうだろうか。『日乗』の危険性はこんなところにも歴然としており、荷風が官憲の探索を極度に恐懼していたのは断じて故無しとしない。

が、戦前、麻布市兵衛町の総建坪約四十の偏奇館に独居索棲のころはまだしもだった。偏奇館焼亡後、それこそ流浪の民と化して転々とした挙句、昭和二十一年一月十六日、荷風は従弟の大島一雄（杵屋五叟）と共に市川市菅野に僑居することになるが、従来のそれの数層倍に及んだは確かな、まさに凄惨・酸鼻の「ラヂオ」禍はここに端を発した。旬日後の二十六日の条には「晩食後小説の腹案をなさむとす、忽にして隣家（襖一つ距てた隣室に同じ――引用者）のラヂオに妨げられて歇む、灯下読書執筆思のまゝならぬ境涯は余に取りて牢獄に異ならず、悲しむべきなり」と記されて、以下、枚挙に遑なし、との形容はこのためにあるかと思われるばかりの頻度をもって、その災は哀嘆憂嘆されるのだ。「ラヂオに追出されしが行くべき処もなければ」神社の境内に、市川・菅野の駅舎に杖を曳く有様は『日乗』に描かれているけれど、秋庭太郎著『考証永井荷風』によれば、病院の待合室内外来患者を装って読書の一時を過ごしたともいう。往時、その難を避けて出遊した繁華な銀座の街には、同気相求む知友との快談快酔が待っていた。春秋の筆法をもってすればラジオの騒音が『濹東綺譚』を成立させた、との成句をば考えつかせるように、その厄は作品生誕の発条の役目を果たしていた。しかし今や荷風は……「ラヂオ」禍を叙すこの辺の文致は無双のリアリティーを保ちながらも、悲劇的というにはいささかセンチメンタルな色合が勝っている、と感じるのは私だけではあるまい。

『日乗』同年十月以降、「午後海神」という文字の頻出を見るのは、戦中より物資の援助を吝しまぬ、紳商相磯勝弥（凌霜）が荷風の苦痛を察し、己れが持つ船橋の別墅の使用を申し出たからだが、翌二十二年正月七日には、年少より荷風文学に心酔していたといわれる、『風流滑稽譚』の訳者小西茂也の屋敷に転居するに至る。暫らくはよかった、しかし――菅野の小西宅は宏壮だったらしいから、家主のラヂオの位置と荷風が借りた部屋との間にはかなりの距離が存したであろうに、彼自身「神経衰弱症に陥りしなるべし」と精神上の自脈を診ているとおり、一寸の音でも「表座敷のラヂオ騒然たり」と感受されてしまうのであった。『日乗』二十三年十二月分を一覧してもらえば、その種の悲嘆愁嘆言がまるで連禱のごとく繰り返されているのが看取されるだろう。ついに、暮も押し迫った二十八日、同地に購入済みの十八坪の、中古ながら単身専有の持家に移った荷風は、翌年正月五日の『日乗』に「四隣閑静ラヂオ聞えざれば草稿をつくるに筆おのづから進む。喜ぶべし」と認めた。爾後、『日乗』には「ラヂオ」のラの字も現れない。だがしかし、時に荷風散人齢七十一、『日乗』の文章、無味・衰退の一途を辿るばかりなのは、これこそ真のイロニーでなくして何であろうぞ。

補記

校正時の今、見れば余白が生じているゆえに、こんな記事も書写してみるであろう。

「毎日近隣のラヂオに苦しめらる。喧騒を好む此等の愚民と共に生活するは牢獄に在るよりも苦痛なり。米軍早く来れかし」（昭和十九年八月十四日）

（一九八八年八月）

啄木の「友がみなわれよりえらく……」

或いは感傷的抒情歌人として愛され、或いはその革命的思想性に比重を置いて検考される石川啄木の生身を照射・解明するものとして、途中脱落を含みながらも、足かけ十一年に及ぶ日記が存する。評家によって自然主義文学の傑作並みの価値を論じられるそれは、こんな恥部を隠そうとしない。なお丸括弧内の文句、二十年前出版された岩波書店版啄木全集では伏字部分、爾後刊行された筑摩書房版のでは明記されている個所である。

予の心はたまらなくイライラして、どうしても眠れない。予は女の（股に手を入れて）、手荒くその〇〇〇〇〇〇〇〇。しまいには〇〇〇〇〇〇〇〇〇できるだけ強く押した。女はそれでも目をさまさぬ。恐らくもう〇〇〇ついてはなんの感覚もないくらい、男に慣れてしまっているのだ。何千人の男とねた女！　予はますますイライラしてきた。そして一層強く（手を）△△△。遂に（手は手首まで這入った）。『ウーウ。』と言って女はその時目をさました。（明治四十二年四月十日、ローマ字日記）

○の部分は筑摩版によっても伏字であって、私はそれこそ隔靴掻痒の感を覚えていたのだったが、先日たまたま、一大性学者故高橋鐵氏の奇著『決定版あぶ・らぶ』を一読したところ、その補章にこれが引用・分析されていて、順次「陰部を掻き廻した」「五本の指を入れて」「陰部に」なることが判明したのである。ただ高橋著における引用部分は「何千人の……」から「遂に」の前まで省略されており、従って△の部分の究明は函館図書館に足を運ばねば達せられない。多分、そこは「押した」か「入れた」かであろう。

右の個条に続いて十八歳の娼婦の「もっと、もっと」というよがり声や、啄木の「その手を女の顔にぬたくってやった」とか「その陰部を割いてやりたく思った」とかなかなかに凄絶な行為・衝動やの赤裸々な描写が見られ、該文学愛好・讃美者はさだめし目を蔽いたくなるに違いなかろうが、私自身は多年の願望、本文復元がほぼ完全に満たされた結果、彼啄木に対する親愛の念にわかに湧出するを実感せざるを得ない。

高橋氏がここにいわゆるサディズムの萌芽を看取、殺生関白・ネロ皇帝・切り裂きジャックなどの乱行蛮行と結びつけてこれを論じるのはやや誇大に失するかと思われるけれど、しかし啄木の性欲が決して微弱・淡泊の方でなく、しかもそれは爽快・晴朗に非ずして執拗・陰湿なたちのものであったとは充分に考えられるだろう。その証歌。

友がみなわれよりえらく見ゆる日よ／花を買ひ来て／妻としたしむ（『一握の砂』）

念のため角川書店版日本近代文学大系『石川啄木集』の頭注を参看してみるに「「花を……したし

む」はまず一般的にいって自己限定、自愛の行為であるが、啄木のばあい、自分をえらくさせぬ元凶は家庭であるとのろいつづけているのだから、同時に自虐行為でもあり、それがいっそう一行目のみじめな思いを確認させる」などと尤もらしく記されているけれど、注釈者が未婚の女性のせいか、肝腎の？「したしむ」についての言及はまったく無い。またこの点あれこれ想察されたとも感じられない。

ずばり言って、この場合「したしむ」は「まぐはひ」を意味するように私には考えられるのだ。花を買ったその時点では、或いは世の憂さ、身の拙さを妻としみじみ語り合うだけのつもりだったかもしれない。さりながら、友の栄光を見聞してのショックによる発情は、言葉によって癒されるなんてものじゃなく、むしろ愚痴っているうちにますます亢進、相手のトンチンカンな返事もこれを増幅せしめて、結局は火鉢の向う側の彼女を押し倒し、ふだんより乱暴にその唇を吸い、乳房を揉むという仕儀に相成ったのではあるまいか。またそうでなくちゃ、私の啄木に抱いた親愛の情はたちまち冷えてしまう。

（一九七四年十一月）

追記
七七年九月に公刊された岩波文庫『啄木　ローマ字日記』によって、問題の△の部分は「入れた」と判明する。

又、追記

啄木研究の雄、近藤典彦氏から頂戴した、九九年九月五日付の書簡の要点を写してみよう。

一、『一握の砂』の詩人はセックスを詠みません。

一、一生を通じてもセックスを露骨に表記したのはローマ字日記だけです。

一、当時夫婦が住んでいたのは喜之床の二階で六畳と四畳半の二間、娘がいて、老母が部屋にいつもいて、どうもふんいき的に、新世帯昼もたんすの環が鳴り、とはいかなかったと思われますが。

氏の実にまっとうな批判にはただもう帽を脱するばかりだが、これによっても私の啄木に対する、本文中の語を繰り返せば、親愛感、はいささかも渝らぬゆえに当文章も収める。

『細雪』

私は近頃、かの秋声の諸作をあらあら初読再読し、かような気味・機微は若い頃には恐らく分らなかったろう、この齢に及んでそれが分るのだ、という風に痛感したのであった。文学史的にはほとんど別様に認識・論述され、夫々の代表作は時局に不向きとの理由で禁圧されたならば、その執筆を片方はあっさり放擲し、他方はひそかに続行したといった差異を示し、数多のヒロインを創製し、実生活上も異性とは限りもなく有縁でありながら対象の扱い方においては鮮やかなコントラストを成すところの両者を立ち合わせることについては、牽強の譏りを招きかねないかもしれないにせよ、事『細雪』に関してはさような感慨と同然のたちのものが湧くのを如何ともしがたい。

約旬年前、私は一人娘を見合結婚させるべく砕心・奔命、とは申せ、我家と蒔岡家との間には天地霄壌の差が存し、むろん娘本人も雪子のごとき佳人に非ざるからには、世間並みの条件を満たしている男相手に話が纏まるのにそんなに手間暇は要らなかったが、それでも見合写真の作製に配布、実質的な紹介者、形式的な媒酌人に対する挨拶、結納金や引出物の額・品をめぐる聟側との意見の調整などを閲し、その間、振幅は小さくとも冀望と諦念とを両極として揺れる娘心、私達夫婦の鼓舞に慰撫、この他にも明記精記し得ぬ齟齬・扞格やら屈託・磊塊やらがかつ消えかつ結んだ挙句、娘はどうやら結婚という流れに乗るに至ったのである。

娘は独身の砌『刺青』『痴人の愛』を読んだやもしれず、二男児の母となった今『吉野葛』『蘆刈』を読むかもしれない、津々たる興味、切々たる共感をもって。彼女が該作品類から抱いた、抱くであろう評価は世の通見に適い、ほぼ剴切なものなることも私には信じられる。しかし私には、彼女が当の『細雪』によって、刻下の私が覚えるような感動を味得するとは到底考えられず、のみかは退屈のあまり、俗に謂う須磨源氏みたいにこれを上巻だけで読みさしにしてしまうようにも想像されてならないのである。実際往時の私は『細雪』を読了してなんら面白味を感じられなかった。いや、感じてはならぬ、感じたら恥だ、といった先入観を樹て、例えば板倉についての幸子の所感「あの青年は自分達とは階級の違ふ人間と云ふ頭が最初からあつた」なぞには怒気を迸らせて朱線を引いたのだった。

対文学的姿勢において成熟したのか、はた又堕落したのか、私は数年前から隔歳の割で『細雪』を読み返し、快味尽きることが無い。その褒詞によって谷崎のデビューに力を藉した荷風が「細雪妄評」で讃嘆した「神戸市水害の状況」「嵐山看花の一日」の描写には、こんな常凡な表現では『細雪』に対して申訳ないけれど、劇しい水勢を目前にするかのごとき緊迫感、美麗な桜花を髣髴たらしめられての陶酔感に我身は軽く揺すられるばかりである。それはあくまでそうなのだが、しかし私が最も興趣を掬むのは、独居索棲を専らとした荷風には無縁の、本作をきつく縫い取る、紅か紫かはともかく鮮明な糸と言うべき幾つかの見合譚、これに錯綜・纏絡する風儀・流俗なり感情・心理なりに他ならない。

例えば上巻二十八節、野村との見合当日。雪子とはまるで父娘といった感じの、いかにもじじむさい相手の印象。介添役の陣場夫妻の、自らの恩人の社長が野村の従兄に当たることに因るらしい、卑屈に過ぎる態度。流産の予後の出血が止まらぬ幸子を一再ならず呼び立てる陣場夫人の行為を不快がる貞之助。早くも野村と雪子とを同車させせんとする、非常識な夫人の提議。夫人の約言に反して車は会場の玄関には横着けにされず、急な階段を幸子は夫に労られつつ上るのであった。しかも請け合われていた日本間はこれ又塞がっており、支那間の堅い椅子に坐って幸子は身の不調を懸命に怺える。雪子に浴びせられる野村の不遠慮な視線、陣場の露わな阿諛追従言。野村が蒔岡家についてあまりにも精しく調査していることに貞之助が喫驚するうちにお開きとなったものの車は一台しか来ず、野村を送るべく已むなく悪路を廻らねばならない。野村宅に着くやコーヒーでもと強引に誘われ、又もや長い急坂を上った幸子達は、彼野村の先妻と二人の子供の遺影を飾った仏壇の在る茶の間に案内される羽目と相成る。だがしかし、私達は貞之助が陣場夫妻との別れ際、幾重にも積もった忿懣の激発を抑えて「ほんたうにいろ〳〵とお骨折に与りまして、……いづれ相談いたしまして、本家の意見も聞きました上で……」といった言辞を用いるのを見るであろう。

暢達にして周密な達文の摘録は、名画についての劣悪なコピーを作るよりもっと空しいわざであるが、論を歩ませるための仕儀と許されたい、私はここから野村や陣場夫妻の、要するに無神経に接した幸子達の困却と焦慮に、いわゆる感情移入を起こさずにはいられないのだ。愧ずかしい、忌まわしい事件を想起想察すると、その厄難・不祥を遠ざけたいため私は小さく叫んで頭を振り地団駄を踏むを常としており、『細雪』の興趣・気韻にかかる振舞はふさわしからぬゆえ慎むのだけれど、衝迫の度合は所為に及ぶ場合と同じくらい強いと言ったっていい。

下巻劈頭から始まる、義兄辰雄の長姉が縁づいた大垣在の菅野家における沢崎との見合。前日の螢狩の描写もその種の極致を窮めた妙文で、もちろんこれを三嘆するに吝かではないものの今は、この田舎の老婦人の、年に似気無い粗率な仕種に幸子が辟易し、銷沈するさまは何遍読んでも飽きない旨述べておきたく思う。爾後、沢崎の、罫引きの便箋一枚に毛筆ならぬペン字で粗放な文言を記した謝絶の書面、さらにはこれを同封して寄越した未亡人の粗笨な心柄、さらには又辰雄の粗略な斡旋に対して、ここら辺原文を一寸写せば「義兄を信じて乗り出したのであつたが、未亡人の遣り方をよく知つてゐる筈の義兄として、かう云ふ問題に口を入れようとするならば、彼自身がもう少し事前に下調べなどをし、可能の程度を打診すべきではなかつたであらうか」といった調子で、幸子の繊細で典雅な牢騒の念があたかも蚕の口から糸が吐かれるみたいに、娓娓として展舒されることによっても、わが琴線は弾ぜられて歇まないのである。

序でに述べておくなら、『細雪』は意外にも、内に籠った不平不満の記載鮮少ならず、圧巻は下巻三十二節において、御牧との見合で上京、帝国ホテルに投宿時、妙子から三好の子を妊って三四箇月と告げられた幸子が一晩中まんじりともせぬままに「……実際、此の妹はどうしてこんなに二重三重にもわたし等姉妹を苦しめなければ済まないのだらう。……」とばかり、別の処で「自分や雪子とはちよつと心臓の搏ち方の違つたところがある」とも表現される末妹を怨ずる内的独白は同節、全集本で八頁分すべてを埋めている。或いは沢崎の後御牧の前の相手、橋寺からの電話に雪子がろくに応答できなかったせいで破談になってしまう、下巻十七節において幸子に抱懐されたそれについての記述も仔細を極めるが、末尾の「「済まなかつた」と云ふ一言を夫の前で云つてくれるとよいのであるが、かう云ふ時に気が付いてゐても決してそれを云はない人であることを思ふと、又しても面憎くなつて来るのであつた」など、端的な好例として引かずには済まされないものがある。この点伊藤整の、何回目かの谷崎全集解説として書かれ『谷崎潤一郎の文学』に収められた文章における「『細雪』が写実的な家族心理小説としては、近代日本でほとんど類を絶した作品であり」との指摘はまことにもって肯綮に当たっているだろう。そして伊藤によって、『細雪』は自分一個の心理を扱うに限られた幻想小説とは彙を異にしており、その心理描写は家族間のエゴの確執と妥協と諧和の網の目を浸す蒼い水脈のごとくに目される、という具合に説かれていることも看過してはなるまい。

『細雪』が煩累と鬱屈と愚痴の小説だなんて馬鹿なことを言っているのではない。むしろさような作品群を主流とする近代日本文学史上、それは嶄然異色の存在として屹立していることくらい私とて承知している。『細雪』という巨船による長程の航海が進発、岬を廻って外洋に差しかかった頃に当たるか、音楽会に急ぐ三姉妹のそれこそ満艦飾の美姿がタクシーから「こぼれ出て」、この文句がいかにも利いていると思われるのだけれど、駅の階段を駈け上るのに衆人悉く瞠目した、といった光景こそは『細雪』の基調とさえ私は考えているのだ。「それにつけても、幸子は自分の生活が、内的にも外的にも、如何に二人の妹達と密接に結び着いているかを、感じない訳に行かなかつた」（中巻・二十二節）とか「三人の姉妹が同じ屋根の下に集まると云ふことが、それだけで家の中に春風を生ぜしめるので、此の三人の中の誰が欠けても諧調が失はれるのであらう」（同・二十九節）とか、彼女達の紐帯と調和の永続・完璧性についての信憑性がまさに手放しで唱えられるところからしても、作品の明度なり暖気なりの高さは確かだろう。私はただ、先に彼我の家格の甚だしい落差を断ったことと矛盾するようだが、ま、中流家庭の範囲をできるだけ宏大に画定し、嗤うなかれ、蒔岡家と我家とを敢えて同じ括弧内に入れたうえで『細雪』を読んでみるに、そこに出来する用件、継起する心理は他人事のようには思われない、という趣旨を強意的に述べているのである。

宜なるかな、と頷くばかりじゃない、例えば下巻十八節、橋寺に対する貞之助の釈明・謝罪の書状は、礼節と真情とが見事に釣り合った、この種のもののお手本とも言うべく、かくあらまほしき書信を認めさせたその能力に私は健羨を禁じられなかった。或いは同二十九節、瀬越や橋寺や御牧の縁談の世話を忝うした美容師井谷が渡米するに当たり、幸子達が贈る餞別の品が螺鈿の手筥などに選定された所以もいたく参考になる。すなわち『細雪』は、せいぜい良識を涵養し、社交上のバランス感覚を洗練させれば、どんなに素敵な知力・感性を物にし得るかという展望を齎す書物、敢えて申さば、恰好のヒューマンな人生指南書、なのではあるまいか。

井谷といえば、この「性急で且実行力に富んでゐる」婦人が登場すると、作品はギヤが切り換えられて俄然運航の速度を増すみたいな感じになるのだが、就中下巻二十七節、暇乞いに現れた彼女が怱率裡に御牧の身上について揮う、全集本でやはり八頁分の弁舌は立板に水の譬喩どおり、サラブレッドの疾駆にも似て、こういう現象に惹かれやすい性癖の私を酩酊させずには措かない。同十四節、橋寺との見合の席上、橋渡し役の井谷と丹生夫人の「女ギヤング」が「瓢簞鯰」の彼を揶揄し督励する敏活なテンポの、さながら急の舞の鼓を聴くかのごときの会話は、そこに並べられた名にし負う吉兆の膳部より魅力的に思われる。吉兆の料理が文化なら、これを賞味しながら犀利で明暢な談話を取り交すのはそれ以上の文化であろう。後世、我々がいかなるレベルの文化を形成達成していたかの明証として「ねえ、丹生さんの奥さん、かう云ふ方は、端の者がお膳を据ゑて、箸を取るばかりにして上げなけりや駄目なんですから、構ふことはございません、あたし達でどしく進行させちまはうぢやございませんか」といった言葉、虹のような嬌声、貫禄の中に宿るテレ、あえかな含羞などを伴ってのこれを推輓するのに、私にはいささかの逡巡も無い。ああ、省みれば私の文化の概念も一変したものである！

ところで、丹生夫人は大阪・東京の双方に関して「あたしは両棲動物よ」と放言しているけれど、右の席上の会話のみならず他にも例証は幾多挙示されよう、『細雪』なる大牢の滋味には通念に反して、関西の風味だけではなく関東、職として東京のそれが相当に効いているのではと考えられる。私は関西の、ましてや蒔岡家一族が親昵していたような交際・社交圏の雰囲気などにはおよそ無知不案内である。だからして、あの吉兆なら吉兆の会席に飛び交う言葉、立ち罩める情趣が非関西的と断じる資格をまるきり欠いているのだが、しかし、あれは宛然東京山の手の、かなりの才知と金員に恵まれた婦人達によって駆使・醸成されるたちのものでもあるとは、己れのささやかながら直かの体験からも言い得る。

折口信夫は「『細雪』の女」、「雪子を知ることは、寧、西洋人の中の小説の鬼に任せてよい。が、幸子を表現することは、やはり、日本人の外には望まれぬことであらう」と、さすがに刮目すべき見解をも陳べている当文章において、大阪弁と東京弁とが混淆した、彼の母も叔母も祖母も使わなかった「新しい大阪語」が『細雪』の婦人語だと記したのだった。又十数年前発表された優作、河野多恵子著『谷崎文学と肯定の欲望』でも、『細雪』の大阪言葉は半ば同情的半ば批判的に評されている。御両人が根生いの難波人だけにこれは事柄の正鵠を射ていると思われるが、なお河野女史がそこで、作者の莫逆の友笹沼源之助一家の親子三女性に関言、該家を「東京版「細雪」」の世界に見立てたことからも、私は示唆以上の、啓示と呼んでもいいみたいな感銘を蒙らずにはいられない。そうなのだ、谷崎はその喜代子・登代子・喜美子とかいう、美色において松子・重子・信子に優るとも劣らぬ、そして山の手か下町かはともかく東京風の、闊達で爽邁な気象を有した彼女等から創造のパン種をしこたま仕込んだのであった。折口によって紫の上に比えられた、確かに作品の央・要たる幸子、彼女のごとき輝かしい姿貌と性向の女性は上本町や蘆屋にあってはいさ知らず、下記の地名にはなんともわりなき抵抗感を覚えるのだが——成城や田園調布辺でいとも容易に見つかったであろう。何歩か譲って、幸子は関西と東京との混血児なのだ、ということにしてもいい。

橋寺の見合に先立って、丹生夫人が幸子の不参を求めるその訳は「孔雀が羽根をひろげたやうな方がいらつしやると、お嬢さんの印象が稀薄になるから」というものであって、「丹生さんひどいわ」と相手を一応詰ってはみる幸子の胸臆が女性としてはたまらない愉悦で桜色に染まっていたは疑いないが、上巻九節を参看されたい、彼女はこれ迄にも、出席を遠慮して戴けたらとか、思いきり地味に作って欲しいとかの要請はしきりに受けており、自分の顔みたいなのは巷間ざらに見つかり至稀至美なのは雪子のような、と力瘤入れて弁じるものの、内心の全域に優越感の潮が差して来ていて、貞之助に向かっては「あたしが一緒やつたら雪ちやんの邪魔することになるねんて」と、いくらか拗ねつつも誇りかに訴え、右の要請に添った忠告を与える貞之助の方とても、花やかな妻を持った喜悦を隠しきれない、というこの個条は作品中屈指の佳処で、いかにもあらゆる意味で有閑・余裕に乏しい者にとっては『細雪』は糞面白くなかろう、さりながら余裕無くして又文化は在り得ないのだ、との感慨をば私に充分に抱かせるのである。しかし私がここでも強調したいのは一にかかって、「なるねんて」なぞという文句はともかく、幸子が東京の、いや東京も関西も超えた、上流に程近い中流の文化的な魅惑的な、さらには理想的な婦人として造型されているといったことに存する。

誰のであったか、名より実を重んずるのが関西、あんなに形式・体裁にこだわる蒔岡家はむしろ東京的、と指摘した論攷を一見したように思う。又、その東京版を想定した河野氏が『細雪』をもって阪神間の風俗を如実に描いた小説とする見方に否定的なのは当然だろう。この点に関し、中村真一郎氏が秀作「谷崎と『細雪』」において「東京と大阪とは、此の小説の中では、実際よりは遙かに、距離が遠ざけられてゐる」、「『細雪』は市民小説であるよりは、理想的な社会の空想小説と言ふことになる」、「この作品は遊離的な市民小説と言ふ矛盾した性格によつて、統一されてゐる」などと述べていることは注目されねばならない。尤も中村氏のこれは戦後数年を経ずして論じられたせいか、作者谷崎の、狎昵・酷愛した美的世界が理不尽・没義道の時勢に亡されつつあるのを痛惜し、これを昨日の完全な姿のままに復元せんとする、あたかも新古今の歌人達のそれのごとき終末観・危機意識をここに認覚したものであって、ややパセティックに過ぎ、氏の仕事ぶりに対しては妙な形容になるけれど、イデオロギッシュな臭いも放って、作品の、関西語で謂うところの、はんなり、という気色を殺ぐ具合になっているかに私には感じられるのだが。

つとに、戦火未だ熾んならざる昭和九年、谷崎は『文章読本』において「即ち感覚と云ふものは、一定の錬磨を経た後には、各人が同一の対象に対して同様に感じるやうに作られてゐる」と書いた。この趣意はその三年前の「恋愛及び色情」あたりで「個性」抹消こそが本邦の文学・芸術の特質也と唱説したことと必ずや吻合するものであろう。これを換言要言するなら、類型、往昔の私が用いるに際して精いっぱいの嫌悪・侮辱を籠めずにはいられなかった、その類型の讃頌である。先程折口の文章を引いたのだったが、それと発想・論理上いたく親縁な保田与重郎、やはり戦後タブー視されていた保田の、いとも特異な類型讃歌が或る種の屈折を含んで懐かしく蘇りもする。「風景は一つ、しかも詩情は類型だつたといふ、しかし僕は後者の一つに千差万別、満開の花の風景を知る思ひだつた」、「類型を云ふよりそこにある執拗な美的生活を考へる必要がある筈である。同じ形同じ情をのべて己を示すことが、ひいて天賦の芸術家だけを後代に残した。そしらぬ顔したはげしい冒険である」(「更級日記」昭和十年)。

思いなしか、後の方は谷崎の文学的生の営為についての寸描と釈れぬでもないにしても、谷崎と保田とはまず没交渉だったにもかかわらず、限られた紙数の中にこんな引用をやらかすのはやはり回憶に淫しているのだろうか。ただ私は中村氏のように、作者の反時代的な孤高・果敢によって作品の栄光の遊離性が約束されたという風に理解するよりも、作品における景勝の鑑賞、衣裳の選択、儀礼の交換、言詞の応酬、感情の起伏等々、いずれもが作者積年の類型についての推重・帰依の念の篤さによって、いい意味で規制統制されて、そうそう、『細雪』の執筆開始の前年完結した源語の口訳作業からの多大の収穫をも糧として、特定の風土風俗を超えた、いわば普遍性を贏ち得たのだ、こう這裡の因果関係を確かめたいのである。而して、逆説めくが、幸子なら幸子の一顰一笑さえもが類型に則りすぐれて普遍的なればこそ、私達には身にこたえ体にこたえて共鳴される、といった果を結ぶのではなかろうか。

如上の私見を呑み込んでもらうべく、又ぞろ突飛な援用となるけれども、四半世紀以上も前、同人誌仲間のごく内輪の会で、中世文学、とりわけ連歌研究の雄木藤才蔵先生に、この中世独特の詩を講じてもらったのだが、そこで享受したものといえば要するに、その後雑誌に寄稿して頂いた「宗祇連歌試論」と副題された「中世の美」中の左のごとき、谷崎のあれと確実に呼応する識見である。すなわち「そこ（宗祇独吟『何人百韻』）には、一定の教養を積み感覚をみがけば中世人の誰もが共通に感ずるような美しさが詠まれている」、「これはいわば類型的な美に徹することによって、自己を生かす道を発見し完成させた世界である」。類型、連歌上の用語としては、辞典類に「最もそれらしい性質・状態、いわば事象の本性」と解説されるところの「本意」の方がよろしかろうが、その本意を宗として詠作する場合、春の雨はしとしとと降り、夏の夜は短く感じられ、旅ははるけき想いが身に染み、恋は相手から慕われるのではなく相手を慕う云々と決まっている。これは、長年月に亙って、歌人・連歌師という文化人がそう感得するのが最も妥当と考えるに至った、つまり共通の美意識の精華・結晶なのである。但し、類型・本意の美と真実の成就のためには、伝統に沈潜する深到な心とその心を表出する技術が必須とされねばならない。而して『細雪』の作者は宗祇同様、右の心と技術の所有者であったとするのは、あまりにも強引なアナロジーを為すことになるだろうか。上巻十九節、幸子の魚は鯛、花は桜との明言は普通云われているよりずっと重い意味を、保田の謂う「そしらぬ顔したはげしい冒険」すら私に思わせる。

純正連歌が一貫して雅を尊び俗を排するごとく、『細雪』にあっては適度節度の美徳は滅多なことでは崩れない。近時、この美風に背戻し美俗を逸脱する妙子の行動を意義づける風潮が昂まっているみたいだが、私は肯んじがたく、部分的に勃然異物が発生、騒動を惹起するにせよ、所詮全体の寛裕と堅確と安寧を逆に照明・証明するに畢っているようにそれは理解されるのが自然だと思うものである。大尾、三好との子を死産後、二階借りの夫婦暮しを始めた彼女は最低必要な品を運ぶべく蘆屋にやって来る。彼女の元の部屋には雪子の嫁入道具万端がきらびやかに飾られ、床の間に進物の山が出来ている。なんとまあ、明暗著しい、対蹠的な決着。「当座の物をひとりでこそ〳〵と取り纏め、唐草の風呂敷に括つて」と書かれる紙背には、勧善懲悪、の文字が透けて見えるだろう、いずれ異物は全体に救済され融合することになるにしても。そして、彼女にとって惨酷な成敗は当に然るべき帰結と私達に納得させて、『細雪』は悠揚と巻を鎖すのである。

（一九九一年十一月）

憂愁の青春——田宮虎彦の小説

T　白門祭には出かけたかい？　教師達はほとんど顔を出さぬらしいが。
Y　気が咎めているものの、僕も不参加組の例に洩れない。尤も今年は瞥見に及んだ。
T　ほう、感心だな。
Y　いや、人文研の月次会がその最中にいつもの通り二号館のあの部屋で催され、僕が発表者に当たっていたものだから登校したというわけさ。
T　御感想をうかがいたい。
Y　ペデを……
T　おい、君の兄貴分の中島昭和氏に怒られるぜ。何故ちゃんとペデストリアン・デッキと呼ばないんだ、ペデだと同性愛を意味するんだぞ、ってね。
Y　はいはい。ペデストリアン・デッキを歩いただけだから責任もって言えないけれど、相も変わらず模擬店一色という趣だった。
T　四十年前、我々の学園祭には金輪際見られなかった光景だね。あの頃は各教室が研究発表会みたいだった。是非はともかくとして、そぞろ今昔の感に堪えない。ところで君達の研究チームは長く続くね、もうどの位になるんだろう。

Y　満十四年経ったよ。此間の会で百二十七回を算える。中島さんはじめきっぷのいい連中が集まっているから。研究会の寿命は畢竟人の和に因ると思う。

T　人文研の所長を務められた安川定男先生も御出席になるようだが。

Y　毎回ね。定年後中大との紐帯はこの研究会に存する、といった優渥なお言葉も賜っている。先日は白秋・耕作の『詩と音楽』の復刻版について書かれた周密な解説を頂戴した。二次会は君もお馴染みの高幡不動の『笛吹』だが、そこにも悦んで付き合って下さる。

T　君は安川先生からは随分恩沢を忝うしているのだから、せいぜいお仕えすることだな。で、何を発表したの？　百何十回も重ねているとねたが尽きるだろうに。

Y　ねたは無限、と言っていい程に有る。今回僕は田宮虎彦について報告したんだが。

T　おう、田宮虎彦か。我々の仲間は一度はいかれているね、麻疹に罹ったみたいに。うーむ、『絵本』『菊坂』『足摺岬』、えらく懐かしい。それにしても当今の学生は田宮虎彦を識っているかなあ。

Y　一寸待て。その前に――事は文学に限るまいが、若い年比の内に接しておかねばならぬ対象、而して該時その真髄を最もよく味識し得る対象というものが在ると思うけれど、君の場合それはどんな作家？

T　そうさな。堀辰雄や太宰治の名前がまず唇頭を洩れるね。この肺病作家と心中作家とは思春・青春期に対面しておかなければ駄目だ。その時期に邂逅の機会を失したら、彼等の作品が終生異縁となるは必定だろう。実際、課長の職に就いた営業マンや子育てを済ませたオバハンが初めて『聖家族』や『晩年』の頁を繰って昂揚するざまなんぞ、想像するだけでぞっとするよ。

Y　又、生涯かけて堀や太宰ばかりを酷愛して已まぬ人達は純粋、というより偏奇な匂いを漂わせている、とも言えるのじゃないか。

T　その点鷗外・漱石となると、若年時より高年時まで一貫して熱読敬読を持続し得る。

Y　或いは齢不惑・知命を越えてから読み始めたって、人生の塩を嘗め歳月の脂《やに》に塗れているそのことが読書上の豊かな収穫を約束してくれるだろうよ。

T　やっぱり鷗外・漱石は偉大で堀・太宰は安価といったことになっちゃうのか。

Y　いやいや。そりゃ究極的な選択を迫られたなら、僕だって『抽斎』『明暗』の方を採るけれど、だからといって堀や太宰の作品の存在価値を否認するつもりは露微塵だに無い。太宰なら太宰の、誇負と自虐との交錯、権威や偽善に対する反抗、含羞とうらはらの道化・演技……

T　ようよう。馬鹿に調子に乗りやがって。

Y　過剰なサービス精神、腹を捩らせるユーモアに底流する痛切な哀情、才気煥発せる自在にして技巧の粋を集めた表現……ああ、我ながら愧ずかしい。

T　へん、そんなつらねみたような文句の羅列は、太宰が最も嫌がったものだぞ。

Y　わかっている。ただ僕が言いたいのは、彼独特の道化なりサービス精神なりの活写は余人の模して到底及ばぬ、鷗外・漱石の作品のどこを探したって絶対に見つかりようもない、といったことなんだ。

T　鷗外・漱石で悉皆間に合う筈もないのだから。堀・太宰の味や毒は鷗外・漱石の近代を一皮剝いたところに生じたもの、と考えたっていいのだから。

Y　そして今押えておきたい壺は、鷗外や漱石に較べていかに繊弱で屈曲していようとも、いや、それゆえにこそ青春期のぴんと切なく張り詰めた心の琴線に響く作家が存在するということである。いささかくどいかな。

T　田宮もそう、と言いたいんだろう。ところで宿痾の肺疾によって、或いは何遍目かの情死行でもってついに絶命した両作家は、当の弱所恥部自体を看板・売物にして作品を書きまくったね。田宮は単身自殺したんだっけ?

Y　数年前高層マンションの自室のベランダから飛び降りた。堀・太宰とは別様の死様だったけれど、彼は生涯、莫逆の友青山光二の言を藉りるなら「オチコミ型」「死にたがり屋」だったそうで、その心の状態《エタ・ダーム》……

T　おっと。又安川先生や中島氏に叱られるぞ、よく知りもしないくせに外国語を振り回すな、って。

Y　いいってことよ。僕なりに確かめているんだ。そもそもお二人は会話や文章上の細工や意匠ってものに理解が無さ過ぎるんだ。細工・意匠なんてのは嘘です、本質的に悪である。あまりにも公正で誠実なお二人に合う筈もない。しかし悪のこやしを効かさずして魅力の華が咲くだろうか。お二人があれだけの襟韻と容貌を具えていながら意外に浮名を流さなかったのは……

T　いい加減にしないか。お二人は惚れられても応じないお人柄。その点お前なんか……

Y　色恋沙汰の話ならいくらでも相手になってやろうが、今日のところは止めておく。ふん、だ。とにかくそのエタ・ダームを直接的乃至間接的に反映させた田宮の小説はおしなべて暗鬱な作柄なのである。

T　でもな、近頃改めて痛感するよ。一体全体およそ爽快陽快ならざる、墨汁を何合か呑んだみたいな気分にさせる文章がこの世に何を齎すのか。青年たる者、そんな小説にいかれないで素直で健康な一筋道を歩めばいいのではなかろうか。

Y　この件に関して僕は、よしんば古風と嗤われようともこう考えるんだ。作品中に、精神・感性上の快悒や経済・肉体上の闕如が痛惨に描叙されている有様に接して、悩むのは我のみに非ず、己れ以上に苦しむひとが存する、といった風に、言い得べくんば、寥しく奮い立つ、ところにこそまずもって文学の功徳を認覚する立場を持して一歩も譲ろうとは思わない。

T　寥しく奮い立つ、を君は頻用するけれど、それは確か中野重治の文句じゃなかったか。

Y　構やしない。これぞ、と思う言い回しを僕は掠め取る。その盗用によって僕自身の文章の華がより映えるならば。

T　又、調子が上擦って来たな。こちとらがセーブしないとどこまでも舞い上がっちまう。ま、いいか。

Y　いわば文学の創造と享受は病める人《ホモ・パティエンス》の間にのみ密かに営まれるのであって、心身共に健全な手合には所詮無駄無縁の代物なのである。

T　文学の意義・価値をそんな風に画定していいかどうかは問題だが、我々は今更新味は出せないからね、さように居直るのも悪くないかもしれない。けれども、文学が君の謂うようなものだとして、青年達のそれこそエタ・ダームはこれを受容するようなものなのか。

Y　君は本誌昨年春季号所掲の拙文を読んでくれたかい？

T『青春について』というあれだろう。そういえば、あそこにも田宮の『卯の花くたし』を引いていたな。青春とは通念に反して薔薇色じゃなくて灰色を基調にしている云々。耳に胼胝《たこ》が出来ているがね。

Y　僕は繰り返したい、ふと雲間を洩れて陽光が射したまゆらの明るさが生ずるにせよ、あらかたは目路遙かに陰気で寒冷な荒蕪の地帯。これが僕にとっての青春のイメージなのだよ。

T　白門祭で陽気に騒いでいた彼等の青春とても？

Y　あの文章でも書いたことだけれど、僕は人間総体を世代という視点から横に区切るのではなく、資質の親縁性に信倚を置いてこれを縦に部分けする、といった類別法を執りたい。

T　それはそうだ。相手が老人にしろ若者にしろ資質が同じならしみじみ語り合える。逆にコンテンポラリーだって、これが人間か、というくらい話が通じない奴が居るからねえ。

Y　君だって外国語を使うじゃないか。話が脇道に逸れるけど、先々月、本学に留学し母国に帰り日本語の教師を勤めている人達から招かれて韓国へ出かけた。日本の他の大学に学んだ、僕には初対面のひとも含めて、いずれも四十前後の何人かと三泊四日の旅を倶にしたのだが、異国人にあってもタイプは様々。教え子じゃない某氏、いや、はっきり言おう、慶北大学校の高正道氏に対しては、傾蓋故の如し、なる言葉はこのためのものかと思われるばかりの感情を抱いた。ああ、高氏が巽だったらなあ、と心中呟いたのだよ。

T　こら、そんなこと喋っていいのか。お聟さんが知ったらどうする。
Y　銀行員の彼が万一にも知る訳が無い。万一知られた時の覚悟は出来ている。この位の実感の吐露を為し得ずして文学に関っていられるか、てんだ。
T　青春論に戻れよ。
Y　だからさ、時代を超えて健康で明朗な青年も居るには居るだろうけれど、満腔子これ鬱のごとき、俗に謂うネクラの彼等も確実に現存する。むしろ、後者の方が在様として一般的だと考えられてならない。白門祭で焼そばを作っていた連中にしたって、学生相談室のドアを叩き、カウンセラーに輻輳する愁思をば訴えたいと思っているかもね。
T　相談室を訪れるのはまだしも、そこに姿を現さぬ、ただ下宿に索居するだけというのが相当数に達すると聞いている。
Y　十数年前相談室員を担当させられて、相模湖辺だったかな、合宿にも参加したんだ。夜のミーティングの席上「誘われて参りましたが、学友と口を利くのは何ヶ月ぶりのことです」といった自己紹介が続いたのには驚いた。いずれも明敏で纎細なタイプで、もちろん自分の心が病んでいることはちゃんと意識している。
T　我々教職員中にも、一見紳士風その実けったいな人物もかなり数えられるが、御当人は己れの奇異奇妙さを一向に自覚していないその始末の悪さに比べるなら、彼等学生達の方がずっとまともなのに。
Y　翌日のピクニックの休憩時、はにかみながら「君の下宿はどこ?」と訊き合っている。僕は胸中熱いものが込み上げてね、彼等に向って「いいか、これを機会に学校で逢うんだぞ、下宿を訪ね合うんだぞ。さあ、誓いの握手をしろ」とやったんだが。

T　却ってまずかったんじゃないのか。君の、いかにも甘ちゃんらしい善意・御節介にもかかわらず、彼等は合宿が終れば元の一人っきりに戻ったのじゃないかな。

Y　うん。「その頃の私には、心の中をうちあけることの出来る友人など一人もいなかった。心の中をうちあけるどころか、お互いに下宿をたずねあうという友人さえいなかった」（『比叡おろし』）という孤独孤絶の世界にね。

T　そうだ、もっと田宮の作品に即して話さなくちゃ。『卯の花くたし』には、高瀬とかいった友人が登場するね。

Y「顔色の悪い、背の低い、陰気な、暗い」と形容されている。田宮自身、写真で見る限り長身だが、総じて不景気な点で両人の仲は、類は友を呼ぶ、の典型だろう。『青春』にも援用したけれど、『荘子』中には「呴沫」という言葉が……

T　いや、漢和辞典で引くからいい。高瀬のみならず、主人公が辛うじて接触するのは揃いも揃っておよそ冴えない、ついてない面々ばかりだな。

Y『琵琶湖疎水』では、同志社女専の生徒と心中する者、授業料未納で退学させられる者、帰省の列車から、自殺か過失死か、墜落する者、色街の安放蕩で僅かに鬱を遣る者。『菊坂』における不幸不遇なカルテットにしても、特高刑事に監視され、結局は署にしょっ引かれる経済学士、女給と同棲の挙句情死に至る工学部の学生、ガード下の五日並べで食い扶持を稼ぐ文学部の学生、好成績を取るに懸命なのは、父はすでに亡く弟妹を扶養すべく優良な職を得るためなのだが、そのストレスによって狂気に陥ってしまう法学部の学生、といった具合。
T　今「特高」なる語が出たけれど、田宮のこの種の小説には、戦前の、荒正人の命名によるものだったかな、「暗い谷間」、つまり非自由、被圧迫感の社会的暗さが書割となっている。
Y　君も観たろう、吉村公三郎監督の映画『足摺岬』。あれは『菊坂』なども取り込んで撮られたものだが、特高が確か信欣三が演じた経済学士の許に現れるシーンの不気味さったら無かった。
T　足摺岬の旅籠で、自殺志望の主人公役の木村功に宿の娘役の津島恵子が薬を口移しするシーンもすこぶる印象的だったよ。
Y　田宮の作品では社会性と抒情味がうまく融合している。今次改めて思ったんだ、彼の作品は四つか五つかに分類されるけれど、昭和五年旧制高校入学から十一年大学卒業まで、すなわち満州事変や二・二六事件の時代だが、その間の憂愁の青春を素材として描かれたところの田宮文学の核・粋たる、作者自ら「私の魂の歴史」と呼んでいるこれらの作品は、社会上の理不尽・没義道に対する反情・憤懣をまるきり覚えぬ人達にはあまり好まれないのじゃないか。
T　成程。我々の頃でも、多少なりとも学生運動、尤も往時は民青系一色だったが、運動に身を挺したり心を寄せたりの連中、そしてどちらかと言えば、全共闘系と袂を分った後々の民青系に属す、地味で暗い連中が愛読していたっけ。いや、この場合、暗い、にはネガティブな意味は毫も籠められちゃいないんだが。
Y　『絵本』における主人公と下宿を同じゅうする中学生、新聞配達で自活をしている彼の兄は昭和七年の上海事変で捕虜となり銃殺された。父は「天皇陛下に申しわけない」と、それを苦にしたが因《もと》で病死。母親は小学校の教師の資格を有していても、息子の不名誉が禍《わざわい》してその職に就き得ない。中学生は追剝に間違えられ、「兄貴が捕虜なら、貴様は赤だろう」と刑事達からひどい拷問を受ける。真犯人があげられて、彼は釈放されるも青山墓地で縊死してしまう。なんともやりきれない。

T　脊椎カリエスで寝たっきりで「絹糸のように細く澄んだ声」の、エンジェリックな気味の下宿の息子にアンデルセンの童話の絵本を贈って別れる結末はじいんと来るね。

Y　そこや『卯の花』の、いぶせき部屋でうどんの玉を頬ばるのを下宿の内儀に見つけられ、両者相擁して涕泣する個条には、こちらの眼前もぼうっと霞む始末だったよ。

T　君は涙脆いからね。それにしても登場人物は概して貧乏だね。この、まさに三度の食事にも事欠く困窮・逼迫の描写は堀や太宰の小説にはまず認められない。

Y　田宮は叩き上げて貨客船の機関長までになった父親に嫌われて仕送りを打ち切られている。父親が何故かくばかり田宮を厭悪したのか、それが小説の欠陥とも指摘されているけれど、その原因はまるで描記されていない。彼の兄の方は猫可愛がりされているが。

T　幼少時、訳柄不明のまま滅茶苦茶に打擲を加えられたらしいね。「子いじめ小説」とも云われているのじゃなかったかい。

Y　田宮は彼なりに尽くしたんだが、そうすればする程疎んじられた。彼は『父と子』というエッセーで、好かれぬ男がいくら女の歓心を買おうとしても女の方で取り合わぬといった関係への連想を促している。

T　要するにうまが合わなかった。

Y　僕も娘も一人っ子で……

T　清子ちゃん、民法の田村五郎先生のゼミだったね。でも子供は一人でよかったよ。君のことだからして、複数だったら露骨に依怙贔屓したに決まっている。

Y　ところが孫は二人居てね、共に男だけれど、四年生になる上のは見目形よろしく気立も優しくて気に入っている。今年入学したやつは顔はまずいし気性は荒くて実に憎々しい。娘が二人を平等に愛しているのがとんと解せない、彼女の所為があたかも観音のそれみたいに見えるくらいなんだ。

T　下のお孫さんは自分に浴びせられている、君の悪感情をキャッチしている筈。程々にしておかないと、今にぶん殴られるぜ。

Y　已むを得ない。ただ僕は『菊坂』と同じ舞台の『富士』に「その頃よく言われた階級の差といったものだけでは割りきれぬ人間の憎悪というものの不思議な深淵」とも書かれている問題を強調したい。

T　社会的な暗さのみか、個人的な暗さが紙面・行間に濛々と立ち罩めているんだな、田宮の小説には。

Y　時代によって前者は薄れるにしても、後者は依然各自の胸裡にとぐろを巻く。人間の性が好悪・愛憎のしがらみを免れがたいものなるからには、親子の間においてもそれはそうなので、田宮の小説はこの点だけからも幾久しく読み継がれるに相違ない。

T　尤も田宮の為人《ひととなり》にも問題が在ったんじゃないの。

Y『暗い坂』の主人公は、一寸好意を示されたのをよすがに、妻や義妹が女給の、井関という画家の家庭を毎日曜日、格別の用事も無いのに訪問、何時間も滞留、結局堪忍袋の尾が切れた井関に怒鳴られ、「真実の自分の父にさえ可愛がられなかった自分が、他人に愛されようと願ったことすらが、身の程知らぬ無恥なことであったのだ」との嘆慨に沈む。

T　主人公の振舞は愛情に飢えていたとはいえ、無神経の極みだね。実際、あまりにもうじうじ、べたべたしてる奴はかなわないからなあ。踏み潰してやりたい衝動に駆られもするよ。田宮の父親の方にしたって憎む理由は有ったのさ。

Y　因みに、この種の事情に滅法つばらかな中川敏さんの話では、井関は丸山薫がモデルなんだそうだ。

T　中川氏の他、研究会では誰がどんな意見を開陳したんだい。もう時間が無いか。

Y　例の、私小説とフィクションとの関係。田宮の母親の死期は各小説によって、彼が七歳の時、大学生の時と相異なる。さらに平野謙の『誰かが言わねばならぬ』でその偽善性!?をこてんぱんに批判された『愛のかたみ』によれば、千代夫人が亡くなった昭和三十一年、田宮数えの四十六歳の時母親はまだ存命なのだ。或いはこれら半自伝的小説以外の歴史小説、そこにも満ちる挫折・被虐についての異常な関心。一方は被虐・他方は加虐と色分けするのではなく、被害者も加害者として転置・把握するいわゆる相対化の視座の必要性。或いは田宮が『人民文庫』の武麟の子分で秋声や丹羽の影響も蒙り、庶民的リアリズムの修練を閲したところからの手だりの筆力。山本周五郎の山周節にも似た、読者の涙腺を刺戟するに効果的な常套句《クリシェ》、平野謙の謂うさわりの功罪。侃諤の議論が交されたよ。

T　その辺を精しく紹介してもらいたかったが。

Y　でも僕は先ずもって、現に憂愁の青春を送りつつある学生達に田宮の小説を手に取ってもらいたかったのだ。

T　君自身のことを喋り過ぎたのでは。

Y　こういう所見と性情の男が薦める本ならば、と唆かす果を結んだかもしれない。

T　どこ迄も自惚れの強いやつだ。

Y　ひがみ根性も人一倍持っているつもりだがね。

（一九九三年十一月）

『宴のあと』

のっけから孫引を冒すけれど、D・キーン氏の「三島由紀夫」（『日本文学史　近代・現代篇五』所収）によれば、かのワイルドが書いたものの中には「登場人物を実社会の中から得ようなどといふ下品な行為を敢てする作家は」（傍点・塚本）といった文句も見られるようであるが、三島は若年時よりいたく私淑していた往昔・海彼の人物のこの見識に背戻する格好で、幾つかの、臼井吉見の命名になるかという「社会種小説」、すなわち『青の時代』『金閣寺』『宴のあと』『絹と明察』などを著した。尤もワイルドが右に続けて述べている「少なくともその人物が虚構であるふりをしなければならず、現実の模写を誇りにしてはならない」との垂訓は三島が一貫して遵守したところであって、這般の事情については、三島と年齢も姓名の仮名文字も一つ違い、而して作家の虚像実像との関係の検覈を已れに課しもした三好行雄氏の、同時代を生き抜く者同士の、客観を超えた共感に充ちた『金閣寺』論（『作品論の試み』所収）における左の一節がいとも巧みに解明しており、私は架説を慎む。「つまり事件の記憶が読者の心象に濃く印影されていればいるほど、事件の現実性は虚構の手枷足枷となる。そうした牢固な枠組みを背負って巧緻な観念小説を組みあげる冒険は、確かに意識的な作家の野心に微妙に媚びたにちがいない」。

『宴のあと』において三島独特の虚構・観念をより鞏固・鮮烈に構築・伸展せしめたいわばパン種は、改めて述べるまでもなく、昭和三十四年東京都知事選挙に社会党から再度立候補し、敗北を喫した元外相有田八郎と、自ら経営する料亭般若苑を抵当に入れ夫の選挙資金を作った畔上輝井との破婚という事実であった。翌三十五年『宴』が雑誌『中央公論』に連載され、三十六年に有田側が三島と『宴』の版元新潮社社長等を相手取って本邦嚆矢のプライバシー侵害訴訟を起こすに及んだその経緯に関しては、川嶋至著『文学の虚実』に精記されている。委細は当著に譲るが、三島が執筆前に畔上と面晤、「自分の念頭にあるのは政治と恋愛との対立というような主題で、私は小説の主人公に非常に美しいイメージをいだいており、小説では一つの理想の姿、肯定的な人間像をあなたを通して描いてみたい」と誇りかに約言したこと、そして「事実の足場も取り払われ、作者の渇望してやまなかった独自の芸術的時空を歩みはじめたこの作品は、作者の自負にもかかわらず、なぜかひどく色褪せてみえる」といった著者自身の『宴』に対する貶議だけは引用してみたい。早手回しに結論を記すなら、私にあっては三島は文学者としての誓約を見事なまでに履行したと判断されるからには、川嶋氏の評価には肯んじがたいものを感ずる。だからこそ私は本稿を草してもいるのだ。

川嶋氏の著作の叙述はすこぶる精到で、こんな手荒な摘録は気がひけるが、急ぎ足に論を遣るうえでのことと諒せられたい、氏は「この小説はあくまでも政治を中心に展開している」と書き、「それに加えて致命的だったのは、この小説の主題である「政治」が、いかにも陳腐だったことである」と書いた。また「ある思想が存在するについては、かならずそれを育んできた土壌があり、環境があったはずである。才気にまかせたその場の思いつきならいざ知らず……」といった文言からして、氏が三島の、いわゆる政治意識の低さ胡乱さを衝くに、対象たる政治のリアルな実態・機制をリアルに認覚・描破しきれていない仕儀をもってしていることは瞭らかだろう。さりながら、かようなまっとうな、あまりにもまっとうな批判が三島の作品にどこまで剴切なのか、私は疑問無しとしない。キーン氏は前掲の書物で「三島の政治観は、時とともにますます抽象化し、ついには彼の美学の延長と化すのである」と述べているけれども、三島は生涯かけてついぞ現実に密にかかわっての、川嶋氏の謂う「血肉化された」「血の噴き出るような」政治思想なんてものを具えなかった、これを三島の作品に探尋するはそれこそ木に縁って魚を求む所為に近いのでは、と思われるのである。

右の問題に関して、つとに磯田光一氏が『殉教の美学』において、思想の相対性を看破してしまった三島にとって当の中身など問うところではないと断じて更に、「三島の立っている場所は、昭和十年前後の小林秀雄の立場とかなり似ているものであった」とも論じたことはなかなかに興味深い。果然、三島自身『林房雄論』中、磯田氏のこれに符節を合するがごとき見解を開陳しているさまを私達は見得るのだが、そこで強意的に用いられるのは「抽象的情熱」という語であって、それが意味するところは「或る場所へ辿りつかうとしつつ、自分がすでにその場所に立つてゐると熱烈に信じこまうとする」といった底の、つまり特定の具体的な目標なりその実現に向っての堅確な践行なりは絶無に近い、きわめて漠然とした情熱、正義だの名誉だののために燃えるのではなくただ燃えつきるためだけに燃えるそういう情熱、と考えられるであろう。なお、燃えつきる、といった語感にはふさわしからぬにせよ、一切の政治的リアリズムを排擠し、すべての現実を嘲弄し、定かならぬ絶対を憧憬した浪曼派の巨擘をばここに立ち合わせていいかもしれない。

保田与重郎、三島にも深到な理解を示した橋川文三氏によって画期的な意義づけが為されたこの日本

では愛の方はどうかというに、有田と畔上との結婚は、川嶋著では昭和十八年、朝日人物事典では二十八年と異同するけれども、とにかく『宴』に描かれる、畔上の福沢かづが有田の野口雄賢にまさに一目惚れし、御両人が倉卒裡に連れ合うのは全くの拵え事である。むろん虚構は構わない、しかしかづが自分が無縁仏に畢ることを懼れ、歴とした野口家の墓に埋められることを冀う、という一種の打算を勘定に容れるにしても、その話の運びには唐突で不自然の感を否みがたい。環元大使の死去についての野口からの電話を胸ときめかせて待つ、まるで小娘みたいな可憐な風情、「包まず申し候はば、あれより今日まで、ひたすらあなた様のお声を待ちこがれ居り申し候事、お察しも及ぶまじく……」云々のえらく熱っぽい恋文などに面食らうのははたして私だけだろうか。野口はかづの引立役として損な役回りを担わせられているとの指摘は少なくないが、私はこれに与しかねる。通説に対する反証の挙示は容易で、例えば元大使連が昔日の栄光の追憶譚に淫するのをあたかも抜き放った刀のごとき言句で截って颯爽たる個条、或いは選挙戦中かづの恥多き過去を暴いた怪文書を一読したにもかかわらず寸毫だに関言しなかったという、語の真の意味での男らしさを貫く個条あたりからは、剛毅・浄潔で晴朗・潑溂な風神が私達の目交に泛かぶであろう。又具体例は省略に付すけれども、野口の純一な稚気、無器用ながら精いっぱいの愛情表現などによってかづのみならず私達も心緒を涼しめられるのを感ずる。だがしかし、こうだめを押したうえでやはり、かくばかりかづが野口を愛し、野口がかづに愛された訳柄はすらりと呑み込めぬと私は言わねばならない。

余人には随分突飛と釈られるのものものかは刻下のわが脳裏には、三島が鷗外程には敬愛の念を捧げなかった漱石の『明暗』は第七十二節、お延が継子に対して放つ「誰でも構はないのよ。たゞ自分で斯うと思ひ込んだ人を愛するのよ」の台詞が徂徠して已まない。かづにとって相手は野口でなくともよかった、と言うのは極端に過ぎるかもしれない、しかしかづは野口自体を愛したというより野口を通して、野口を超えた、そう、定かならぬ絶対的なものを愛したのであった。かづの抽象的情熱を激発・燃焼せしめるのに野口は適当な触媒だった、と言い換えたっていい。これも連想の放恣を嗤われるだろうか、三島が多年親しみ、その翻案を何篇か物した中世の能楽に狂女物なる種目存し、シテの狂女は水面に散った花弁を網で掬い、月光を浴びて鐘を撞く。さようないわばエクスタシーに彼女達を駆るのはわが子の誘拐といった禍事のせいに他ならないのだけれども、彼女達がいかにわが子を愛しているかについてはほとんど描かれず、大尾、判で捺したみたいに寺々で親子邂逅が成就して母は狂気を脱する、というよりもエクスタシーが終熄したゆえにわが子が登場して両者相擁するシーンも呆れるばかりに素っ気無い。すなわち子方はシテの優艶きわまりなきエクスタシー・狂気の燃焼のための触媒に過ぎなかったのであって、このアナロジーをもってすれば、野口自体がどうであろうとも、野口があれ以上御立派であろうともかづとの破局は必至だった、と合点が行く筈である。かづはあくまで野口を触媒として選挙戦で燃えつきたのだから、そしていみじくも本文に「しかし遠くから、かづを何ものかが呼んでゐる」「かづは自分の活力の命ずるままに、そこへ向かつて駈けて行かねばならぬ」と叙記されるように、新たなる燃焼、雪後庵再開に身を挺する事を運命《さだめ》られているのだから。

野口武彦著『三島由紀夫の世界』はロマン主義についての考察を鮮やかに三島の人と文学に適用し

た雄篇で、啓迪されるところすこぶる多く、「抽象的情熱」についての論述一つを比べてみても、本稿のたどたどしい書様より格段に冴えており、私は潔く帽を脱したく思う。但し『宴』の項に関して申さば、三島の、広い意味での、或いは、美学的、を上に冠してもいい思想を系統的に浮き彫ろうとする意図、そして野口氏御本人も直《じか》に画策・奔命、つまり燃焼したらしい安保闘争の体験の投影がここではやや露わに過ぎ、そのことは「宴」とは「おそらく作者三島氏の陰微な含意においては……安保闘争という思想的な狂宴《オルジー》のことだったのである」との定言に端的に表れていようが、作中において活写されるのは雄賢よりもかづよりも、選挙参謀の山崎だとの批評にもそれを看取できるであろう。確かに野口氏も引いているごとく「否応なしに人間を誇張した激情へ持つて行くあの不測の勢ひが好きだつた」といった具合で、『絹と明察』の岡野にも相通するメフィスト的な彼山崎の胸臆を選挙の勝敗にも汎して熱く灼くのは、右の括弧内の例の抽象的情熱以外のものではないことが判る。山崎とかづと妙にうまが合うのは該情熱の所有者という共通性からして頷けるのであるが、しかし野口氏の言葉の端にこだわるようで恐縮だけれども、作者の筆が最も生彩を放つ対象は山崎なんぞに非ず、かづだ、かづを措いて無いと私は強く言いたい。不遜にも、『宴』を文学的に読み抜くためにもこの唱説は必要だと考えるのである。

　五十半ばのかづの女体が残んの色香を漂わすどころか、山崎が直面するところの「真つ白な太腿……底光りを澱ませた滑らかな腿」とか「ゆつたりと肥り肉《じし》の内にひそむ豹のやうな弾力」とかの表現からそうと知られるごとく、優に豊壮を誇り得るものでありながら、牡としてはおおかた枯渇した雄賢との不完全な房事にいささかも物足りなげでないのは、「情欲よりも空想」、この場合空想は何遍も謂う抽象的情熱と解してよろしかろうこれがその隅々にまで充溢しているゆえである。「はふっておけば容易に都政革新も民主主義も洗い流してしまふ惧れがある」という彼女のその情熱が、それでも適切な指揮を懸命に執る山崎の情熱を遙かに凌駕しているのは言うに及ぶまい。選挙後のかづの失墜感が山崎の「敗戦の悲壮な光景と心境も、少し好きだつたのである」といった程度のものとは匹当を絶して激甚・深刻なのも当然なのだが、この後に侵襲して来る空虚感に抗すべく、至難な雪後庵再開を企てる件《くだり》における「不可能といふことがその輝きの素《もと》なのである。……何度目を外《そ》らしてもその輝きへ目が行くのも、それが不可能だからなのだ」との同義反復的な言回しは着目されねばならない。他ならぬ野口著にあっても明快に説述されているように、目的が到達不可能な高みに在ればこそこれへの飛翔を志すというのがロマン主義の心性なのであり、雪後庵再開の奇蹟は顕現し、不可能は可能に変換されたにしても、不可能を前提にして心魂を最大限に昂ぶらせるのは『宴』においてはかづ唯一人なることを私は強調したいのだ。因みにこの問題に関してあの保田は、出処はいいだろう、次のごとく過激に述べている。「おそらく己の持たないものさへ失ふ決意である」、「厳粛な信念に発する決意は、既定の失敗の見透しの上に立つてさへなさねばならなかつた」。

何で読んだか今想起できないけれども、日沼倫太郎氏が、凡庸な生活に誰よりも耐えきれぬ人物こそ三島自身である、と明言し、これは確か『午後の曳航』を書評してのことだった筈だが、いかにも『曳航』の船員竜二は「光栄を！」をお念仏みたいに唱える、しかし「どんな種類の光栄がほしいのか、又どんな種類の光栄が自分にふさはしいのか、彼にはまるでわかつてゐなかつた」（同前）というわけであって、私はここから、佐伯彰一氏が『評伝　三島由紀夫』において、親愛の念を行間に漲らせつつ、三島の多岐に亙る作品群を閲読するに、その底から響く音色は単調なまでに不渝不変、真の主役は常に「私の歌」だと指摘したことを深く肯わずにはいられない。いかにも、「「足が地につかない」ことこそ、男性の特権であり、すべての光栄のもとであります」とか「人間は安楽を百パーセント好きになれない動物なのです。特に男は」とか、『第一の性』で強説された男性特有の性向は移して又、かづのそれでもある。要するに三島はいつもの伝で「私の歌」をかづにかずけたと言ったっていいが、そのことは『宴』においてかづが嶄然、生動躍動しているとのわが持説となんら矛盾するものではないであろう。

かづは三島の歌を全軀で奏でながら、しかも、言い得べくんば、ブリオの魅力に溢れて造形されている。キーン氏は先記の書物中で「かづは、バルザックの中に登場しても場違いでない人物である。近現代の日本文学の中に三次元のふくらみを持った人物がいかに少ないかを思うとき、これは刮目するに足る現象であろう」と述べているが、惟るに三島の全作品中かづくらいのびのびといきいきと肉づけられた人物を見つけるのは難しい、いや、作者の観念の形代みたいにぎすぎすぱさぱさした人物が鮮少ならざる中これは耀かしい例外的存在なのではなかろうか。例証は枚挙に遑無いけれど、選挙戦中三多摩の人心を収攬すべく青梅市における民謡大会に乗り込んで佐渡おけさを唄って大成功を贏ち取る個条がそうである。論旨が堂々めぐりの演説のマイクをオルグに奪われて激昂、トラックの床を踏み鳴らしては聴衆をして彼女の裸身を見たみたいにしんとさせる個条がそうである。怪文書のせいで人々の目がかづを怪物視するかのように一変し、かづが火刑に会った殉教の女さながらの陶酔を覚える個条もそうで、この辺は確かにバルザック的となるのかもしれないが、話は飛んで、雪後庵再開のため吉田茂に相違ない沢村尹の許へ参ずる日の朝、背を決して双肌脱いで鏡台に向かう、まさに絢爛たる化粧の個条など作者酷愛の鏡花の世界を偲ばせもするだろう。かくのごとき描写に弱い私は、三島はどこかで作家は酒屋に相似していると書いていたけれども、手もなく酩酊してしまうことを告白して悔まない。

援用はすでに過剰気味だが、又ぞろキーン氏の書物を引合いに出せば、そこでは「通俗な小説の中の三島は、大切な作品の中では覆われることの多い個性の側面を、気兼ねなしに露出することができた。友人達を魅了した彼のユーモアのセンスも軽い作品の中のほうがよりなめらかに発揮された」と、私が以前から薄々感じていたことがまことにもって歯切れよく確言されている。或いは銀座千疋屋での二ダースのオレンジをめぐってのかづと環未亡人とのあからさまな達引、そしてかづの完璧な勝利、或いは赤坂の料亭における大野伴睦とおぼしき永山元亀との間に交わされる「悪魔」「ほう、もっと言はんかね」といった活発な応酬、そして両者歔欷流涕裡の和解など、通俗的と言えば言えようが滅法面白く、こういう情景の書き手は三島をもって最後、との感慨に私を誘う。最後といえば『宴』を豊艶に彩る庭園の景色、座敷の造作、料理の献立、衣裳の配合等々、その種の描叙の伝統は谷崎や舟橋を経て三島の死によって絶えたと考えられる。ともかく抽象的情熱の権化かづの人間像が分厚くみずみずしく形成されるのに、この通俗性の適度の混和がすぐれて効果的であったは疑いを容れない。こんな擱筆の仕方はあざといと譏られるだろうか、でも事実なのだ、過日勤め先の学生達に『宴』を読ませて感想を訊いたならば、ＰＫＯなどの政治問題におよそ冷淡な彼等が一様に真っ先に発したのは「かづは実に素敵な女だと思います」という言葉なのだった。

（一九九二年六月）

わが青春の読書

泊りがけで来遊していた高校一年の上の孫が帰去し、長閑と索漠の心気を七対三くらいの割合で覚えつつ、筆を執ることである。その胃腑は底の抜けたダイナードの桶なのか、と思わせるばかりの驚異的な食欲、曲名も演奏者も悉皆、こちらには無知不案内のＣＤ音楽の熱聴、彼なりのサービス精神の発露なのだろう、一応国文学の教師の祖父に対する古文法の質疑、などが印象に残るけれども、彼が本のページを繰る姿は絶えて見られず、当今頻りに論われるところの、若者の書物離れの一例をここに認めてもいいかもしれない。さりながら、元来私にあっては、人間総体を年代的に区切って夫々の特徴を声高に意義づける世代論とは反対の、これを資質上の親縁性という横軸ならぬ縦軸によって類別したい欲求が強い。すなわち、一時流行った語を用いるなら、いつの世にもネアカも居ればネクラも居る筈、己れの孫とはおよそ異なり、連日終日地下に在る私の書室の隅に蹲って諸書を濫読耽読、辞去の際には手に抱えきれぬ程の冊数を借りて、といった風の青年が今も存在することを信じ、彼等に向かって自らの、あまりパッとしないこの種の足跡の略記をば試みるとしよう。

半世紀前、孫とほぼ同齢の頃の私は、秋口の放課後数人の仲間と倶に校舎の裏山の草のしとねに寝ころびながら、夏期休暇を東京の親戚の家で過した一学友の土産譚を貪るように聴いていた。私達はいずれも疎開者・引揚者の子弟であって、曾て確かに住んでいた、将来赴くに相違無い首都における同年輩の連中の生態・動向はさすがに妙に気になってならなかったのである。東京の高校生の間で堀辰雄がえらくモテている――その作家の名前は私が初めて耳にするものであった。右の新情報によって十代半ばの我身は、なんとまあ、劇しい嫉妬・焦燥感に駆られたことだろう。私は早速田舎町の数少ない本屋を回り、白と萌黄のまだら模様の旧装幀の新潮文庫で堀辰雄の短篇集を購った。『あひびき』『燃ゆる頬』『麦藁帽子』などを読んだ私は、世の中にこんなに美しい文学が在ったのか、それにしてもこのザラ紙の粗悪な製本は中身を侮辱しているなあ、と感極まり落涙するに至ったことを告白してもいい。因みに、高校生当時の読書体験によって流涕を止めかねた他の作品といえば、訳者は憶えていない、ズーダーマンの『憂愁夫人』なのだった。

或いは、時期的にはいささか後になるけれど、いかにもお定まりの、太宰のファンになったことも私は匿そうとは思わない。誇負誇衒と自卑自虐との交錯、権威や偽善に対する反発、含羞とうらはらの道化・演技、前記の文言を繰り返すなら、過剰なサービス精神、そして円転自在で技巧の粋を凝らした表現、……いや、こんな調子でつるつる書き流す振舞こそ、太宰からすれば、恥ずかしくて死にそうだ、となるわけだろうが、とにかくこの作家一流の文学の美酒毒酒に私も人並みに酔い痴れたわけである。

それにしても、事は文学に限るまい、私達は人生の塩を嘗め、歳月の脂《やに》に塗れるにつれて、価値観や好尚を変質させて行く。或る特定の対象に関して、何故あの時あれ程に血道を上げたのか、今やそれは心緒を毫も昂らせず、むしろ疎ましい気分を催すだけなのに、といった歎慨言の一つや二つは誰しも発するところであろう。而して堀や太宰がその適例となるのは、青春を終えて久しい人達、往時の愛読書を問われて『風立ちぬ』や『人間失格』やらを挙示する場合、大半がわりなき自己嫌悪・羞愧感に囚われるらしいことに由るように考えられるのである。別様に言うなら、生涯懸けて専ら堀・太宰を酷愛して已まぬタイプの人達は純粋、というより繊弱・偏奇な感じを漂わせているのであって、かかる点からこの昭和の肺疾作家と心中作家の作品は善かれ悪しかれ、真正の青春文学だと目されて然るべきかもしれない。

だからして堀・太宰の文学との邂逅には、読者の年歯が青春の圏内に属していることが必須の要件である。そのやけに蒸し暑い人生の季節に生面の機を逸すれば、彼等の作品が終生無縁となるは必定なのだ。実際、営業や育児に奔命・尽瘁する中年男女がゆくりなくも『聖家族』や『晩年』を繙読して、十代半ばの私のと同然の感慨を抱くなんぞという、不気味と言ったっていい光景が現出するだろうか、私は疑問無しとしない。

鷗外や漱石あたりとなると、若年時より高年時まで不渝一貫、愛読敬読を持続したところで、或いは齢不惑・知命を越えてから初めて親しんだにしても、各々相当量の読書上の収穫が約束されるであろう。ここからもやはり鷗外・漱石は偉大だ、堀・太宰は安価だといった品隲が定まってしまうのかもしれないけれど、一寸待ってもらいたい、確かに究極的な選択を迫られたなら、私とて『渋江抽斎』『明暗』の方を採ることになるとはいえ、しかしながらそのことは直ちに堀や太宰の作品の存在価値の全面的否認に結び付きはせぬ、と私は強く言わねばならない。そうなのだ、太宰なら太宰の、あの自虐なり道化なりの活写は余人の模して及びがたい、鷗外・漱石にしたって手に余る、文字どおりユニークな文学世界のものなのである。私はドイツ語のアインマーリッヒなる言葉が大好きなのだが、一回限りの二度と無い青春において、堀や太宰の作品によって精神上の麻疹《はしか》に罹った体験の有無は、銘々の爾後の思惟・感性に鮮少ならざる差異を生ぜしむるという果を結ぶのではなかろうかと思う。

ここ迄の叙述が岐路に入っていたとは思わないけれど、尚一層、自分自身具体的に何をどう読んだか、といった筆法に則るよう努めるならば——高校時代、これもお定まりの文芸部に籍を置いていた私は、ガリ版刷りの部誌に『番茶礼讃』という詩を発表する。他人の、夢の話と同様、詩の話のつまらなさ加減は重々承知しているものの、拙詩自体に駄味噌を上げるためではなく、そんな詩を作るに及んだ、終戦時より数年後辺りの、いかにちっぽけではあれ、確乎たる一個の青春の心的状態《エタ・ダーム》を伝えるべく、これを持ち出すのだということを諒とされたい。すなわち私は、当時の国語教科書に収載の、岡本かの子作『東海道五十三次』中の、東海道旧道の魅力に憑かれ、その往還に魂を抜かれてしまう「東海道人種」にいたく心惹かれた。

或いは又横光利一の雄篇『旅愁』を朧ろ気な理解のままにそれでも完読、東洋と西洋、伝統と科学といった大問題にふつつかながら思いを致し、西欧心酔者の久慈とは対蹠的に神道に心の拠り所を求める矢代に力瘤入れて左袒したのだった。かように述べ来たれば、さあ、死にそうな恥ずかしさに耐えて写してみる、「重たき液よ／いぶしのか、れる液／割箸にまきつかんか／すがすがし松の小枝に灑がんか／象牙の碗を洗うもよけれ」の聯に始まり「崩れる液に光をいれんと／悶えてもあがいても／キテレツな涙ぞころがる　只ころがる／円き液にふるえる映像《イメージ》が／掬えず抱けず　只す丶るなる／咽喉仏こそ憐れなれ」の聯に畢る『番茶礼讃』が何を表出しようとしたものなのか、その想察はさして厄介な事柄ではないだろう。

いかにも私の姿勢は、挙世滔滔たる戦後の欧米至上主義に対立し、本邦古来の美風・良俗の擁護をば志向するものに他ならない。まっこと、おおけなき話ではある。而して詩に露わなのは、コーヒーの新しき欧米に番茶の旧き日本が席捲・蹂躙されるは不可避、狂瀾を既倒に廻らすは不可能な成行についての嗟嘆であろう。つまりここには、奇なるかな、滅亡の意識、敗北の予覚の雰囲気《シュティムング》が立ち罩めている！　自儘・放恣な措辞の点を含めて、これはもう宛然日本浪曼派、控え目に言って、その丁稚・小僧だ。早稲田出の文芸部顧問の江崎光夫先生、御本人らしい学生の、人妻との高原での逢引、昔風に申さば「職業婦人」との下町での同棲などをいとも甘美に詠んだ詩を寄稿、学校当局の顰蹙を買っていた江崎先生が『番茶』所掲の号が出た直後、私を廊下で呼び止めて、それこそ含羞の体で「保田与重郎を読んでごらん」と奨めてくれたことは蓋し故無しとしない。尤も当時の私は、日本浪曼派や保田与重郎について何一つ判っていなかったのであるが。

読書は一切タブー、微積分や化学方程式にさんざ脂汗を滲ませての受験浪人期を閲して入った大学は、とりわけ居をトした学寮は学生運動のメッカであり、私が属した演劇サークルはその中核的集団であった。後年の全共闘なぞ鋒鋩さえ現さず、民青の一枚岩で、前年のメーデー事件の殺気はかなり薄れていたとはいえ、それはまだまだ怖い組織なのだった。新中国の、『李家荘の変遷』『小二黒の結婚』『白毛女』等々の熟読を強いられ、私は索然たる読後感を如何ともしがたかったけれど、作品に感動しないのは己れの裡に巣食う、今や死語と化したところの「プチ・ブル意識」のゆえだと省み、意識改革に懸命に励まねばとする毎日はなんと息苦しかったことだろう。回憶にはいい気な誇張が付き物だが、どう思索してみてもこれは半分以上本当である。

かかる苛烈な状況下、小林秀雄など談柄に供するは憚られた。私が小林の評論をぽつぽつ読み始めたのは、寮からもサークルからも脱け、静寂・無為が保たれる下宿生活に移ってからのことだが、一種の後遺症のせいか、例えば「作家が己れの感情を自ら批評するといふ事と、己れの感情を社会的に批評するといふ事と、現実に於て何処が異ふか」（『アシルと亀の子　Ⅱ』）などといった文句は容易に解せなかった、いや、分かろうとしなかったのである。そんな私の念頭に、保田が僅かでも泛ぶ訳が無い。

さるにても、こういう文章が存する。

横光の作品もそうだったが、小林秀雄も僕がごく未熟な少年だったとき、僕の眼を眩惑しに世に現れた。かれの最初の評論集が上梓されたのは、僕が中学四年の末、高等学校の入学試験準備に忙しい最中だった。僕は一本を買って机の抽斗にしまった。そしてその本はしばらくして本郷弥生町のきたならしい寄宿寮の自習室の机の抽斗に運ばれた。（略）それ以後五、六年にわたり日本の文学者で、その本が出ればかならず買って読むという習慣を僕が持っていたのは、このふたりの文学者、横光利一と小林秀雄だけであった。（「小林秀雄」『現代日本作家研究』所収）

筆者は私にとって先生中の先生、定冠詞付きの「ザ・先生」の寺田透で、晩年の故人に抱懐された雄毅・磐石のイメージからすると意外に感じられるやもしれないけれど、先生は実に柔らかで熱っぽい感情の表白を生涯絶やさなかったのであって、さすがにそれはお若い時に多いその一つを引いてみたのである。私の青春において、先生が「忘れえぬ人々」の首座を占める所以は、自己宣伝が大蒜以上の臭いを立てること恕されたい、「故寺田透先生の書牘と私自身の青春」に瞭らかで、この拙文を収める『ロマン的人物記』は生協の書籍売場に置いてもらっているゆえに諸士の披見を冀う次第だが、そこには右の文章は用いていない。又これも書かなかったので今言うのだけれど、抽斗には収めなかったにせよ、先生の処女著『作家私論』から遺著『遷易不尽』までの五十四冊は私の書架の特別席に飾られている。更に書くなら、韋編三絶式の読み方をしていれば、先生のいい意味での癖の強い文章はこちらに啻ならぬ影響を与えずには措かず、嗤わば嗤え、わが文体の七割は先生のを、殊に初期のを真似て成ったものと私には自覚されてならないのだ。

『現代日本作家研究』についての書評ながら、寺田透論として第一等の本多秋五の文章には、「小林秀雄を継ぐものを是非あげるとすれば、それは寺田透であった」と明記されると共に「福田（恆存）は小林秀雄とは元来別な性格の批評家、保田与重郎にむしろ通じていると思う」との臆断も述べられている。小林・寺田を比校するに、御両人等しく対象に触発されて己れの歌を歌うにしても、対象の全円的把握に精励する点において寺田は小林にずっと勝っていると思うのだが、今は絮語を慎み、小林・寺田直系説には、快哉を唱えて賛意を表明しよう。しかし彼本多が謂う、福田と保田との脈絡は、双方のどこをどう考察したら付くものか、私にはまったく納得しがたい。それはともかく、これで話柄が保田に戻る。

実は私は昭和三十二年春、綴れ錦とも揶揄される、修辞上の妙技を極限迄駆使したところの謡曲を卒業論文に選んで学部を卒えており、論文を仕上げるためには幾多の重厚にして精緻な専門書物を閲覧したのであったが、已むを得ずに、いわば義務として履践したその所為は本稿の題名につきづきしからぬようで、すべて言及を避ける。そこで保田だが、大学院に進んだものの、続けて謡曲を研覈する意欲は一向に湧かず、では新しい対象を何に決めたらいいのかそれも皆目見当つかず、屈託・無聊の日々を過していた私は偶々、書肆の片隅に積まれている雑誌『同時代』第五号を手に取った。ここら辺の事情は『人物記』所収「橋川文三」にも書いたけれど、どうにも省略しにくい。

私が保田のものにいかれた時期は正に未成年期であり、文字どおりドストエフスキイの「未成年」と、保田の「ウェルテルは何故死んだか」とは同じ十六年の秋に私の読んだものであった。これは閉塞された時代の中で、「神というと大げさになるが、何かそういう絶対的なもの」を追求する過程での不吉な偶然であった⁉　私たちの不毛な時代の中での形成的衝動のリズムは、そのような「いらだたしい」保田の文体のリズムに合致したわけであろう。(傍点原文)

目が灼かれる感じだった。七年前の江崎先生の言葉が鮮やかに蘇った。これぞ後に一書に纏められ、思想・文学界に強烈なインパクトを齎した『日本浪曼派批判序説』の雑誌連載第二回目の末尾である。

私は直下に雑誌発兌元の黒の会宛一書を飛ばし、雑誌第四号を求め、併せて筆者橋川氏の何者なるかを尋ねた。折返し、編集長格の、まさか数年後私が本学に就職する際その高配を忝うすることになるなんて露だに存じ寄らなかった安川定男先生から返書が届き、該時は新橋辺のダイヤモンド社嘱託というだつの上がらぬ身分の橋川さんに面晤するに至った経緯を想起する度、そぞろ文章とひととの不可思議な縁《えにし》に浅からざる感慨を覚えずにはいられない。

なお橋川さんはカール・シュミット著『政治的ロマン主義』を翻訳しており、この訳業を通して『序説』を書く端緒を摑んだ旨述懐している。そのシュミットによれば、同じくロマン主義とはいっても、「エネルギー」のそれと「デカダンス」のそれとは区別されねばならず、前者は「硬直した旧きものに対する生命に満ちた強いもの」「偉大で純正なもの」、後者は「病的な感性の不毛の爆発と形式を持つことのできない野蛮さ」「病気と絶望」というわけなのだが、ロマンティカー橋川文三の内部には多分に後者が泡立っていた、とぐろを巻いていた。そしてそこの所こそ保田にはまるきり無関心、太宰を鎧袖一触風に否認した、私にとって「強い《こわ》父」たりし寺田先生と、太宰に並々ならぬ愛を洩らしていた、私にとって「優しい兄」たりし橋川さんとの分岐点になると考えてもいいのだが、わが発想・文体の根基の残る三割は橋川さんのを享けて形成されたように自認されることをここに言い添えたく思う。

さて、その頃保田の著作は簡単に見つからなかったけれど、いざ見つかると、なんと、べらぼうに安かった。忘れもせぬ、神田の一誠堂で『戴冠詩人の御一人者』に出会、見返しを確かめてみると値段が付いていていない。彼が居る以上あの店で掘出物は絶対無理、との評判の番頭に質してみれば、百円でも貰っておきましょうか、という返事なのだった。こんな次第で私は、保田の著作二十余冊をば右の馬鹿みたいに低廉な金額をもって蒐め得たのである。掘出物といえば同じ頃、日本浪曼派の惑星的存在の、特異な国文学雑誌『文芸文化』全七十冊中大部分を、厳到な点一誠堂と匹儔する日本書房で三千円で購求したのも一寸したヒットだったと自惚れている。しかし古書蒐集に顕著な働きを為し、何遍も天国に昇ったり地獄に堕ちたりの目に遭っている国文学専攻の同僚池田和臣氏や鈴木俊幸氏からしてみれば、私のかような手柄話なぞ吹けば飛ぶようなものであろう。

　ここは保田論をやらかす場所に非ず、私は唯一つの事柄を述べるに止めよう。知る人ぞ識る、その晦渋・曖昧さは驚倒に値する保田の文章に慣れるのにいかばかりの月日を要したことか。但し慣れると、読むスピードは加速度的に上がるのだった。何度も読み止《さ》しにし最後のページに辿り着くのに半月費されたのが、頓挫も逓減し読了に掛かる日子も一週間となり一両日となるといった具合に。教え子、というより、私が犬を扱った文学なり同性愛なりについての参考文献の教示を乞うや、まさに打てば響くがごとくに、その種の厖大なリストを送ってくれる、読書量において優に私の百倍は超す、畏友と呼んだがいい佐藤良恒君からいつぞや面白い話を聴いた。例の大学紛争時学生だった彼はいわゆる過激派系のサークルに属しており、仲間に倣って吉本隆明の著述の読破を試みたところ一時間経っても一ページも進まない。「どうして分からないんだろうって、頭をガンガン叩きましたよ。でも段々に速くなって、おしまいにはこれもあれだなってパッパッとめくる調子になりました」。尤も、保田の著作に何年も接触を欠くと、又もや対面した際先刻言ったペースが格段に落ちている、といった事態が出来しないではない。程度の差こそあれ、寺田先生の場合も然りである。吉本の場合はどんなものだろうか。

私がワープロを使用しないので、四百字詰原稿用紙は夥しい書き直し書き込みの跡を留めている。いや、刻意は褒められてはならず、菲才が嘆かれるべきである。しかし多年の経験からこれを清書すれば何枚になるか予測でき、編集部から与えられた紙員を慮ってそろそろ筆を擱かねば、と思うのだが、わが青春の読書は如上の範囲に限られるものではなく、何故俺を取り上げなかったんだ、というあの本この本の叫喚が耳朶に響く気がする。又いつもの悪癖による、構成・均衡の不備が憾まれてならないけれども、その点については本多の先述の書評中の文言を藉りて自らを慰めるであろう。「寺田がプロポーションに甚だ長けているとはいいがたく、一つ一つのパラグラフの完結に心を用いるほどには、一篇全体の完結に意を用いぬ特色がみられるように思う」。本文章のたった一つのパラグラフだっていい、それが青春の読書、というより読書と絡み合った青春の佳香乃至異臭を放っているとしたら、私はすこぶる嬉しい。

（一九九九年八月）

文章について

中野好夫氏の雄篇『蘆花徳冨健次郎』によれば、若き日の蘆花の、文章道の練習はこんな風でもあった。「主としては、読んだ和漢洋の雑書からサワリの名文や興味ある個所を書き抜くことであったが、このことは今後数年間もつづき、薄葉和綴の小冊子が七冊ほどは、いまもってのこっている」。また小島政二郎氏は自著『眼中の人』において、往昔の己れを回憶してこう述べる。「そのほか、読むに従つて心を引かれた東西古今の名文を、丹念に筆写したノートが五六冊今なほ私の手許に残つてゐる」。まるで双子の容姿みたいに酷似の両文に接して、私が会心の微笑を浮かべずにはいられなかったのは、何を隠そう、若年時よりそろそろ知命に達しようという今日まで、この抜書作業を不断に践行しているからに他ならない。現在その種の帳面の冊数は十八を数え、わが貴重な財産と言っていいが、中野氏のは十四番目の、小島氏のは十五番目のに記載されているものなのである。

そこには、「琴線を切実にふるわせる」文章ばかりではない、実はこれ『蘆花』中のものなのだが、今の括弧内のごとき、むろん「琴線」は、ま、珍しくないけれども「切実にふるわせる」と結ばれて我身に快味を覚えさせる語句の類も蒐集されている。而して稿を起すに臨み、或いは筆を継ぐに悩んで、私はこの語彙集をめくっては乏しい雑感を湧かすのを常とするのだ。嗤うなかれ、かの谷崎潤一郎の『文章読本』に引かれるところの、「伊太利の文豪ガブリエル・ダンヌンチオ」が老後、字引上の単語を通覧しては作品の想を得たというのと、これは同様の遣口なのである。

その谷崎は同所で、「麒麟」なる異色鮮やかな文字が当初念頭に宿り、それをいわばパン種として同名の小説が成るに至った旨告白しているが、這般の事情を彼は次のようにも述べて、私を大いに安堵させてくれる。「最初に思想があつて然る後に言葉が見出だされると云ふ順序であれば好都合でありますけれども、実際はさうと限りません。その反対に、先づ言葉があつて、然る後にその言葉に当て嵌るやうに思想を纏める、言葉の力で思想が引き出される、と云ふこともあるのであります」。

谷崎の該著刊行は半世紀近くも前のこと、川端康成が「新」を上にのっけた同類の書を上梓したのは戦後であって、そこには「私は自らは、保守派であるとともに、つねに急進派と信じている」との、そいかにも川端らしい壮語が吐かれるとおり、まことにもって変通自在な論旨が展舒されるのだが、その尤なるものとして、私は次の一節を挙示したい。「コクトオは、出発点ではなく結果だといったステイルも、我々が静かに文学の歴史をふりかえれば、時にして出発点になる事も多いようである」（新潮文庫版による）。コクトオの文句は、正確に書くなら「ステイルは出発点になることは出来ない。それは結果として現れるべきだ」（傍点川端）なのであって、この趣意は、川端がいみじくも注するように「ステイルのためのステイルということに走ってはならぬ」といったものだろうと思われる。「時にして」云々は谷崎の「先づ言葉があつて」と符節を合するからには、では川端は谷崎説の塁に拠ってコクトオに逆っているのかといえば然に非ず、コクトオのことをまさに頂門の一針として「ステイル」一辺倒には呉々も警戒せねばならぬ、というのが彼川端のここでの真意なのであり、柔軟・敏活なるか、巧妙・老練と評すべきか、彼の面目は歴然看取されるだろう。

川端は扨措き、私がこだわるのはコクトオの意見、それは、河上徹太郎著『わがデカダンス』からの孫引になるけれど、ジードが『日記』において、「芸術上の真摯《サンセリテ》」を定義するに「いかなる場合にも言葉は観念に先立つてはならぬ」をもってしたことと合致する、その意見である。ここまで来たら、精々引用で行くことにしたいが、この密度の高い文言に関しては、河上氏に「つまりジイドは、私もいひ、吉田君の言葉にもあるやうに、言葉の純潔を求める点で文学至上主義である。然し一方、文学に溺れ込んで却つて心の弾みを失ひ、生の純潔を害ふことを更に恐れるモラリストであつた」と説示されることで充分、これ以上贅語を加えるまでもないであろう。ただ文中「吉田君」というのは故健一を指し、当の河上著の現物は二昔前の不如意時某図書館から借覧してその「サワリ」をば七番目のやつに写したまま購っていないゆえにここの個条に限っては詳らかにし得ないとはいい条、吉田氏の文章についての見識一般は必ずしもジードのそれと吻合するというわけでもない、とは言っておきたく思う。

すなわち吉田氏の厖大な著述中「言葉が我々を打つといふ根本的な条件を離れて文学がある訳はないのみならず、文学作品で何が行はれようと、我々が最後に戻つて行くのは常に言葉と、言葉の世界が我々に約束する自由なのである」（『東西文学論』）とか、「そしてその言葉は必ず最も微妙に、又危険に、又優しく用いられていて、それを受け取った時に我々は何かを教わったと思う前に先ず精神が鳴り響くのを感じ、その状態にあることによって又一つ勉強したということは解消する」（『文学の楽しみ』）とかの立論は随処に見られるのであって、これこそ谷崎の謂う「最初に使った一つの言葉が、思想の方向を定めたり、文体や文の調子を支配するに至る」なり「言葉は一つ〳〵がそれ自身生き物であり、人間が言葉を使ふと同時に、言葉も人間を使ふ」なりと確実に呼応するもの、そしてコクトオやジードのあれとは些かならず逕庭するものと私には考えられるのだが、どうだろうか。まさか吉田氏は、私の例の、「字句拘泥派」だの「推敲・練語癖」だの、さらには「命の筆先に血をつけて描く」だの「引用・逸話が霧雨のように降りこめる」だの、感有り、といった語句を片っ端から記帳しておき、それらを見成らずしては一字すら書き得ぬという奇妙奇怪な手口までは肯認しなかったにしても、である。

もはや恥も外聞も構わず、過激に申さば、観念・思想の中身は空っぽで外装のみ綾錦織り成した名文、といった在様を私は懸命に信じようとしているのだ。

私みたいにではなく、あくまで観念・思想が先に存在し、これを表現すべく文章は作られなければならない――こう書くと味も素っ気も無くなるがとにかく趣旨はこの通りの、コクトオやジードのと同然の説を樹てるのに、寺田透氏が居る。但し寺田先生はコクトオやジードをさしてお好みでないらしく、彼等の驥尾に付く、顰みに倣うなんてこと、先生の上に断じて起りようもなくて、文学・文章を夫々考究した結果が偶々軌を一にするに至ったというわけだろうが、それはそれとして先生は左のごとくに書くのである。「「スタイリスト」は、文章が思想的意味合いやそれに盛らるべき事実の重量によって生命を持たねばならぬとは考えずに、自分の才智の迅速な動きや、趣味によって文章に存立の可能性を与え、文章を自分の精神の写し絵たらしめ、それによって自分自身と読者の陶酔をひきおこそうとする」(『文学　その内面と外界』)。この場合、「スタイリスト」にいともネガティブな意が含ませられているのは言うを俟たない。

右のごとく書き、また、内容が立派であればその文章は必ずや見事、との信念を持して不退転の先生は当然、私の文章なぞちっとも買ってくれない。四年程前には、或る件に関して「君の書いたものは手紙こそ面白いが人に読ませるために書いたものは身ぶりしぐさが多く調子をつけすぎてゐて僕には一番肌のあはない文章なので……」といった、きつい文面の書信も頂戴したのだった。尤も先生は吉田氏の文章さえも「迂曲不断連綿体」と呼んで認めぬ程だから仕方ない話かもしれないが、しかしこちらは先生の文章にいたく魅せられて二十有余年、もし己れが秘蔵秘愛のサワリ集・語彙集に索引を付けるなら先生のそれが最多を示すは必定ということは、何たるイロニーであろう。ただコクトオやジードもそうだと思うが、先生は文章の、内実を伴わぬ先行・独走、空転・浮遊を真っ向唐竹割りに否定するけれども、文章の技巧を全然意に介さぬというのではない。例えば三島由紀夫のあの異様な最期に対して「屠腹刎頸」なる語を用いたのは先生唯一人の筈だ。いつぞやその点指摘したところ、先生は莞爾として「それゃ、芸の内だよ」と言ったものである。

需められた紙員を超えかかったようなので、擱筆とするが、ざっと読み返してみるに、引用した各文章のいずれもが中身は充実、体裁は美妙、それに較べてわが文章は、と大息を洩らさずにはいられない。

(一九八〇年八月)

追記

安川定男先生に当文を見せたところ、即座に次の古句を教示された。「子曰《ク》、質勝《テバ》レ文《ニ》則《チ》野《ナリ》。文勝《テバ》レ質《ニ》則《チ》史《ナリ》。文質彬彬《トシテ》、然《ル》後《ニ》君子《ナリ》。」（『論語』雍也）。

なお二昔近く前、私は安川先生に引き合せられ、浪人の足を洗うきっかけを得たのだったが、そのいわば東道の主を勧めてくれたのは橋川文三氏である。いつぞやこの橋川氏に対して、常日頃気になってならぬ人間のタイプ、簡単に言っちまえば、巧妙・狡獪なる偽善者の件を訴えたところ、氏は間髪を容れずに「子曰《ク》、郷原《ハ》徳之賊也」（同・陽貨）を挙示したものであった。彼此もって、御両所の世代にあっては『論語』が実に身についているのだなあ、との感を深くした旨述べておく。

Ⅲ

集団疎開私記

あらゆる年齢にはそれぞれの果実がある。それをうまく収穫することが大切だ。――『ドルジェル伯の舞踏会』

出発

本年桃の季節、転居を行った折、ほぼ半世紀前の『集団疎開日記』と題された五冊のノートが現出した。いや、私はその存在を忘失していたのではない。従来押入中に堆積せる筐に蔵されていたこれらは、今次わが居室が幾分余裕を生じたゆえに手に取りやすい棚に置かれることになったのである。さすがに懐旧の情抑えがたく一気に通読したけれど、措辞行文の稚拙なること私をしたたかに絶望させるものであって、もっとましな文章を書いていたのでは、という自得自任は粉微塵に砕け散った。しかしながら、乳臭ぷんぷんたる記述の行間に立ち罩める、ま、感受性とでも言っていいであろうそれに、還暦にリーチがかかった我身は噎せる思いだったと告白して私は悔やまない。そこで、当時国民学校と呼ばれていた小学校の五、六年生の私にこの感受性を適実に文章化する能力は欠如していたのであり、よって過去の己れを全円的に把捉するためには、日記の文字面を辿るうちに田園の湧水のごとく噴き上げて来た想い出を活用しなければ、と考えられて然るべきであろう。

又、こういう問題も存する。この際集団疎開関係の文献をあらあら調べてみるに、比々として疎開学童達を受難者・被害者視するという同趣向を逐っているさまに、私は慊焉・嫌厭の感を覚えずにはいられなかった。すなわち、実は集団疎開に限るまい、戦時中の文章上の軍国主義的な意気組なり口腹上の不如意なりの画一的な語句ばかりに着目・固執し、あの頃は自他共に理知を剝奪された木偶、無辜・不運な犠牲者以外ではなかった、ただそれだけだったと被虐的な追想のみ吹聴するは、さような状況においても、さような状況だからこそ個々様々な思念・情感が抱懐されるに及んだところの様相、換言要言するならば、過去の多様性、を軽んずることになるのではなかろうか、と私には思われてならないのである。

一括すべからざるものを一括し、途方も無い一般化で生きた本質を窒息させ、精神・感性上のスペクトルに顕れた微妙な偏差を黙殺する遣口に対して、私はささやかな反措定を打ち出したい衝迫を禁遏しがたい。勢い私の論述は、己れの日記を世上の通説に調子を合わせる一資料としてではなく、あんな時代にあっても幼いながら自家独自の感受性を養っていたことを窺わせる証跡として扱う風をもって展開するだろう。それによって蚕が蝶になるべく懸命に糸を吐き、小さな蛇がぬっと鎌首を擡げたみたいなイメージが表出できたら、しめたものだ。但し本稿は創作ではないからして、先記のごとく想い出を活性化させるにしても、あくまで事実《ファクト》が第一、想い出が事実をいとどしく事実たらしめるよう仕向けねばならぬは言うを須いない。

さて日記は「昭和十九年八月二十八日（月）晴（改行）朝八時二十四分に上野駅を、出発した」と、えらく下手な文字で書かれて始まる。実は去年半ば、中野区大和町の啓明小学校を訪れ、私より年下の校長・教頭先生の懇篤な応接を忝うしたのであるが、初めて識る、私が五年生の一学期まで通った木造校舎は戦後、空襲ならぬ失火によって焼亡、同校の疎開記録は悉く灰塵に帰した由、恵賜に接したのは昭和六十一年編纂の開校六十周年誌一冊だけだったけれど、その校史の項には「19・8・28福島県いわき市湯本町へ第一次疎開」と録されていて、わが日記がまず事実に叶っていることが判る。しかし中野駅頭に送別の、まだ三十ちょっとだった母と視線を絡ませた際感じた痛切な哀情は、そこにはちらとも記されていない。これは担任教師の検閲を慮ったせいではなく、やはり筆力の貧しさに由るものであろう。

それに付けて、日記にはなんら関言されていないこんな事柄も想起されて来る。父は同年一月十五日に再度出征、昔で謂う南支で戦っており、一人息子の私は、陛下のお膝元で死ぬ決意に藉口して縁故疎開という環境の変化に因循姑息な態度を持していた祖父と、万事舅の意向に従う、というより都落ちについての剴切な縁故も手立も見つからぬ母との三人で一時《いっとき》の晏如を愉しんでいたのだが、集団疎開の出発が近づいた頃、我家の二階で仕立物を致していた母が私に校舎の望見を促し「毎日、あそこで康彦が勉強していると思って、お母さん、お家の仕事をしていたのだけれど」と言って涙ぐみ、母のこの言葉が私から同級で湯本行を倶にするM君に伝えられ、M君から彼の母親に伝えられたところその母親はワッと泣き出したとかいう。「弱っちゃったよ、僕」と、その様子を無邪気に告げたM君の面影が眼前に彷彿とする。

日記には「湯本駅に着いたのは十三時二十八分だった」と記されており、これは事実そのとおりだったと思われる。

飢餓

宿舎となった湯本町の温泉旅館山形屋、各部屋の間取り、畳数さえ鮮明に蘇って来るそこには五年の男女一級ずつが入った。私のアルバムに三枚しか貼られていない該時の一つは、疎開後日ならずして級全員、長い白木の机二卓に相対し四列に座したもので、その員数は三十九を算える。東京の学校では五十人を超えていたようだが、早くも縁故を頼って家族ぐるみ湯本とは別の地方へ疎開した者や、親子別々の生活を厭ってのことか東京に残留した者があって、四十を割るに至ったのである。なお、日記の二十年四月二十六日の条には「二時五十九分に僕等の残留の友達が来るので湯本駅まで出迎へた。約百三十人位来た。六年二組には（氏名省略）三君が入来した」と記されており、これは啓明の校史における「20・4・26　第二次疎開」との略記とも吻合するのだが、尤もここら辺になると縁故疎開への脱出組が増えて当初より差引十人は減っていただろう。

右の写真で、銘々の前に置かれた椀には、その半らくらいの分量でお八つの汁粉らしきものが注がれているのを見る。それが色が付いた程度の薄さで、小豆なぞ数粒に過ぎなかったものであったこと、毫も疑いを容れない。が、お八つが供されるうちはまだしもだった。集団疎開日記の類はいずれもそうだろうが、私のそれも食事の記事が最も精詳である。これによるなら、十九・二十年の交を分水嶺にして爾後献立が驀然劣化してゆく経緯が実に歴然としている。疎開した年内はとにもかくにもお八つに与り得る日は多く、晩食など例えば「カンプラ（福島地方の方言でジャガ芋を指す）・大根・カボチャ・ワカメ・さけのかんづめ」（十月二十六日）、「大根・カボチャ・フキ・魚・ひじき」（十一月十七日）といった、なかなかの豪華版だ。しかるに年が変わるとお八つに関する語はほとんど消え、昼は連日のように「かんぷら」、夜は「福神づけとソバ」「水とん・ふりかけ」「うどん」、米飯の場合もお菜は「いもがら（さつまいものつる）――（　）は原文」「又、ナッパ」「味噌汁だけ」というひどい粗食と相成った。蛋白質の補給については職として「さめ」に求められたが、こいつが「とても句《ママ》ひの悪いさめ」「にざめ（つんつん）――同前」なる代物であって、こう書いていると、あの悪臭が今の今鼻孔に迫って来る気がしないでもない。累日の菜っ葉料理に「鶏コケッココ」「油ものがないので少々……――……は原文」と精いっぱいの皮肉・牢騒の言を洩らした直後に、判で捺したみたいに「これも決戦下だと我慢する」と明記される点は他の諸日記においても同然であろう。

一々の出所は省略に付すが、集団疎開体験記や同解説は競うかのように、往時の飢餓と悪食を宣伝する。清正ばりに壁を剝がして食したとか、家からの文房具の逓送は許されていたゆえに絵の具を頼んでそれを嘗めたとか、かような哀話については有体に申して、仮構、と言っていけなければ、浮誇、それもまずいようなら一種の虚栄心が私には感じられてならない。私も級友がワカモトや歯磨き粉を胃腑に収めたことを目睹しているが、弥増しの空腹感を訴えて部屋を奔り回ったり、口中を真っ白にしてニッと笑ったりの連中はいわばオッチョコチョイ肌で、いや、私は彼等を貶しているのではない、そこには太宰の『晩年』に描かれたみたいなサービス精神を看取してもいいのだけれども、ともかくそういう冒険の敢為は一部の者に限られ、そして程なく歇んだのである。或いは又声高に追憶される、土地の農家の蔬菜・果実の窃取に関して述べるなら、私も一度だけ午後の自由外出時にこの悪行に乗ったのが事実なのは、十九年十二月六日の条の「おやぢにつかまり、僕は足をけがした」が証している。何を狙って盗んだかについては記載が無く、私の記憶も空白である。ただ農夫に捕まった時の、恐怖、では色が付き過ぎる、バツの悪さくらいが適当なその感情と、切株か何かで踵を傷つけたその痛覚は、五十年近くの歳月を飛び越えて今もまことに生なましい。しかし刻下注目すべきは、日記における「特攻隊」の語であって、これは飢餓に追いつめられた挙句の捨身の行為、に非ずして、先刻も使ったところの冒険、を意味していたことを私は強意的に弁じなければ、不正確不誠実の罪をば新たに得るであろう。念のため引いておくと、五日・六日・七日のお八つには夫々「ラッカセイ」「豆」「さつま」が出ていたのだった。

さりながら、三度々々の食事は与えられていたにせよ、それらがすこぶる少量で、肝腎の御飯といえば丼には茶碗一杯強しかよそわれなかった事実を指摘せねばフェアであるまい。当時の政令によれば、年齢・時期別に差異は生じているものの、数えで十一歳以上の枠に入る私達は一日に最低二合五勺を摂り得ることになっていたそうだが、御飯には必ずだいぶ大豆が混じっていたからして、好況時ですら実際のところその半分まで行っていたかどうか。級一同、これでも級長だった私の「姿勢を正して。（間）頂きます」との号令で箸を取る。尋常のペースで咀嚼・嚥下すれば、すべては須臾裡に終畢する。大豆を一粒ずつ唾でふやかし舌でつぶして時間を稼ぐ。横目を使えば皆々、この滅法いじましい方途を執って相互牽制を怠っていない。当番が薬鑵を持って近寄って来る。隣りの隣りあたりの丼にお茶が注がれるや、弾かれたように残写、というより大半を掻っ込む。さすがに頬っぺたはパンパンに膨れる。文字どおり口も利けない寸時の満腹・満悦感！たまにたまらない食欲を御しがたく、自棄的にもなって、ガツガツ食ってしまう。真向かいの奴が相変わらず舌をピチャピチャさせている。あらん限りの侮蔑・嘲難の念を籠めて見詰めてやる。しかし己れの経験からして、さような視線を浴びせれば浴びせる程彼の内に痺れるがごとき快感を正比例的に湧出させるという成行を承知しているからには、余計にやりきれない。——現在の私の食べっぷりの品下れる訳は、遡ってかかる緩慢九・急劇一の割合をもって行われた特異な流儀に尋ねられるのでは、と思案することではある。尤も昔から、理屈と膏薬はどこにでも付くものとは云われているのだが。

食事の場には担任教師を父に擬するなら母に当たる寮母も臨んだのだが、この旧制女学校を卒えて何年経っていたのか、多分年歯二十二三だったのだろう彼女に関しては節を改めて筆を費やすことにして、ここではお二人の常座の両隣りに私達生徒が毎日順繰りに一つずつ席を移動させる、つまり旬日に一遍位の割でどちらかに隣り合うところから齎される幸慶乃至屈辱をば伝えておきたい。山形屋が俗に謂うピンハネを犯したのか、そもそも国・県からの配給の絶対量が各人宛二合五勺におよそ満たなかったのかはともかく、宿の女中さん達は私達の丼には前記のとおりの量しか入れず、教師・寮母のそれにはまさに山のごとく盛るのを常とした。そこから何が始まったかについて、これも後述の面会に訪れた、当年傘寿を迎えた母の一つ話みたいな想い出を披露するに如くはないであろう。「お母さんのお丼はてんこもりでしょ。お前達のお丼はぺしゃんこじゃないか。康彦達もこの位食べていれば安心だと思って、ふと周りを見ると先生や寮母さんは御飯を両脇の生徒に分けている。急いでお母さんも分けてあげると、みんな黙ったままで頭を下げてお丼を押し戴く格好をするのよ。お母さん、胸がいっぱいになって、もう一口も食べられなかったね……」。

こんな話柄も存する。母は愛児の食の乏しさを憂慮し、奔命してやっと街衢からやや外れた丘の上の一軒家に手蔓を付けた。外出時間中に母は、床下に池を掘って数匹の川獺を飼育、という薄気味の悪いそこへ私を帯同、魔女みたいな女主人に金員の入った封筒を手渡し「この子が参りましたら、何か食べる物を」と懇請したのだった。私は一度親友のK君を誘い、寒雨に濡れた落葉を踏んで坂道を昇り、火鉢で焙られた餅数片の供応を受けたことを覚えているけれども、当隠密行動は他ならぬ母の失計で露顕してしまう。日記一月二十三日の条には「手紙の続きを書いてゐると、（略）君と（略）君とともに面会部屋に呼ばれた。ことづけ物は大きな風呂敷包で、中に飛行機、靴下、ゲートル、セメダイン、ミカン、おすしが入ってゐたが、悪い事したため、先生に注意された」と記されており、「ことづけ物」とは名前を略したのとは別の級友の母親が面会に訪れるのをよすがとして母が託した品物だが、その中に、お腹が空いたら例のお家に行きなさい、とか認められた便箋が入っていたのであって、これを担任に見咎められた次第を「悪い事」云々は伝えているのである。教師が不興顔を見せて「あの婆の家か」と言ったところからして、川獺の家は私以外にも湯本町の疎開学童を通わせて評判になっていたのかもしれない。

そんな具合で、私達の中に現今流行の肥満児は見当らず、級では大柄の方の私にしても身長「一米三七・五糎」（二十年五月二十四日）、体重「30 kg」（同一月一日）に過ぎなかった。因みに頃日来遊した小学三年生の上の孫の体格は、級平均をいくらか上回るらしいがこれを計測してみるに、一三四センチ、二九・三キロの数値が示されたものである。むろん驚倒に値する食欲。こちらも意地になって（これならどうだ）と三百グラムのビフテキを奢ったところ、余さず平げてしまい、それでも「一寸多かった」と言ったのは可愛い。なお孫の誕生日は昔で謂う地久節だが、果然日記の三月六日の条には赤飯が出た旨記されている。しかし、皇后が私と同齢の今の天皇の誕生日に当って「つぎの世をせおうべき身ぞたくましくただしくのびよさとにうつりて」といった一首を詠み、曲が付けられたそれを疎開学童達は毎朝歌わされた事柄について、最近調べてみるまで私はまったく不識であった。なんとまあ、嫌らしい歌だろう、吐き気を催す、腸が煮え返る。

　那須に疎開した皇太子とは異なり、栄養不良で痩せていた私達の軀には血を吸う虱がたかった。「今日も、シラミがとても痛い《（ママ）》」（以下一々「ママ」を断らない）といった文言が反復される所以だが、その群の夥多なるさま、面会の母と二人きり一つ布団で女中部屋で寝るに際して、この白く細かい害虫の発生・繁殖の噂は東京にも聞えていたからには、母は私に素っ裸になるよう指示し、なお用心して私が常住肌身に付けていたお守り袋を開けてみれば、縫い目にびっしりの蝟集に母子共に啞然呆然たらしめられたという一事をもって想察されるであろう。私達は陽光が射す宿舎の縁側に並んで、脱いだ肌着に付着したやつを捉え、爪で潰す。プチンと微かで快い、そうだ、あくまで快い音が発せられ、爪は朱に染まる。一度に数十匹を捕獲・殺戮した興奮。ところで、孫はもちろん、娘でさえ虱を実見していない。さればこそ彼等はこの興奮・酩酊感を想像することさえできない。さらには、いわゆる飽食の時世に生を享けた孫にとっての三百グラムのビフテキ、飢餓戦線を彷徨していた、とはちと大袈裟だが、慢性飢餓状態に陥っていたは確かな私にとっての絶対に腹を満さぬ量のおはぎやドーナツ、いずれが当人に熾烈芳烈な味覚を感じさせたか、との発問には誰しも簡単に答解しにくいのでは、とも言いたく思う。

私刑

集団疎開回顧上怨府として飢餓と一双を成すのは、私刑《リンチ》である。申すまでもなく、私の日記にはその種の記述は毛の先程も見つからない。しかしながら、山形屋内でも私刑は一再ならず起きた。学校全体が中野に在った平常時には級長の統率が効いたけれども、あの異常の年《アヌス・ミラビリス》にあっては膂力に秀でたいわばボスが出現、幾人かの側近を従え、跋扈を恣にした。戦時中の、身体の優良・強健を至上視する風潮は国民学校にも普及しており、中野の学校においても、徴兵検査の格付けで謂うなら、丙種に当たる背丈の低い虚弱児は蔑視されがちであったが、兵舎に似た疎開宿舎でまず槍玉に上げられたのは、体格体力の劣る、そして不敏で弱気な連中に他ならなかった。そういう彼等は屢々寝小便を垂れ、ボスはあからさまに罵言し、側近は陰湿に揶揄した。クサーイ、クサーイの嘲弄の斉唱の輪の中で、まるで毛を毟られた小禽みたいに震えていた某君。私はその輪の中に加わらなかったとはいえ、級長として「みんな、止めないか」と制止しなかったのだから褒められたものじゃない。私は何故括弧内の言葉を発しなかったのか。ボスの威力が恐ろしかったせいでもあるが、至って穢い物醜い物が徹底的に蹂躙されることに、或る種の痛快感を味わっていたからとも思われる。私は殊更偽悪的に書いているのではない、子供の心意が相当に残忍で酷薄なることは学問的にも指摘されているところであろう。

しかれども、そこが子供の限界か、まあ、大人にも間々見られる現象だが、ボスの専横は節度を失って暴走し、級の人心の離反を招き、結局彼は私刑の憂目を見るに至る。先年、映画『少年時代』を偶見、これは縁故疎開に材を取った作品だけれど、そこに潺潺と流れ馥郁と香る少年愛《クナーベン・リーベ》にわが琴線はいたく掻き鳴らされたのだった。憾むらくは私達の間にこの切情純情の放電は非在であったが、君臨していたボスが袋叩きに遭うシーンは私をして追懐の情に耐うるを得ざらしめたのである。私は改めて己れの筆致が誇大に趨って事実を歪めることの無きように、よくせき自戒せねばならぬと思う。だが私刑に限って述べれば、『少年時代』のあれより私達の方のがずっと劇しかった。私刑の開幕前の生暖かい静寂。二十余年前、いわゆる学園紛争が燎原の火のごとく燃えた時期、勤め先の学生委員として、社学同にML、革マルに社青同といった過激派に対応した体験を私は有するが、コンクリート造りの校舎で四辺を密に囲まれた狭隘な中庭で頻発したゲバ直前の気配にそれはそっくりなのだ。ボスが異変に気づく遑もあらばこそ、目語が交されるや二の町の実力者を先陣に何人かが襲いかかって引き倒し、布団を被せる。嘗ての側近も加わっての、薪ざっぽや櫓炬燵による乱打。跳び箱に見立てて助走を付けての踏藉。狂宴《オルギア》が終息し、蹌踉と立ち上がる彼は爾来疎外されづめでその復権はついに成らなかった。継起する、簒奪者の新たな専恣と同断の私刑。而して私は、私刑に対しても一貫して拱手傍観を極め込んでいた、ゲバの時は鉄パイプが振り回される中自分の級の学生を身を挺して救助したこともあるのだが。

　しかしながら、被害が半殺しにされた失権者、終始ボスに牛馬然と仕える連中によって教師に訴えられることは絶えて無かった。現今、校内のいじめの蔓延と、その殃禍に会っての自殺者の続出が問題になって久しい。さあ、こう言い切るには勇気が要るけれども、私は敢えて、親に先立って前途有為の身を自ら裁った者を甘いと断じなくてはならない。彼等と相違して私達の場合、帰るべき家はあまりに遠かった。身心の傷を、それこそ舐犢の愛をもって癒してくれる親は傍に居なかった。消灯後、私達はひたすら布団の襟を嚙んで運命的な悲辛を忍んだのである。にもかかわらず自裁など露微塵だに思い付かなかったのは、私達がとりわけ健気・鈍感だったからではなくして、あと何年か先に巨きな死、我々の国や母を護っての死が待っているとひたすら覚悟していたからに他ならない。私は先に「特攻隊」を冒険くらいの含意において用いたと述べたが、そのことは「又和歌も作ってみた。（改行）神風の若人達の姿こそわが敷島の山桜花」（五月二十三日）とか「又僕等が特攻隊の暁の記念の為、縦二十糎横三十糎の紙に、絵や感想を書いた」（六月十一日）とか日記に記されるように、私達の心裏に聖なる死の意識が琴の緒のごとく張っていたさまとなんら扞格するものではないだろう。いかにも私達にとって、私刑に関わる死はあまりにも小さくみすぼらしく、死なんかじゃなかったのである。

　私刑の狂熱は間歇泉さながらに噴き上げたにしても、しかし私達はそんなに殴り合っていたわけではない。むしろ暴力沙汰は滅多に見られなかった、と言い得る。この点佐江衆一の『遙か戦火を離れて』という、小説の体裁とはいえ、ほとんどが作者の体験に基づく実録と推断していいこれには、ビンタに明け暮れる集団疎開の惨状が描叙されていて私を一驚させた。私はこれ迄迂闊にも、集団疎開は悉皆、自分達のごとく級単位で各宿舎で起居を倶にする形態を執っていた筈と思い込んでいたのであるが、調べてみるに、丁目毎に分けられたのか地域別に、上級生下級生をいわば縦断的に纏めて旅館なり寺院なりに合宿させたのは佐江の浅草の学校のみならざることを納得した。かような共同生活がひときわ兵舎化し、上級生は古兵、下級生は新兵の役割を担うは必然であって、分隊長格の分団長は後輩というより部下の瑣細な過誤を咎め立て制裁したらしい。『戦火』によれば「仲のよい友達どうしで相手の頰を力いっぱい叩きあう方法で。分団長の大島は自分ではほとんど手をださず」といった具合で、これは旧軍隊の分隊長や古兵の狡猾な手口と酷似するものだ。或いはこのミニ兵舎内では、実際の兵舎でもそこまでは行かなかったであろう、下級生はさなきだに少量の御飯を上級性に「献納」したと伝えられている。教師は気づかなかったのだろうか、気づいても知らぬ顔を装ったのであるか。尤も軍隊でも、新米の将校など古兵の御機嫌を取るに兢々然だったと聞く。

佐江達の合宿形態に較べてなおいっそう無惨の度合が深刻なのは、これは海彼の話だが、わが畏友早乙女忠氏、ついでに書いておけば、少年の私の憧憬《ゼーンズフト》の的陸軍幼年学校生徒の軍服を着したこともある、しかもその陸幼は名古屋で、奇しくも同人金井清一とは相識らぬまま観武台の同じ釜の飯を食っていた因縁をも有する早乙女氏が、私の本稿執筆意図を聴くや「これ、訳者から貰ったのだけれど、何かの参考になるかも」と言って貸与してくれた『ぼくたちの戦争――イギリスの学童疎開』が蒐集するところの、紅毛碧眼の少年少女達のホーム・ステイ的なそれだろう。当著は『朝日』の書評で、確か担当は黒井千次であり、黒井の小説『眠れる霧に』も地域別ならぬ級単位の集団疎開を受け入れた旅館を舞台にしているが、とにかく新聞紙上で大きく扱われたからには絮説は省く。ただ該評では、彼等ロンドンの学童達があたかも犬・猫に外見上の美醜の点から買手が付く付かないみたいに取捨選択されたという、悲劇の起点ばかりが強調されているかに思われる。真の地獄絵はこの後にこそ展舒されたのであって、それに接するならば誰だって、成程ブルータルという語は西洋の人間にこそふさわしいとの感を抱くのではなかろうか。私があれこれ申すのは控えて、生の証言を二三引用してみたい。「僕は少なくとも週一回、棒や火かき棒や木のスプーンなど、手当り次第いろいろな物で打ちのめされた」「娘の方は「ある種のサディスト」の正体をあらわにして、モニカを絶えずなぐりつけた」「夫人は発狂状態になり、やかん、ジャムのつぼ、火かき棒など手当り次第に僕を殴った。僕はひじと手首の間で骨折した」。

そして、これとても泰西の人間特有の、強引でしつこい、いわゆるセクシュアル・ハラスメントが十歳前後の少女達に加えられたことも看過しがたい。この洋語が具体的には、俗に謂うおさわり程度の行為を指すならばそれは日常茶飯事的に発生していたようで、中には里親達によるいわゆるレイプの被害を蒙ったという痛惨な手記もここには収載されている。かくのごとき怨恨・憤怒が天に冲するばかりの告発の声は本邦の回想類のどこからも聞えて来ないから、性的虐待は私達の異性の学友には無縁だったと明言していいであろう。初潮も陰毛も未だしの大和撫子が性病に感染した公的私的の記録は残されているけれども、罹患は温泉宿において、時間差はあれ、一般客と浴室を同じゅうしていたところから惹起したに過ぎない。考えてみれば、私の筆触がノスタルジックな風なのも、異国の学童達が負ったような、いつまでも色褪せぬケロイド状の傷痕《トローマ》がわが心魂に全然認覚されないそのせいなのだろうか。

なお『戦争』における、これ又俗に謂う悪ガキの、例えば農家を「穴」と呼ばわり家中の壁に小便をひっかける、といった悪態悪習に手を焼く受け入れ側の苦悩にも言及しておかねばならない。面会にやって来る親達にしても、列車内で大酒し、着く頃にはすっかり出来上がっており、我児の顔を見るのもそこそこに土地の旗亭にすっ飛んで行く為体。児童の叔父叔母も含めての一族がマイクロ・バスに同乗しピクニック気分で現れたのに対し、饗応に馳駆し疲憊する善意の里親達も居たのである。或いは、こんな事柄も言い添えておきたい。豊沃・広衍な果樹園、豪奢な邸第、大勢の召使という、この世の極楽に預けられたその少女は、恐らく容姿端麗、品行方正だったのだろう、ピアノやタイプのお稽古に浴し、学校には「ロールス・ロイス」をもって送迎される有様、往時は「私はお上品《スノッブ》になったのでした」と追念されている。さような僥倖児の裡に実の親や家を恥じる虚栄心が育ち、彼女にとって疎開の終止はとりもなおさず素敵な世界の消滅であったこと、宜なるかなと頷かれる。やはり天稟の顔容・性情は運命をも左右するのか、私はうたた感慨を久しゅうせざるを得ない。

先生

五年時の担任教師のS先生、齢不惑前後、背格好はまことによろしく、なかなかの色男で、ごく軽い斜視だったがそれが又魅力の種となって、すでに三児もの子持ちとはいい条、私達の母親の間では随分騒がれていた。教頭の次に位していた先生は疎開先の総責任者となり、寮母のY先生によれば、稀に来湯する校長もここではその命令に従わねばならないという話であった。私達は誰一人としてS先生に頭や頬を張られていない。いや、六年時の担任の、柔道三段にしていかつい髭面のK先生も決して暴力は振るわなかった。

聞説《きくならく》、旧師範学校における先輩の後輩に対する私刑は凄惨の極、同校出身者に限っては、入隊してビンタを食らっても学校の方がきつかったと平然たるものだったという。確かに私達が通った湯本国民学校では、放課後教室で地元の二人の生徒がお互いに鼻血や頭部が切れての出血で裸の上半身をまだらに彩られながら殴打を繰り返しており、彼等を囲繞する環の央には自らもズボン一つで木刀を携えた青年教師が仁王立ちになっている、といった光景が目撃された。多分福島師範を卒業したのであろうこの教師は、喧嘩をするなら片方が倒れるまでやれ、俺が見届けてやる、と宣してその蛮行を命じたそうだが、明らかに彼の表情には狂気が点滅していたと思う。大東亜戦争の意義を確信・力説するあまりに、或いは単なる欲求不満の捌け口として、憑かれたみたいに生徒を打擲した教師が疎開した学校にも居ただろうことを私は否みはすまい。しかしS先生・K先生、そして啓明国民学校の諸先生がそういうタイプに非ざりしことを、私は重ねて言いたい。

ただ、S先生はかなり露骨な依怙贔屓を為した。先生のお気に入りは、幾分神経質にしても温柔で、躾が身に付いていて挙措が賤しくなく、怜悧で成績も良好なお坊ちゃん達であって、彼等数人が属す理数班の部屋は先生のそれに隣接、その堅く閉められた襖の隙間から覗いてみると、先生が寝そべって彼等と談笑しているさまが見えて私を情無い気持にさせた。私が班長の国語班の十数人、K君が班長の体育班の約十人の愛され方はまああであったが、粗野にしてひがみっぽい、成績も芳しからざる図工班の数人に対する先生のつれない仕打ちは私やK君の心地をも寒からしめるものだった。K先生の愛情はいかにというに、その表現は無骨なくらい素朴だったけれど、その実質は級全員の均霑したところであり、だからして担任が変わって救済・解放感を満身に満喫したのは図工班の連中だったに相違ない。しかるに、戦後十何年経ち、S先生癌疾で長逝、大和町何番地かのお宅で執行された葬儀に参列してみると、準備万端を整えたのは町内の生家の商売を継いだ図工班の連中なのである。官僚や商社マンに成りおおせた理数班の面々は不参か、焼香を済ませてそそくさと帰るかであって、私がここから山本周五郎描くがごとき人生の一齣を連想したのは蓋し故無しとしないであろう。

S先生は職責上出張が多く、日記にも他の教師による代講の記事が散見するが、それすなわち学習が等閑に付されていなかった証拠である。S先生のは流麗な調子、K先生のは地味・堅確な風であったが、御両所の授業から刻印された（先生は偉いなあ）との感銘は今なお揺曳して已まない。五月十日の条に曰く、「見わたせばを習ひ歌は面白くてむづかしいものだと思った。源氏物語の主人公はだれか、紫式部はどうゆう人か等を習った」。和歌はまさか定家のではなく上皇後鳥羽の作だったろうが、谷崎の口語訳の例を指摘するまでもあるまい、戦時中禁圧されていた源語が、同十三日の条を併せて引けば「源氏物語が人間を生き生きとこまやかに写し出して居ることを習った」と、まるで戦後の該研究上の作品観を先取・集約したみたいに教えられていたことは興深い。同二十四日の条には「ここ（参勤交代を指す）を習って僕は大いに感じた。それは今まで馬鹿にして居た徳川家康が実に頭のよい名将だったのだ。今まで狸ぢぢいと馬鹿にしたのが恥かしい」とも記され、世上ややもすれば悪玉扱いされていた江戸幕府の祖について公平な知識が授けられたことをこれは明かにしているかに思われる。理科や算数の方もゆるがせにはされず、私達は試験を次々と課せられその結果に一喜一憂していたのである。

両先生の学恩に対する感佩はさるものにて、私にとってさらに印象が強烈なのは、寮母といったって前記の年頃なのだから、姉のごときY先生だ。先生は並みの器量で、片方の耳介の中に米粒大の疣が突起しているのが私には気になってならなかった。が、才気は煥発し、概して陽快、たまにヒステリー激発するもそんな時の彼女は却って輝度を増した。侠気に富み涙脆かったけれど、物事にはあくまで一貫性合理性をもって敏活に対処した。彼女のヒステリーが絶巓に達するのは、S先生の奥さん、夫君にはおよそ釣合わぬ姿貌で気転も鈍そうなその奥さんが面会に訪れた折であって、食器を片っ端から割っちまうのではないかと思われるばかりの剣幕に、私とK君は、戦後のGIみたいに、首を傾げ肩を竦め手を広げる恰好を見せ合ったものである。晩食後S先生の部屋で班長会議が催された際など、部屋の隅で果物の皮を剝いたり編物の棒を操ったりのY先生は、S先生の本当の奥さんのように私の目に映った。Y先生のS先生への慕情は子供心にも明瞭に理解されたのであり、私がS先生になにやら反噬的な語吻を洩らすのも、姉を奪った男に対する嫉妬の感情が蘇ってのことなのかもしれない。

常磐炭田の町湯本はまさに名詮自性、温泉の湯気に包まれていて、私達は入浴の機会だけは存分に振舞われていたのであるが、「(Y先生の実名)先生に身体を洗ってもらった」と幾度か記されるように、Y先生は惜し気もなく私達に豊膩な裸身を呈示したのであった、又、仲間中では早熟子《ませこ》の私の方にしたって、彼女の乳房や黒い秘所についての記憶は絶無で、ただ(女のひとのからだって白いんだなあ)と感じたそれしか想い出せない。当今の五、六年生だったらこうは行くまい、上の孫の反応からしてもそう合点し得る。今昔の少年達の知力なり感受性なりを比較するに両者はほぼ互角であろうが、性意識の覚醒の点ではその間にかなりの懸隔を認知せねばならぬようである。あの食量・体格の差からして致し方無いではないか。某日Y先生と浴槽に入っていたところ、巡回のためだろう、S先生が着衣のまま浴室の戸を開けた。彼女は首まで漬かって「先生、イヤ、イヤッ」と叫ぶ。しかし彼女は至極嬉々然としており、S先生も莞爾と微笑んで容易に立ち去らない。私達は無論そんな言葉を承知していなかったけれど、「憮然」たる気分だった。長ずるに及んで当語を識るや真っ先にこの光景が目交に浮かび、かくして私は当語を物にしたのである。

　三月半ば頃だったか、現地責任者としての負担の増加のせいであろう、S先生が担任を免れることになるとの情報をY先生から告げられた。彼女は「塚さん（塚本さん、ではない）、どうする」と私の所決を促す。Y先生はS先生を留任させるべく私達を指嗾・煽動したのではない。しかし、私には彼女の気持が痛い程分かった。三月二十四日の条の末尾はこう結ばれている。「又、今日は血を、校長先生に出した」――一枚の白紙に級全員が署名し、小刀もって己がじし小指を傷つけ血判を捺したのだ。いざという時に意気地の無い私は自ら刃を肌に押し込みかね、図工班の某君に切ってもらった。今、小刀、と言ったけれど、五六寸の長さでずしりと重い、少年にとっては充分短刀に当たるそれは、私達が遠足に出かけた小名浜海岸に米軍が上陸する場合に備えて賦与されていたのである！　留任嘆願書は私が毛筆で書いた。日記にはその後日譚は記されていないけれど、私はS先生に呼ばれて「余計な事をしてくれたな」と軽く叱責されたことを覚えている。私達の、というよりY先生の希望は竟に叶えられず、K先生が新しい担任となった次第だが、K先生はY先生の好尚に副わなかったようで双方の関係はまことに淡如たるものであった。

　S先生とY先生との仲は深間に嵌っていたかもしれない、さだめしそうだったろう。S先生の葬儀の際Y先生の姿は見かけられず、出棺を待つ間、その疾病やら破鏡やらが噂されもした。彼女は古稀をはや過ぎたか、まだ健在だろうか。岩波文庫版『九鬼周造随筆集』所収「岡倉覚三氏の思出」によれば、九鬼の母親は女道楽の夫と別居中天心と結ばれた。早朝、庭で一人遊んでいる周三少年は、我家を出て帰って行く天心と顔を見合わす。母親は離籍され、青年に成長した九鬼は大学構内で天心と偶会、俯いたまま行き違う。「(天心が亡くなり)やがて私の父も死に、母も死んだ。今では岡倉氏に対しては殆どまじり気のない尊敬の念だけを持っている。思出のすべてが美しい。明りも美しい。蔭も美しい。誰れも悪いのではない。すべてが詩のように美しい」。この実《げ》にも美しい文章こそは、S先生とY先生の間柄を想う私の心緒を最もよく表すものである。

面会

参考文献を閲覧すると、疎開学童の最高の愉悦が父母との面会であった点で完全な一致を見る。私の母の面会は従来、三度目は後述のように母は私を引取りに湯本ならぬ別の土地に来たのだから勘定に容れぬとして、あくまで二回きりと思い込んでいたのだが、日記を通覧してみれば、こはいかに、それは十月三・四日、二月二十三・四・五日、五月十六・七・八・九日の三回を数える。一回目はK君の母親と連れ立ってのこと、二回目は唯一人きりで一泊の予定のところが防空壕で「空襲のお蔭で一日延びてよかったね」と母子言い交したような事情で二泊となり、復路を六年生の帰京と同じくしたこと、母の想い出と符節を合して確実である。しかし三回目については母も頭から否認、「二度目の時だって、S先生が(又、来たんですか)といった目付をするんだもの。第一切符が手に入らなかったよ、お父さんは出征していたし……」と恨むがごとく嘆くがごとくに語る。だがしかし「五月十六日（水）うれしい。〔改行〕面会中　最高潮〔同〕五月十九日（土）悲しい」、そして五月二十日の条の「今日は悪天候。昨日お母さんが帰った悲しみが残って本や将旗に気が向かない。こんな事ではいけないと思って!!」など、断じて妄想・幻覚の記述ではない。となると、人間の記憶なんて胡乱なもの、到底信倚を置きがたいものなのだろうか。

さりながら、二回目の折、私は特別に自由行動を許されて、母と町を囲む丘陵を散策中卒然腹が差し込み、見透しの利く切通しの真ん中で「お母さん、誰も来ない？」と案じつつ排便したこと、そして空には親子らしき鳶が二羽舞っており、「鳶はいいね、お母さんと一緒にいられて」と羨んだこと、尤も後者は私ではなく母が牢記しているものだが、こういう想い出も又金輪際、嘘偽りではないのだ。

面会時の母の歓喜は私のよりさらに激烈で、それはほとんど狂に近かったのではなかろうか。母親の息子への熱愛がこゆるぎもせぬ恒久性を保っていることは、娘の、孫達に接する態度からも分明である。今私は、息子と書いてしまったが、母親の愛情というもの、息子に対する場合と娘に対する場合とでは、その灌ぎ方迸り方においていささかならず彙を異にするようで、前者の方はなにか生理的動物的な纏絡性粘着性、平たく言ってくどさを帯びているかに考えられる。『大漢和』の〔断腸〕を参看するに、〔世説新語、黜免〕を出典として左のごとき逸話が引かれている、長きに失するを顧みず悃誠の念を籠めて写してみたい。「桓公入レ蜀、至二三峡中一、部伍中有下得二猨子一者上、其母縁レ岸哀号、行百余里不レ去、遂跳上レ船、至便絶、破視二其腹中一、腸皆寸寸断、公聞レ之怒、命黜二其人一」。冗談ではなく、この「猨子」は牡だったのでは、と私には思われてならない。

六年生と同じ列車で帰京した母は、灯火管制下の町内の所々で「只今」「お帰りなさい」という弾んだ声を聞きたまらなかった、と追思して目を潤ませる。しかし親の膝下に戻った六年生は直ちに生命の危殆に曝されたのであって、実際下町辺では例の三月九日から十日にかけての大空襲で彼等の大勢が死んだ。事程左様に、各面会は今生の暇乞いに等しい危機感を孕んでいた。だからこそ私達母子は面会中の一刻々々を、そう、パセティックに愛惜したのである。大和町においても一人息子の私は、父が出征中のゆえに尚更、母に鍾愛された。しかし湯本における母の私に対する愛のボルテージは、大和町の時のそれとは比方を絶する高さに達した。死を背景にした至福の時間。いかにも私のかような発想の基底には三島由紀夫がとぐろを巻いているのを自覚するが、あれ程の密度の愛が母子間に閃鑠したのは集団疎開時を措いて無かったと言えるであろう。

私の母の面会が二回か三回かは一種のミステリーだが、級友全員、父か母かの面会を一度は喜び得た筈である。数人の親が連れ立って、という場合なぞ、私達は寸劇をもって彼等を接待した。芝居熱は昂じて、十五夜のお月見や桃の節句の余興に、班別に、又男女級対抗の形で競演して自らの空腹を慰め、さらには厚顔にも町の婦人会を山形屋に招き炭鉱夫慰問と称して会社のホールへ赴いて黄色い声を張り上げるに至る。出し物は日記に徴してみれば「山田中尉に続け」「元こう」「大村ます次郎」「節句の前線基地」「判官の奥羽落ち」「マライの虎」などで、それらは私が家から持参した偉人伝文庫や湯本の映画館で一見の国策映画その他を、世阿弥風に申さば本説として、制作された。この件は前節に述べるべきだったが、Y先生は読書を愛好し、忙劇の勤務の合間を縫って、これも日記によれば「アンクルトム物語」、「紅ハコベのぼうけん」、「三銃士」、「トム・ソウーヤの冒険」、「乞食王子」、

「ジャンバルジャン」、「ギリシャ神話」、「大アラビヤンナイント」等々、ダイジェスト版ながら欧米の名作を私達に読んで聴かせ、いわば文化的薫陶を施してくれていたけれども、私達のやっつけ仕事に、見ちゃいられない、という気持になったのだろう、総監督となって、なんとまあ、あの『寺子屋』を伝授するに及んだのである。

こう書くと、駄味噌を上げるのもいい加減にしろ、と嗤われそうだが、あくまでも事実だから仕方ない、立役の松王は私が相勤めた。配役のリストは日記に録されており、戸浪が「梅乃」となっているのは不思議だけれどそれはともかく、戸浪や千代は比較的優形のS君Y君が坊主頭に手拭いを冠って演じた。出演者一同各自の寝巻を着し、大道具は皆無、小道具は、例えば刀は裏山で取得の枝で作製、といったようにすべて間に合わせの品だった。それでも源蔵役のU君は思い入れよろしく「何を見ても山家育ち」と、子役を地のまま演っている小柄な同級生を見回し、私は私で、小太郎の首は何で代えたか覚えていないが、「菅秀才の首に相違ない、相違ござらぬ」との、まさに呻喚の台詞を吐き、Y君はU君が斬りかかるのには「待った、待った、待たしゃんせ」と身を躱し、我子の従容たる最期を告げられては身を揉んで涕泣したものである。『寺子屋』は私達六年二組の十八番となり、時は六月二十日、町を見下ろす観音山の平たい頂上で開催の、各旅館全学年の合同学芸大会にもこれをもって参加し、嶄然好評を博したのであった。「持つべきものは子でござる」あたりに掛かった「大統領」という声は耳底に残っている。大の付く成功の主因は、日記に「これ、一重に（Y先生の実名）先生のご仁力によるものと」と記されているとおりだが、Y先生は女学生時代から余っ程木挽町通いをして眼福を得ていたのであろうと思われるにしても、年端も行かぬ子供達を特訓して丸本時代物の傑作をほぼ完全に上演してみせたその才幹には深甚の敬意を抱かずにはいられない。

離脱

右の「大統領」が或る旅館の主人によって発せられたのは、大会が私達の、全宿舎の経営者・従業員に対する感謝と惜別の意を表すためのものだったからである。日記五月二十五日の条を断続的に引くならば「前夜半の事だが一時頃警報が発令になった。（略）敵機が去ったので寝ようと思ふと、又警報が鳴るといふ訳。（略）朝礼が終ると体操に移るのだが又、警報が発令サ。どうして、急に攻撃がきびしくなったか!!（略）役場の付近まで来ると（S先生の実名）先生が自転車を飛ばして情報を知らせて下さった。それによると会津を東進して来るとの事。仕方なく役場の防空壕に避難」、六月五日の条には「二、三年四ツ倉に行き、敵の機銃掃射を喰った」とも記されている。血判の個所でも書いたように、小名浜海岸への米軍の艦砲射撃や上陸はそれ以前からしきりと話題になっていた。湯本からの再疎開は当に然るべき帰結だったのである。

六月十八日に私達の級の行先が同県大沼郡本郷町天理教会と伝達されてからの一週間、荷物の梱包・運搬、湯本一個所に纏められていた備品の、本郷その他の個所への分配、級全員の転出証明書上の記入、各旅館への伝令、湯本校・町役場・診療所への挨拶などと、私の生活は慌忙を極めた。私にとって特徴的な、言い得べくんば、些事拘泥性《ミクロロギー》はつとにこの頃に遡源できるのか、日記の叙述は煩瑣に過ぎて、これには我ながら少々倦厭の情を催さぬでもない。

二十四日夜、私達は万歳の唱和に送られ真っ暗な貨車に乗せられて離湯、払暁猪苗代湖を眺覧し会津若松を経由して、清流と焼物の町本郷に到着、歓迎の旗の波の中を広瀬神社に参拝、本郷校における彼我の生徒代表の挨拶の贈答、「八畳二つ六畳一つ四・五畳一つの四間」の「卒業まで生活する宿舎」は山形屋みたいに温泉旅館ではないからには夕刻町の銭湯へ出かける――といった事柄の委細が大学ノート版の第五冊目の三ページに亙って縷述されてある。日乗を誌す所為自体が目的となり快楽となる、奇妙奇怪な情熱の発芽だ。この第五冊目は二十七日をもって紙員が尽きている。第六冊は無い。本郷の想い出の最たるものは、毎夕小高い丘から磐梯山や会津盆地を仰望・鳥瞰しながら「野口英世」「白虎隊」を声を限りに歌ったことである。

啓明の校史によれば、疎開学童の帰京は十月二十日の日付になっている。結局は全員「卒業するまで」天理教会に居ることは無かつたわけだが、私個人は七月七日か八日に集団疎開を離脱した。帝都で死ぬ旨空威張りしていた祖父がそぞろ臆病風に吹かれ出したがゆえに、母は急遽か細い縁故の糸に縋って、落ち行く先を勢州は時雨蛤で有名な小都邑から二三里の一村落に定めたのである。天理教会の玄関に堵列したK先生、Y先生、級友達に向かって、母と並んだ私が「さよなら」と叫んだとたん、Y先生が顔をくしゃくしゃにして奥へ姿を消した。終戦の丁度一ケ月前の十五日未明、私は今度は祖父・母と共に西下した、縁故疎開における別の逆境が待ち受けているとは露存知せぬままに。

（一九九二年八月）

食気について

丸谷才一は自らの『食通知ったかぶり』において、吉田健一『私の食物誌』、檀一雄『檀流クッキング』、邱永漢『食は広州に在り』をもって、戦後の食物の本の三絶と品定している。だが、吉田のそこには、例えば「併し可愛い子豚だったので、食べても旨いということは充分に考えられて、英国の小説で登場人物の一人が朝、ベーコンを食べながら、これはどうも仕合せに一生を送った豚らしいと言っている所があったのを覚えている」など、著者ならではの思惟が暢達に展開されるとはいい条、この種の書物としてはあまりにも観念的で、何かしら豊かな文明批評でも読むかのごとき気分を抱かせるその全容は、私達の口中は生唾でいっぱいになるといった別の幸福を約束してくれるもののようには見なしがたい。また逐一細かに言ってはいられないが、豚や蛸も三舎を避けるばかり暴飲悪食を恣にする檀のそれは、私の好みからすればいささかならず豪宕・粗剛に過ぎる感じだし、邱のにおける、海彼の、さすがの檀にしたって梯子を掛けても及ぶまい、悪魔的なスケールの口腹の欲をめぐる故事の数々は、話柄としては珍重されるにせよ、わが食思を快く昂揚せしめるたちのものでは決してなかった。

いつぞや、春夫の怪作『日照雨』の件で数示を仰ぐべく、河盛好蔵氏の邸第に参上しては、一服時、極上のコニャックの饗応に与りつつ、獅子文六の『食味歳時記』を推称されるという徳を得たことがある。名にし負う食物・文学の鑑識者《コネスール》たる河盛氏の言に謬りは無く、当著は右の三・四書に較べて明らかに数等優れている。その叙述はあくまで、観念ならぬ具体、それも身近で地味な具体に即しており、御大層な文句なぞ露微塵も使われていないのに、当の魚肉果菜の絶味、こちらの口舌を陶酔させる風に相成っているのはまことにめでたい。而して穏やかで愉しい体裁のここには、左のごとき、食通ぶる連中にとって頂門の一針なるのみならず、遍く人生全般上の暗示的な指南言と申すべきものが散見し、私達をして襟を正さしめずにはおかないのだ。「季節の味というものは、ほんの少し魁《さきが》けるところに、詩情も食欲もそそるのであって、ただ早く食ったって、何の意味も無い。それにしても、〝走り〟に拘泥して、シュンを忘れたら、ものを食う人の態度ではあるまい」。

吉行淳之介『贋食物誌』、開高健『最後の晩餐』、池波正太郎『食卓の情景』等も一読に及んでいるけれど、さらに夫々の特色を較明するは私の柄に非ず、また拙稿のささやかな意図に添うものでもない。（ただ一寸注を入れておくなら、浜田義一郎『江戸たべもの歳時記』、私みたいな国文学徒にはほとんど初見の記事を満載する当書の六十六ページには、白酒で名高い鎌倉町「豊島屋」の殷賑と消亡が述べられている。私が浜田先生に一書を呈し、その健在を報じ得たのは、学生部委員を同じゅうした理工学部教授春日屋伸昌氏の令室のお里が該店なることを識っていたからに他ならない）。私が本稿で陳べてみたいのは、私自身の食気、よしんば檀や開高のレベルからすれば滑稽なくらい哀れで貧しくとも、己れが裡に湧くその種の欲望、そしてこいつを霽らす手立の委細、なのである。いかにも私は考える、御馳走の本を閲覧し、一旦は実物を飲食したごとき心地を覚えるのはいい、しかしこれをもって能事畢れりとするならば、それは救いがたい頽廃なのではなかろうか、美食には一向に無関心、粗食を貪って恬然たる、健康なのか獣に近いのか、さような人々の方が遙かに好ましいとせねばならない、と。

さて、恥を言わねば理が聞えぬ、をば愛用句とする私の告白に移るわけだが、しがない教師風情のことゆえ、連日大牢の滋味を飽食する具合には参らない。何を隠そう、ボーナスが支給されるや荊妻同伴で、声誉定まった一軒に（本当に、一軒、だけである）、そう、新たな城砦でも落すみたいな意気組で入るのが我家の恒例吉例なのである。昨年六月には新橋の「京味」、十二月には同所の「麤皮」であったが、後者の場合だと、看板の三百グラムのステーキの値段が二万円に及ぶからには、我々が一食を試みただけで止めてしまうその所為もさして奇異には釈られないだろう。もちろん毎回同然の食味に親しむ、といった在様も認められないではないが、ただ私は、無限ならざる命数・金銭をもって、色々な事柄に触れてみたいのだ。色、という字が出たついでに、食欲と大いなる一双を成す色欲を考え合せてみれば、そこでも、御当人の嗜好・信条によって、その都度変化を求めるか否か、別々のタイプに岐れるものであることが知られよう。

この程度の、スノビズムの域にも達しない贅沢でも、往昔に比べるとまさに九天の高きに昇ったみたいで、ではわが九地はいかなる状態であったかと言えば、戦中の疎開児童として蒙った忌まわしい飢餓体験までには遡るまい、三十余年前、家庭教師の報酬を初めて稼いだ折、「文明堂」の三笠山をたった一個購い、学寮への帰途薄暗い街角でぱくついたこと、或いは定職に就き得ぬままに結婚、一子を儲けた頃、朝食の至福たりし「中村屋」の肉饅頭は、週一遍、二個の割に限られていたことなど切なく蘇る。あの節、三笠山は二個、肉饅は三個、が金輪際不可能だったわけではない。確かに、青春は自らを悲劇化《トラギーレン》したがるものであって、ここに一種の気取りを指摘されても私は潔くそれを肯認するであろう。さりながら当時、「麤皮」の百グラム当り数千円の牛肉なぞ夢裏にも現れなかった。そもそも牛は滅多に口に入らず、ポークソテーやチキンカツがせいぜいのところだった。これは神掛けて真実である。現在、「肉（むろん牛の方だ）が続いたから鰻でも食べに行くか」くらいの会話は、我家においていとも自然に交される。（尤も、そんな調子で出かける先は麹町の「丹波屋」か「秋本」で、宰相中曽根が常連だとかいう赤坂の「重箱」となると、やはりボーナスに依らねばならぬのが情無い話だけれども）。考えてみれば、私が嫌味ものかは珍味・佳肴を漁るのには、不如意の若齢時の我身に対する復讐の意味合が無いでもない。

　値段はまことに正直であって、「重箱」の方が「丹波屋」より旨く、「天一」は「天国」より旨い。しかし、例えば、どら焼やあん蜜が千円を超えるというのは万一にも有り得ず、実際私が甘味の双璧として、多年月に二度は賞味する上野は「うさぎ屋」の、渋谷は「美奈津」の夫々の品は、こんな値段では罰が中るのではなかろうか、と嘆ぜられるばかりの廉価である。私は今、文字どおり身銭を切って確かめた、ハヤシライスなら此処、冷やし中華なら彼処といった、各々の名所・穴場を挙示・吹聴するつもりはない。今私が強調的に言いたいのは、日常心がけなりセンスなりを発動させれば、大枚を費さずとも結構美味にありつけるのもまた動かしがたい事実だということなのである。以て、拙稿が餞の詞としては一見破格ながら、その真意はやはりそれ以外のところに存するものでない旨そろそろ察知してもらいたく思う。

すなわち私自身において、ごく稀にではあれ「京味」や「ラ・ベルエポック」に、気随気儘に「丹波屋」や「ラ・マレ」に足が運べるのは、馬齢を重ねて知命の一線を越したからこそなのであって、前述のとおり、若年の砌そうは行かなかった。またそれでいいのである。私は、如上の店々に馴染んでいたり、海鼠腸やフォアグラやについて講釈を垂れたりするような若者は大嫌いだ、そんな奴等と対面したらその頰を殴りたくなるかもしれない。青年は、(私は概して彼等を、その精神性も含めて薄汚なく感じるけれど、これだけは健羨の情に堪えない) 膿漏なぞ患っておらぬピンク色の歯茎を覗かせて、虎がもりもり獲物を嚙み砕くみたいな勢いでもって、質より量の食事を為すのが一番だ。しかしながら、明暮牛飲馬食を誇りかにやらかすばかりの連中にも困ったもので、やはり、同じハンバーガーでもどこのは旨いという、幼いながらも鋭敏な味覚、いつの日か俺だって帝国ホテルのグリルに入ってやるぞといった、J・ソレル的な野心を有する青年の方に私は親愛の念を覚える。而してその味覚の錬磨、野心の燃焼を絶やさないならば、将来私程度の贅沢は必ずや齎らされるであろう。色欲の世界にしたところで、最初のうちはがさつなだけ、不断の関心・精励によってのみ竟に典雅で艶冶な秘奥に参入できるのである。誰がよく苦もなく物事の真髄に至り得ようぞ。

本学の、都心の駿河台から辺鄙な多摩への移遷に伴い、様々の得喪が生じたけれど、失われたものの一つとして、学生達の食気の粗放化を数えなくてはならない。駿河台と目と鼻の先の旧連雀町には、「藪」の総本家、鳥の「ぼたん」、鮟鱇鍋の「いせ源」、池波が御贔屓の洋食屋「松栄亭」が在り、元学生会館脇の坂を下れば、ラーメンの「ピカ一」、コーヒーの「斎藤」が在った。校舎に隣接して軒を争う無名の、いわゆる大衆食堂も、大方の眷顧を得べく献立に味付に精いっぱい工夫を凝らしていた。そして学生の分際にしたって一寸奮発すれば、「藪」や「ぼたん」の敷居を跨いでその好味に接することが叶えられたのである。しかるに、多摩の学内食堂における、当語はこのためにあるのかと思われるばかりの画一的な、そこには丹誠・着想がこれっぽっちも見られぬ出物、それらを機械的に咀嚼し嚥下する学生達、私は勢語中の古歌の末、昔を今になすよしもがな、をばお念仏みたいに繰返さずにはいられない。諸君は四年もの間、敢えて申さば、かくも非人間的な麁食に馴化せしめられて、食気のセンスを養うという点ではえらく不幸な環境下に過したことを牢記すべきだろう。まだ遅くはない、卒業を機に、美味真味を狙っては爪を研ぎ牙を鳴らすようになって欲しい。

頃日、曾て本誌十三号に異色鮮やかな先輩として紹介した佐藤良恒君から、私が偶々「米屋」のバッテラの試食を薦めたことに対する返簡が届き、そこには早速履践しての「感動」が記されてあったが、その感動に匹儔するものとして、『童夢』『ラ・パロマ』『血の婚礼』等、いずれも私にとっては未知の作品の興趣を引合に出すところがいかにも佐藤君らしい。彼の所得からしてあまり高価であってはと慮り、あの程度の品にしておいたのに（佐藤よ、かかる言種を許せ）、かくばかり欣喜圧えがたいさまを示すくらいでは彼もまだまだ、と微笑ましく思われるけれど、とにかく彼の素早い反応が私には嬉しくてならない。佐藤君はあれから次第に、『映画手帖』とか『知性と感性』とかを舞台に健筆を揮うようになった。それらは犀利にして繊細、むろん彼の特質たる奇想をも充分に孕んだ好文章である。確か邱は別著で、味に関心を示さぬその分味わいの薄い文章を書くようになる、といった趣意を述べていた。今後佐藤君が舌・筆双方の研鑽を益々積み、大成を遂げることを念じて已まないが、私も彼に負けずに両者の相殺ならぬ相乗の関係の中に身を置いて生きて行きたく思う。

（一九八五年二月）

痔疾について

本学仏文学専攻の始祖でもあった辰野隆（つとに故人だし、師弟関係は絶無だったがゆえに敬称は省略に付すこと諒とされたい）の『忘れ得ぬ人々』は、余人の模して及ばぬ快筆による極上のポルトレである。が、当著を小稿の枕に振るのは、これが俊作なる所以について今更太鼓を叩こうとするのではなく、その中の「『明暗』の漱石」にいささか異を挟んでみたいからに他ならない。すなわち、鷗外の『抽斎』と匹儔して近代日本文学の双璧と目され、我々の内部に蟠居・蠢動して已まぬエゴイズムを暴いて余蘊が無い漱石未完の大傑作に関して、辰野は曰く「主要な登場人物が殆ど悉く気に食はなかつた。（略）こんな奴（津田）と一時間も対坐してゐたら、僕は必ず思切つた毒舌を浴せかけるか、横面を擲るかしなければ、肚の虫が治まりさうもないと思つた」。以下お延にお秀、吉川夫人や小林に対する反感反発が伝法肌風に吐露されており、著者の健康な見識はここにも躍如としている。

辰野のこの見識と私のとの間には到底架橋しがたい逕庭が存するが（なにしろ、生前辰野に遭逢していたら面罵・打擲されたのは必定なのだ！）、ここでは彼我の是非は問うまい。ただ、『明暗』第四十二節、単なる伏線以上の、話の進行を司るばかりの津田の痔の手術、その場面についての辰野の所感にはかかずらわなくてはならない。先ず、『明暗』における当の描写を引いてみるであろう。

切物の皿に当つて鳴る音が時々した。鋏で肉をじよきく切るやうな響きが、強く誇張されて鼓膜を威嚇した。津田は其度にガーゼで拭き取られなければならない赤い血潮の色を、想像の眼で腥さそうに眺めた。ぢつと寝かされてゐる彼の神経はぢつとしてゐるのが苦になる程緊張して来た。むづ痒い虫のやうなものが、彼の身体を不安にするために、気味悪く血管の中を這ひ廻つた。

次に辰野の方だが、いとも健康な彼からして案外なるか果然なるか、「この文章を読みながら、何だか、自分の腰の辺がむづむづして来て、暫くの間は腥い手術室の光景が気味悪く襲つて来るのをどうしても払ひのける事が出来なかつた」というもので、これが虚偽・誇大のそれではなく肺腑の言だとしたら、辰野にあっての、孱弱な神経、陽活な面にだけ反応する偏った感性、延いては名状すべからざる糜爛・酷薄を曲尽せるたちの作品の熟覧に堪える能力の限界をば指摘せずにはいられない。そして『明暗』全体が近代文学史上燦然たる金字塔である旨何遍唱えたって倦みはせぬが、しかし右の引用部分が辰野の謂う「戦慄」を私達にひとしく覚えさせるかどうか、それについては多分に然諾をためらうと私は言いたい。

何を隠そう、過ぐる十四年前、我身も痔の手術を受けたのであった。容易に忘失しがたいその痛苦を表すのに『明暗』のあんな程度の？描写ではおよそ慊焉たらざるを得ない。文豪の靴の紐を解くにも足りぬ己れが分際はよく承知しており、こんな調子の言種を為すことには面の皮が千枚張りになったみたいな破廉恥を感ずるけれど、あくまでも痔の手術の個所に限ってのみ、私の裡には、自ら筆執って、ああ、嗤うなかれ、『明暗』に比肩する、いや、あれを凌ぐ如実の文章を物し、そう、霊界の辰野をして真の気味悪さを思い知らせてやりたい衝動が間歇泉さながらに湧いて来るのだ。然様致さずしては、まさに気絶悶絶に値する体験をした私は救われないであろう。なにやら犀星・太宰ばかりに、書くのは復讐のため、といった趣意と相成り、いい齢をして、と省みられぬでもないが、これも拙きさがのせいであるのか。

さるにても、痔疾に関する名文奇文、『明暗』以外に有りや無しや。自尽の一素因になったとも考察されている芥川の痔は、彼一流の措辞による主治医下島勲宛尺牘「この間の下痢以来痔と云ふものを知り恰も阿修羅百臂の刀刃一時に便門を裂くが如き目にあひ居り候へば書面にて御免蒙ります／秋風や尻ただれたる女郎蜘蛛」（大正十年九月十三日付）あたりに見られるくらいで、これが自財の別因、神経衰弱みたいに小説中に何度も使われたことをついぞ識らない。芥川に況して凝った書牘を命数作品数の割には厖大に認めた梶井も痔に苦しんだらしくて、例えば「以前に二度も痔瘻をやつたので、その覚えがあるので心配するのだ。しかし心配はしないで置いてくれ、痔瘻になればなつたで、此方の方から毒がはけるのだから、肺の方が軽減されるかもしれん」（淀野隆三宛昭和六年九月日付不明）などを引けば引けようが、彼にあっても、痔は本人を死に至らしめた肺疾のごとく創作のいわば培養基とはならなかった。或いは横光利一。戦時中何かに憑かれたかのように禊に専念した彼も又「六月以来の風邪がみそぎの二日目に癒り、出血のひどかった痔が同じ二日目から停つた」（井上謙『評伝横光利一』。巌谷大四『懐しき文士たち　昭和篇』より曽孫引）とは記したというにせよ、『ナポレオンと田虫』なり『春は馬車に乗つて』なりの痔疾版とも呼ばるべき作品を私はまず想起できないのである。

そもそも疾病は近代文学という真珠を産む一種の核とも申してよく、もしその描写を悉く消除したならば、声価定まった各作品はまるでうろみたいになりおおせ、更には文学史総体の痩損・萎縮も免れないであろう。といったことは、自他の不幸・欠陥を飼葉とせずしては文学なる駿馬の成育・疾駆は約束されぬ、つまり物皆完璧な福楽に陶然たる状況の実現はとりもなおさず文学の不毛・衰亡を招来するわけであって、これにはさすがの私とて長嘆それを久しゅうしないではいられない。さりながら、ま、人間は必ず死ぬ、むしろ死ぬために生きているのかもしれないけれど、死ぬのはほとんどが病いを得てのことである以上、この呪うべき不可避の殃禍の委細を描破する所為は、高い所からではなく、言い得べくんば、ネガティブな面を通して私達に慰撫・鼓舞を齎らすものであって、決して無意義とは考えられぬのだがどうであろうか。

事実、肺結核に脊椎カリエスを併発した子規の『仰臥漫録』には「腸骨ノ側ニ新ニ膿ノ口ガ出来テ其近辺ガ痛ム、コレガ寝返リヲ困難ニスル大原因ニナッテ居ル。（略）咳ヲシテモコ、ニヒビキ泣イテモコ、ニヒヾク」といった悲傷胸を搏つ病状、自刃の誘惑に恐怖、健啖な食欲と山のごとき糞便、母・妹の献身的看護に対する怨嗟・慚愧の念、已みがたい歌俳の志等々が共鳴し合奏し、これを読む者をして暗然鬱然、そして粛然たらしむるであろう。或は、当作とは後味はだいぶ異なりこそすれ、比喩的に言うんじゃなく、そのものずばりの病者の文学はこの二つに止め刺すと私には判断される、北条民雄の『いのちの初夜』。癩菌に蝕まれた「人間といふよりは泥人形」についての「ちよつとつつけば膿汁が飛び出すかと思はれる程ぶくぶくと脹らんで」とか「摺子木のやうに先の丸まつた手をだらりと寝台から垂してゐ」とかの凄絶きわまりなき描写に接するにはかなりタフな神経が需められようが、竟に読了したならば、床に跪いて何かに祈りたい気持になるに相違あるまい。或いは又、両作に比べて衝撃力は余っ程落ちるけれど、一時世評高かった高見順の、癌を詠じた『死の淵より』から例えば「ぼくの笛」、「烈風に／食道が吹きちぎられた／気管支が笛になって／ピューピューと鳴って／ぼくを慰めてくれた／それがだんだんじょうずになって／ピューヒョロヒョロとおどけて／かえってぼくを寂しがらせる」などをここに挙げてもいい。

　何故痔をまともに描叙した文章が量・質共にえらく貧しいのかについては、職として、痔では死なぬ、に由ると考えられよう。患部は生存上五指に入る枢要な局部に定まっているにもかかわらず、とにかく穢い、いや、美しい病いなんて在るわけもないが、加うるに深刻感に反する滑稽感がこれにはまつわっているそのことも無視できぬ原因である。実際堀辰雄なんぞ、肺を病んでいたからこそ『風立ちぬ』のごとき類の作品をつるつると書き得たのであり、痔をネタにしてどうしてそれが可能だったであろうぞ。（誰しも、堀が痔で難渋している姿を想像したらプッと吹き出す筈だ）。

　しかしながら（三木清の、酸鼻目をふさぎたくなる獄死はひどい疥癬のせい、といった例は別に措き）命に別条無く、微笑なり憫笑なりを誘うものとして皮膚病を忘れてはならない。しかもその分野には、百閒の『掻痒記』という滅法素敵な随筆が認められ、ささやかな抄記摘記ではこの文章の醍醐味は絶対に貪りようもないゆえに止めるけれど、要するに私はこれを読む毎に、ひそかに美酒・佳肴を飲食したみたいな怡楽にあずかることを常としているのだ。又「脚が片方なくなつても、腕が片方なくなつても、皮膚病だけには、なりたくない」とは、太宰の『皮膚と心』の中の文言で、痛さ・擽ったさに優る痒さのたまらなさは、彼の才筆によってここではなかなか見事に描かれており、『畜犬談』における、罹病した飼犬の惨状景を思い合せると、彼の該病に対する関心の程が知られよう。むろん太宰の場合、麻薬中毒の果の精神錯乱の方がずっと肝腎ではあるにしても。

だが私が探し索める痔の文章、絶無に非ず、頃日山田稔著『スカトロジア』を偶見、書名から察せられるように、これは古今東西に亙る糞尿文学に関するウンチクを縦横無礙に展開した怪作であって、その博覧宏識、というより尋常ならざる執心に私は帽を脱するに吝かではないが、糞尿と痔疾とは深く関連しているとはいい条、やはり彙を異にし、全篇に立ち入ろうとは思わない。しかし二十頁に及ぶ「I外科病院にて」の章がすべて著者自身の痔の手術の記述に当てられていることに気づくや、私はまっこと（奇蹟現る！）といった感じを抱かずにはいられなかった。鷗外風に、技癢を覚えたと申してもよろしい。「痔よ、さようなら」と副題されたそれを読みながら、私は曾ての悶絶寸前の体験が驀然褪色・萎靡させられてしまうかのごとき描写に出会せぬことを冀ったと告白せねばなるまい。この一種の焦燥感は（私には生涯窺知すべくもないけれど）実証的研究において、鼻の差のプライオリティーを争う研究者達を襲うのと同然なたちのものなのだろうか。

幸いなるかな、「I外科」は他の章に較べて光彩・迫力幾分劣り、またお互いの手術の一伍一什にもいささかならず差異が見られて、憐れなるかな、私は安堵の吐息をついたのだ。すなわち、私は己れの痔の手術の痛苦惨苦を述べる資格を喪わずに済んだのである。注文の紙員も過半を超えたからには、当時の日乗を便りに、直ちに書く。但し私の文章上の習性、舞文癖をせいぜい慎み、言ってみれば、プロゼイックな筆致をもって試みてみよう。

一月二日（七二年）（本学国文学専攻の開祖でもあった）吉田精一先生宅年賀ノ宴デ深酒シタノガ祟ッタノカ、イボ痔（医学的には内痔核）ニワカニ悪化。
三日　年始ノ学生達トノ献酬モ快カラズ。ボラギノール坐薬ヲ挿入スルモ無益。
四日　痔依然トシテ引ッ込マヌ。痛ミヒドシ。
五日　隣接ノ国立埼玉病院ニ行ク。肛門科ハ独立シテオラズ、外科デ診テモラウ。入浴・安静ト当リ前ノコトヲ云ワレタダケ。
六日　妻、義妹ガ痔ノ特効薬ヲ秘蔵スルコトヲ思イ出シ、電話スルトスグ持ッテ来テクレタ。ソノ桃色ノ軟膏ヲベタベタ塗ッテミルガ全然効カヌ。痛ミデ夜中何遍モ目ヲ覚マス。
七日　成増ノ、内科・外科ニ肛門科ヲ兼ネル大沢医院ニ出カケル。坐薬ト飲ミ薬ヲ呉レタノミ。出ッ放シノ痔ハ、鶉ノ卵位ノ大キサデカンカンニ固マリ、イクラ押シテモ内ニ入ラナイ。（嵌頓症状を惹起したのであろう）。
八日　職業別電話帳デ専門医ヲ調べ、妻ト一緒ニ池袋ノ東京肛門医院ニ赴ク。サスガニ丁寧ナ診察。私ノ痔ハ相当悪クナッテオリ、出ッ放シノ左側バカリカ右側モヤラレテイル由。手術ガ最適ラシイガ、近ヅク学期末・入学試験ヲ慮リ、薬ニヨル治療ヲ頼ム。六千二百円徴サレテ驚ク。肛門医ニ保健ハ通ジナイコトヲ知ル。
九日　高価ナ薬役立タズ。痛ミ益々ヒドシ。
十日　妻ニ付キ添ワレテ、以前教エテモラッテイタ銀座ノK医院ニ行ク。（医院名を明記せぬのは、実は本学職員某氏の知音に当たる所だからである。以下の叙述も非礼・忘恩の極みとなるだろうが、何卒宥恕を乞う）。汚イビルノ二階、細長イ待合室ニハ付キ添イヲ合セテ十人程待ッテイル。魔窟ノゴトキ印象。痛ミ無シ、入院ノ必要無シトイッタ評判デ、患者ハ全国各地カラ集マッテ来ルラシイ。確カニ地方訛リノ強イ言葉ガ交サレル。待合室ト手術室トヲ仕切ルモノトテハ灰色ガカッタカーテンノミ。医師ト患者ノ簡単ナ問答ヤ、パチンパチントイウ鋏ノ音ガ聞コエル。一人約三十分。手術ガ済ンダ患者達ハ異口同音ニ「チットモ痛クナイ。早ク来レバヨカッタ」ト喋ル。

私ノ順番トナリ、ベッドノ上ニ仰向ケニ寝テ、自ラノ脚ヲ自ラノ手デ持チ上ゲル格好（いわゆるラーゲで謂うところの、仰臥屈曲位）ヲ執ラサレル。麻酔ノ注射ガ何本モ打タレル。数分後パチンパチンガ始マッタ。軽イ圧迫感ガアルダケダガ、自分ノ肉、シカモ最モ柔ラカイ部分ガ切リ取ラレテイルノカト想像スルト、スコブル気持ガ悪イ。ソノ内スッート意識ガ薄レカカリ、ベッドガ斜メニ傾キ、身体ガコロガリ落チル気分ニナッタ。柄ニモナク、哲学ヲ考エタ。効果無イノデ、私ノヒトリ前ノ若イ娘モ己レト同ジ格好ヲ執ラサレタコトヲ思ッタ。彼女ノ恥毛モ、女陰モダ。コレハ効果有ッタ。ヤガテ麻酔ガ切レテ来タノカ、痛ミヲ感ジルヨウニナリ、意識モハッキリシテ、辛ウジテ助カッタ。

六十位ノ妖婆ミタイナ看護婦ガ「コレガ悪イ所デシタ」ト、茶褐色ノ臓物ノヨウナ物ヲ示ス。「イイデス、イイデス」ト叫ンデ、アワテテ目ヲ背ケル。看護婦ハ「自分ヲ苦シメタヤツヲ見タイト仰言ル患者サンモ居マシテネ」ト、ニタニタ笑ウ。「普通ハ五万五千円デスガ、何々サン

（某氏の姓）ノ御紹介ダカラ四万円デ」ト云ワレル。手持チノ一万五千円ヲ支払ッテアトハ借リタコトニシ、妻ニ支エラレテヤット帰宅。切ル前ハ鉄ノ爪ガブラサガッテイル痛ミダッタ。今度ハ安全カミソリノ刃ガ内部デピクッピクット動ク痛ミデアル。一晩中苦シム。

十一日　大便ガシタクナリ、トイレニ行クガ、出ナイ。フト下ヲ見ルト真ッ赤。鮮血淋漓、トイウ表現ハコンナ有様ヲ指スノダロウ。ビックリシテ部屋ニ戻ル。血ガ廊下ニポタポタ垂レタ。一日一度ハ排便セヨ、固マッテ出ナクナッタラ大変ナ事ニナルト云ワレテイタノデ、妻ニイチジク浣腸ヲ買ッテ来テモラウ。小学校ノ時使ッタキリノモノダ。ソノオ蔭デドウヤラ出タ。シカシ息ンダセイカ、医師ガ「左ヲ切リ取ッタカラ右モ出マスヨ」ト予告シタトオリ、右ノ方ガムクムクト盛リ上リ、以前ノ左ノ方ト同ジ状態ニナッテシマッタ。思ウニ、左ノ脱肛ハ右ノ防波堤ノゴトキ役割ヲ果タシテイタノデアロウカ。カミソリノ刃ノ痛ミニ鉄ノ爪ノ痛ミガ加ワル。医師ガ呉レタ痛ミ止メノ薬ヲ飲ム。

十二日　K医院ニ電話スルト、右ノ手術ハ左ガ一応治マッテカラデナクテハ出来ナイ、ギリギリ十七日マデ待テト云ワレル。指示ニヨッテ温メタコンニャクヲ患部ニアテガウ。便秘ニナッテハト、サカンニ牛乳ヲ飲ミピーナツヲ食ベル。フダンソンナ事ヲシタラスグ下痢ヲスルノニ、少シモ便意ヲ催サナイ。排便ノ時ノ苦痛・出血ヲ怯エル神経ノユエダロウカ。

十三日から十五日までは、八度五分の熱を発し、激越な胃痙攣に見舞われ、近所の内科医や埼玉病院の急患室に荊妻の庇護を忝うしながら足を運び、注射や投薬を受けたのだったが、極度の食欲不振に陥り、強いて野菜スープなどを嚥下してもたちまち嘔吐といった為体、惟るに、便意を促すための暴飲暴食と痛覚抑止用の劇薬の濫用がかかる悪果を結んだのであろう。ただ胃痛の物凄さが相対的に痔のそれに対する意識を稀釈させたは確かであって、世上大悲劇の前に小悲劇は雲消する、後者の霧散を企図しては前者をば招致するといった在様も嘘じゃないと考えたものである。

十六日　胃痛ハ治マリ、重湯・粥ヲ摂ル。シカシ痔ノ痛ミガ改メテヒドク感ジラレルヨウニナッタ。

十七日　妻ニ付キ添ワレテ再ビK病院へ。今回ハ手術室ニ妻ヲ連レテ入ル。前回ノヨウニ貧血ヲ起シテハ困ルカラデアル。妻ハ医師ニ尻ヲ向ケ私ノ脚ヲ押サエル。妻ガ居テクレルコトデ気分的ニハ落着イタガ、手術ノ痛サハコタエタ。カミソリデ裂カレ、針デ突ツカレルヨウナ痛ミ。私ハ二十分間程唸リヅメデアッタ。医師ハ、コレデモウ一生涯出ナイト保証シテクレタ。今回ハ三万円デイイト云ウノデ、借リタ分ト合セテ五万五千円支払ウ。タイシタ儲ケダ。銀座カラタクシーデ帰ル。夜痛ミヒドシ、ハナハダヒドシ。又胃痙攣ニナッタラタマラナイノデ薬ハ飲マヌ。睡眠ハ延一時間位カ。

十八日　イチジク浣腸デ排便。モチロン大出血。妻ガ私ノ肛門ヲ見タトコロ、イワユルキクトジ（医学用語では何と謂うのか、菊の花弁のごとき皺である）ハスッカリ無クナッテ、マルデ幼女ノアソコミタイニナッテイルソウダ。（爾来、私は已れの肛門を直視しかねていたのだったが、本稿執筆を機に、実は今の今、鏡を股間下に置き蹲踞して確かめてみたらば、皺はほぼ旧に復していた)。例ノ鉄ノ爪ノ痛ミハ消エ、カミソリガ内ニ入ッテイル感ジノミナリ。
十九日　軟下剤ヲ買ッテ飲ムガ、便ハ硬イ。便器ニ坐ルト出血ガヒドクナルヨウナノデ、立ッタママシヨウトスルカラ、ヨケイ出ニクイ。血ダケガポトンポトンと落下。ヤハリ浣腸ヲ使ウ。患部ニハ軟膏ヲ塗ッタ綿ヲアテガッテイルノダガ、ソノ軟膏ト患部カラ滲ミ出ル血・粘液ガ混ジッテ猛烈ナ臭気ヲ放ツ。ナンダカ腰ノ辺ガ肥桶ニナッタミタイデアル。

人間の身体は頑丈なようでいて脆く儚く、壊れやすそうで強靭でしぶとい。右に概記したごとき、常凡なわが人生には稀有な惨憺たる体験の傷痕も、はや二十三日の日曜日、上野は精養軒における卒業生の結婚披露宴に（但し血の滲出を防ぐべく、荊妻の生理用パンティー、古風に申さば、月経帯を借用着用に及んだうえで）列席、『高砂』の小謡を献じもしたことから分明なごとく、加速度的に回復したのであった。日乗の二十六日分には、卒業論文提出遅延者の善後処置をめぐって、当該専攻の教務委員として学部長や事務室の職員と打ち合せた経緯が（個々人に対する共感・反情も含めて）数頁に亙って縷述されているけれども、痔に関する文言は申訳程度、二行見られるに過ぎない。そしてその記載は漸々間遠となり、二月下旬には完全に終熄するに至る。
弊患を刈除されて、現在やいかに？　それが再発したのである。今度の痔も、健康保険組合から送付された冊子を参看するに、可及的速やかに手術を受けるべき界域に達しているらしい。しかれども、あの驚魂動魄、七転八倒の体験を又もや蒙ることは、学生部委員を何遍か勤める方がまだまし、と思われるくらい真っ平御免だ。頃時つれづれなるままに一読した阿川弘之の『あくび指南書』の巻頭には、同じく痔の再発に難儀・懊悩する阿川に向って、彼の兄が「俺も長年の痔持ちだが、医者には見せん。手術もせん。したがって再発もしない」といった断言を為すさまが活写されている。いかにも男らしい、郷愁に似た感情すら覚えるばかりの信念だが、しかしもし出っ放し・嵌頓状態が起きてしまったらどうなるのだろう。かく豪語して泰然たる阿川の兄の痔は、そんなに酷いものではなかったのではあるまいか。

ともあれ、隔週、藁にも縋る思いで、太子堂の鍼灸院に通う我身である。これを紹介してくれたのは哲学専攻の熊田陽一郎氏で、往時重い結核を患いもした熊田氏はあまり頑健なたちではない、しかるに自分がほとんどいつも快絶な状態を保持できているのは、ひとえにこの鍼灸の賜と考えているわけなのだ。熊田さんの温藉な情に対する感佩の念はさるものにて、治療は七回を閲したが卓効は顕れない。尤も鍼灸師からは冒頭、一旦切った痔は容易に治りにくい旨宣告されている。だが、私には他にいかなる方途が有ると言うのか。泰西中世哲学の立派な研究者熊田さんは、知る人ぞ識る、嘗て神父だったからして、還俗した今も信において篤いのであろう、而して鍼灸にあっても信ずる者にこそ神効が訪れるのかもしれない。当分私は鍼灸一筋で行くことを、改めて己れと熊田さんに誓って、筆を閣する。

作後贅言

原稿を清書してみて、私の痔の記録は冗長なだけであって、『明暗』の簡潔・緊切にして想像力を強く掻き立てる文章にはとても敵すべくもないことを痛感した。所詮は隆車に向う何とやらか。呵々。

しかしこれだとて満更捨てたものでもあるまい、『明暗』とはまた違った小さな特色を有するとの自負も打ち消しがたく、このまま編集部宛届けようと思う。

（一九八六年二月）

追記

当稿執筆半年後、耐えきれず、大森の東邦大学付属病院において再度の手術を受けるに至った。その際の痛苦は、前回に比すれば無に等しいばかりに鮮少、予後もずっと好調で、まず完治したものと思われる。

又、追記

九九年秋、三たび嵌頓症状出来、同年暮、市ヶ谷の、痔疾患者のメッカ荒川医院で、今度は輪ゴム結紮なる手当を施されるに及んだ。荒川国手の言によれば、わが肛門内には出を待つ内痔核がまだ二つ残っている由。嗚呼、『野ざらし紀行』の文言を藉りるなら「唯是天にして、汝が性《さが》のつたなきをなけ」となるであろうか。

いわゆるセクハラについて

授業中、談たまたま、寒村から秋水に乗り替えた管野須賀子や抱月の蹤を追った松井須磨子、或いは『或る女』の葉子や『煤煙』の朋子に及んだ際、これら宿命の女《ファム・ファタル》と謂うべき面々の特質を一括するものとして、私は「ヒステリー」なる語をばごく自然に用いたのだった。休憩時、若い教師にこの話を伝えたところ、彼は何か影に怯えるかのように声を潜めて「それはセクハラになりますよ、やばいですよ」と注意を喚起するではないか。ギリシア語のフステラは子宮の意で、その形容詞フステリカとパッションに当るパテーとが結合してヒステリーを表すという、ギリシア語にもつぱらかな英文学者、畏友早乙女忠氏から示教されていた知識を、さればこそ女性がヒステリーを発揮するのは理の当然、但し男性をして内心（参っちゃうなあ、でも素敵だなあ）と感嘆せしむる赫奕たるそれを煥発させねば、といった策励をも言い添えた旨告げたとしたら、彼はいかばかり痩軀を震わせたことであろう。

私とて生来気に病む男の部類に属するがゆえに、翌週の授業前、教卓下に陣取る女子学生達に「ヒステリーなんて言って、いやらしかったかい」と確かめてみたら、まさに異口同音の、「全然。それ自体どぎつい言葉でもコンテキスト上そう感じないこともあるし、逆にお品のいい言葉ばかり使われても全体的に卑しい印象を受けることもあるし」という明答が跳ね返って来、私は安堵・喜悦の念を抱いたのであった。いかにも、如上の名答こそは表現上の正則・大道に他ならない。さすがにわが教え子達だ！

ゆくりなくも想起する。二十余年前、わが一人娘は本学法学部に入学したのだが、某日帰宅して語るには「今日ドイツ語の授業でね、“die Bohne”と教わったら、後の席の男の子達が「やっぱりな」と囁き合っていた」由、これとてもかなり品下れる話題だろうけれど、娘はその砌、快々として楽しまざる体に非ずして、彼女の声色は実に晴れやかなものだったのである。彼女の胸裡には、新しく学ぶ異国語の名詞がそれぞれ性を有するさまを識っての知的興奮が爆ぜていたのか、将又《はたまた》男子学生達の敏活・巧捷な、敢えて高次のとも言いたい、連想力は彼女に眉を顰めさせる遑《いとま》を与えなかったのか。言うにや及ぶ、私自身は、彼女がかかる談柄をもって食卓に花を添えたことを嘉し、わが子がそこ迄成長したのかとうたた感慨を深うしたのだった。因みに述べれば、娘は刻下、高校・中学生の二男児の、我身にも覚えあり、鬱勃として充全には開放されぬ、下萌えのごとき春情に対し夙夜砕心しておよそ怠り無い。

却説、いわゆるセクラハラについては、昨今学内に配布されたパンフ類によれば「相手を不快にさせる」が当のメルクマール・分水嶺として標置されているようである。であるならば、ヒステリーなる語を使用活用して、教場に露微塵だに卑猥感を齎さず、それどころか、私は教え子達のセンスを信ずるがゆえにこう言いたい、女性特有の美質を覚醒・誇負せしむるに至ったこの老教師の、且つ又

「やっぱりな」と私語して、わが娘の潔癖な乙女心をいささかも傷つけず、むしろ彼女の知的好奇心を快く刺激した、今やいっぱしの弁護士か役人かに成りおおせたであろう、嘗ての男子学生達の所為は断乎、セクハラとは無関係と考えられるべきなのだ。

パンフ類を一覧するに、ま、破廉恥と呼んでいい、悪行の実例が列記されており、被害者の心中察するに余りあり、と言わねばなるまい。若かりし頃の娘がそんな厄に遭っていたら、己れは苛虐に淫する教師・学生を激越に殴打したかも、と思うことである。私はこれでも、刃向かう術《すべ》無きひとを付け回し、追い詰め、突き飛ばし、踏み躙る、要するにいじめを倫理的に許容しがたい、というより生理的に受容しがたいたちであって、だからして学内に澎湃然たる反セクハラ運動には格別に異を唱えようとするものではない。

しかしながら、先記のごとく「相手を不快にさせる」がセクハラの決定的な標識だとすると、然に非ざる、広い意味でのセクシュアルな言動はさして咎め立てられずともいいのではなかろうか、その言動によって我人倶に、愉快な気分を体感するのが悪い訳では無い筈なのに、それが何故こんなに非議・排擠されねばならないのか——かように思案することの必要性を説きたい気持の方が反セクハラ運動に一臂の力を仮さんという意気込みより、今の私にあっては、強いのである。有体に申して、反セクハラ運動を顧慮するあまり、広義の、これも敢えて人間的なと言いたい、セクシュアルな挙に出ることに関して人々は慎み過ぎている、いや戦々競々としている。

確かに、反セクハラ運動は男女の相互の意志を充分に尊んだうえでの接触なら、それを禁圧するものではないのであろう。さりながら、そもそもさような結構な接触が男女の間に成立するだろうか、私は疑問無しとしない。果然、かの『危険な関係』には左のごとき一節が存する。「女の許すことにまでさも暴力を振るうらしく見せかけ、女の喜ぶ二つの欲望、防いだ誇りと敗れた喜びとを巧みに満足させてくれる攻撃」（伊吹武彦訳、傍点引用者）。したたかな妖婦・魔女、メルトイユ侯爵夫人だからこうなのではない、彼女程意識的技巧的ならずとも世の美しき性《ボー・セックス》は比々として皆是也、である。愛は暴力、とは明らかに言い過ぎであるにせよ、愛は暴力的、これでもまずいようなら、愛には多少とも暴力のスパイスが効いている、その臭いが漂っている、とは言い得るのだ。暴力の気、秋毫だに帯びずに徹底的に理性的な、むろんそこには、そう、燦爛たるヒステリーは炸裂せぬ論議が交されて、完璧な見解の一致が成就したところで、肝腎要の愛の芽が消亡していたとしたら……これをしも人間的と認められるのかどうか、私は多分に逡巡せずにはいられないのである。

尤も、暴力は、執拗や露骨や強引もそうだが、初心者には容易に使いこなせぬ愛の道具であって、これを自在に操って奏功を見るには、すなわち美しき性をして妙薬・毒液を飲まされたみたいに恍惚・陶然たらしむるには、相当の年季が入っていなくてはならないだろう。未熟者が臆病・小心のせいでの稚拙・庸劣な操作、それは直下にあの憎むべきセクハラと同一視される果を結びがちで、白眼・顰蹙の槍ぶすまに囲まれた彼は、断崖から飛び降りる覚悟で敢為した暴力や執拗以下の悪徳の「攻撃」を退却に転ぜねばならない。そしてここ当分の、或いは永久になるやもしれぬ萎縮・逼塞。だがしかし、誰がよく当初から赫々たる戦果を挙げ得ようぞ。赧顔汗背の反復、つまり羞恥に耐え汚辱を忍んで孜々たるのみ、こそが活路であり正道であると思う。

現今のジェンダー論の主線なり水準なりにまるで不案内、該論と私見とはおそらく無縁、むしろ対蹠的と臆度されるばかりだが、私は私なりの立場で性差に拘泥する。わが立場は単純きわまりなく、それを明かすには曩日酔余一読に及んだ、福田恆存の『私の恋愛教室』における、「われわれが真に幸福である道は、男として幸福になり、女として幸福になるという道を通じてしかないということだ」(傍点引用者)とか「なぜ、男は女にとって魅力のある男に、女は男にとって魅力のある女になることを真剣に努力しようとしないのでしょうか」(同前)とかを藉りることを以て足りる。とにかく私は、学内の騒々乎たる反セクハラ運動について、繰り返すようだが、右の「幸福」「魅力」を贏《か》ち得る機会を逸する風に働かぬでもない当運動について、ひたすら黙過する能わざるものを感じて蕪稿を物した。看官、これをしも咎め給いそ。

(二〇〇一年一月)

私にとってのフランス語

今を遡る四十年近くも前、私は大学の教養課程で第二外国語としてのフランス語を履修していた。当時こまめに録していた日乗に確かめれば受講の委細は判然とするであろうものの、筐底深く蔵したそれを再見し、そこに立ち罩める筈の若齢期特有の焦燥と憂傷を味わい直すなんてことはどうにも致したくない。（とにかく私とってあらゆる意味で、薄汚くて意気地無かった嘗ての青年への帰還なぞ真っ平御免なのだ）。尤もさように致さずとも、週たったの三時間で文法は一年前期で終り、同後期にはモーパッサンやドーデの短篇、二年になれば『方法序説』や『知られざる傑作』がテキストとしてあてがわれたという、なんとも滅茶苦茶な進行を辛うじて追蹤したその記憶はざらざらした感じでもって容易に蘇る。

ほとんどが邦訳と首っ引のその場凌ぎの学習だったがゆえに当然だろうが、国文学科に進んだとたんに、わがフランス語の知識が謡曲『松風』の詞章ではないけれど、汐の引いた跡に残れる溜り水みたいに寥々たるものになってしまったのにはつくづく呆れるばかりであった。テキストが（なんであんな女に馴染んだのか）といったそれのごとき忌まわしい思い出の種として、怱卒裡に処理されたことは言うを俟たない。そんな次第で「第二外国語は何を？」と問われて「一応フランス語を……」と答える場合、悪謙遜と釈られかねまじき程の羞愧の念と弁疎の言を露わにするを常として来たのだったが――しかし今日は又こんな屈折した、いや、他愛無い衒気をば吹聴してみるとしよう。

新宿・京王デパート地階入口に常設の神戸・一番館で販売される、リンゴのジャムがチョコレートで包まれた一口菓子はなかなかの美味で、屢々自ら好食し他へ進呈している品なのだが、それが埋められる箱の意匠はリンゴの絵柄に“prohibit/pomme d'amour”の文字を刷ったものである。さりながら、手許の仏和辞書に当ってみると pomme はリンゴに相違ないにせよ、pomme d'amour はなんとトマトなることが判明する。惟るに、発売元では pomme リンゴ、amour 愛とは承知しており、両者を de で結び付ければ洒落た命名が叶えられると思い込んだのだろう、その造語がずばりトマトを指すとは露存ぜぬままに。そして英語の prohibit が添えられたのも、アダムとイブの故事を折角摂取したつもりであることを優に想察させるのだけれど、肝腎の pomme d'amour がトマトでは！（因みに pomme d'Adam はのど仏だ）。物凄い売行を実見するうちなにか許しがたいものを感じて、私はついに神戸の本舗にこの錯想・誤計を指摘した手簡を逓送するに及んだ。――ま、こういう処が知己から（塚本は一寸変っているな）と微苦笑される所以なのかもしれない。

結果は梨の礫であった。尤も私の正義派ぶった忠言の奥底には、深甚な謝意と一旦普及した品名は簡単に改定しがたい旨の釈明とが記された返簡と共に、さあ書きづらいところだが敢えて書くなら、御礼として pomme d'amour の大箱が届けられることについての期待の念が爆ぜていたのだから、偉そうな顔はできやしない。私の邪悪な狙いは見事に外れたわけだが、だからこそ私は復讐を志して当文章を綴っているのである。さるにても往昔、中村屋なり明治製菓なりを相手取ってささいな事柄に文句をつければ、夫々の課長級が自社の商品を土産に即座に飛んで来たあれは夢・幻だったのか。

或いは銀座四丁目の高級レストラン、宝石箱の意の“L'écrin”はレカンと称しているけれども、それはレクランが正しい。或いは同六丁目の、ＯＬ達が群がっていた（と過去形にするのは、あんなに殷賑を極めていたのに近時潰れてしまったらしい）洋菓子店「エルドール」の包装紙上の“Ail d'or”は“Aile d'or”と表記されるべきであろう。さように表記されたなら「金の翼」で通る。しかしAilではにんにくの意であまりにも珍妙だし、それはまたアーユと発音されるものなのである。私のことだからしてもちろん、両店の責任者に向って注意を喚起せずにはいられなかったのだが、いずれもがこちらの野暮を揶揄するみたいな素振りに終始し、恐縮の体は微塵も示さなかったことについてのわがressentimentも併せて述べておきたい。

繰り返すように私のフランス語勉学は無惨な位物にならず、こんな程度の知的反応!?がその乏しい形見として遺ったのである。たかがそれだけの事じゃないか、と憫笑されるのが落ちだろうか。されど、いくらか居直って申したい、体系とか組織とかは頂点はあくまで高昂として底部も又限りなく広衍なピラミッド型を成し、有りと有る傾向・段階がそこに包摂されるのがあらまほしき在様、と私は考えているのだ。福田恆存だったかが国語問題に即しながら、専門家と大衆の間には「スペクトル的色彩系列」に喩えられよう多様な等級差が存在するのが望ましく、双方の両極端への分裂、厖大な中間層の欠落が文化の崩壊を招くは必至、といった趣意を陳べていたことをここに思い合せてもいい。すなわち私のフランス語力は、本学仏文学専攻の教師達のそれを天辺に据えた本邦における該世界の奈辺に位置するかはともかく、恐らく底辺近くの一隅を占めるに過ぎないであろうにせよ、文化の一翼を確実に担っていると信じられてならないのである。なにも pomme d'amour の本丸に対してじかに譏刺の矢を放たなくたってよろしい。(むしろお上品な文化人は私のこの蛮行には獣の異臭に接したみたいに顰蹙するだろうが、私とてそういう彼等が大嫌いと来ている)。これは奇妙だ、と直覚し独りシニカルに口端を曲げるばかりの所為だって、文化への参加に他ならぬこと疑いを容れない。誉むべきかな、ディレッタント、彼等の層の厚さこそが文化の密度・真贋を決定づけるのだ、と私は声高に弁じたく思う。

『序説』や『傑作』の閲読まで強いられた頭脳からの流出量の甚だしさが改めて駭嘆されることには、内田百閒の左のごとき見識を援用するに若くはないであろう。「一たん覚えさえすればいいんだ。あとは忘れてもいいんだ。もとから知らないという事と、知った事を忘れたのとは、大分ちがいますからね。(中略)ほんとうの教育を受けるんだったら、忘れた量の多いほどえらいんです」(『続百鬼園座談』)。実際、高校時代、微積分や化学方程式の習得は私にとって至難のわざ、今でもあの苦役苦患を思い出すや人前も構わずギャッとかアーッとか叫んでしまう始末なのだが、大学に入学してほどなくそれら理数の知識は悉皆忘失した、フランス語の場合の「溜り水」すら残さずに。まさに呪われて然るべき不毛・徒爾。だがしかし、百閒の右の確言に信倚を置くならば、あれあのように不得手な数式に脳漿を絞ったからにはすべてを忘却したところで、已れの思考力・論理性に極細の針金位は入れたことになるのではあるまいか。又かように断案せずしてはとても救われやしない。

そもそも、人生には無駄が溢れている。而して無駄それ自体の多寡が銘々の人生の豊瘁にほぼ正比例するかに考えられるのは、目的達成に必須不可欠の知識のみ詰め込み、最短コースをせかせかと通った軌跡がえらく貧し気に見え、この逆に、例えば酒色に密にあずかり、曲折浮沈の経験を積んだ御当人からはさすがに端倪すべからざる印象を蒙ることに因るのである。いかにも、無駄は必ず活きる、無駄など一つも無い、とも言い得るのだ。私のフランス語力が、今、酒と並べたもう一つの無駄とのかかわりにおいても満更無益ではなかった事情は、数年前パリはSaint Denisという温柔郷で小半時を過した際証されたのだったが、これは又別席の話題であるだろう。

（一九九一年六月）

追記

フランス語にも堪能な安川定男先生、精詳な仏和辞典に当ったうえで、左のごとき示教を寄せて下さった。要約するに「該語がトマトの意味で使われたのは昔のこと、現在、その意味で用いられるのはごく限られた地域においてであって、一般的には「(小粒のリンゴをカラメルでくるんで棒につけた) リンゴあめ」の一種を意味する」。

「雨宮さん」と「勾践」

平成十二年六月、滝沢修、黄泉の旅に発つ。往昔、いわゆるアングラが雨後の筍みたいに現出している現今とは異なり、新劇といえば、民芸、俳優座、文学座の三大手の鼎立に他ならず、三劇団には名手・巧者まさに綺羅星の如く並み居たる趣であった。而してその豪奢な天象中、ひときわ強烈な光芒を放つ男星が民芸の滝沢修、女星が文学座の杉村春子といった認識は、十人十色の好尚を圧えて、普在のものだったと言い得るであろう。

女帝杉村は別に措く。皇帝滝沢の演技は、『夜明け前』の青山半蔵、『炎の人』のゴッホ、『セールスマンの死』のウィリー・ローマンなど、いずれも何かに憑かれた男の悲劇を活写し、観客は悉皆どやしつけられたみたいな感奮を蒙るを常とした。しかしここでは、理想すら呑み込んでしまう狂気を演じては無類の、神々しくもおどろおどろしい彼の芸容について、これ以上論じようとは思わない。

彼の当り役の一つに、『火山灰地』の農産実験場長雨宮聡が挙げられる。『火山灰地』といったところで、久保栄の代表作、あの「暗い谷間」期における、社会主義リアリズムに則ったプロレタリア演劇の記念碑的作品、とでも約言されようこれを、国文学専攻の面々の何人が識っているだろうか。有体に申さば、今次作品を読み返してみて、その冗長・繁細に慊焉たらざるを得ず、当作の寿命は尽きている、当作が板に乗らなくなって久しいのも宜なるかな、との感を深うしたのであった。（ただ私の悪い癖で書いてみるこんな事柄は、我身にも覚えあり、男子学生の裡に一読の意欲を湧かせる果を結ぶやもしれない。すなわち第一部4試験場畠前半、雨宮が女学生の愛娘に自転車を買ってやれと言うのに抗しての、雨宮夫人の台詞は下のごとし。「——あのね、ぢやあ言ひますけど——ほんとにいやねえ——あなたは、科学者でいらつしやるくせして——あのう——育ちざかりの娘がね——よくないんですつて——サドルにまたがるの……」。私が実見した舞台の夫人役は、滝沢とほぼ同齢でよくコンビを組んだ細川ちか子、欧米人並みの官能味汪溢せる彼女だった。嗚呼、『熊谷陣屋』の幕切れの科白ではないけれど、幾十年は一昔、夢だ、夢だ、である！）

却説、演劇事典類を参着するに、新協劇団による『火山灰地』の初演は昭和十三年六月、十五年八月には、もちろん滝沢も含めて、新協の主要メンバーが検挙された。次の話の出典は記憶に定かでない、しかし話自体は確かである。——かくて囹圄の人となった滝沢は毎日一定時間、刑務所内の「運動」、つまり駆足だの徒手体操だのを囚人達と倶にしていたが、某日、全員姿勢を正して堵列の場で、「雨宮さん、（遺憾ながら以下の文言正確に非ざるも）戦争はやがて終ります。その日迄頑張りましょう」とかいった叫喚が突発したのだった。

声の主はたちまち看守等に殴打され、その顔はまるでフットボールみたいに脹らんだそうだが、然もあろう。その場合、滝沢の熱烈なファンの彼がもしも「滝沢さん」と呼んでエールを贈ったならば、芸名本名を同じゅうする、彼滝沢の方も徹底的に打擲されたは疑いを容れない。右のファンは服役姿の滝沢を認覚し、なんとか敬愛・激励の衷情をば伝えたく、さりとて累をその人に及ばさぬようにあれこれ思案したうえで、この挙に出たのである。滝沢の胸懐がいかなる色に染められたか、呶々を要すまい。

ここで私の連想は突飛にか正当にか翔って、かの『太平記』は巻四末尾「備後三郎高徳付呉越軍事」に舞い降りる。「児島高徳」の方が判りがいいそれは、北条幕府に対するクーデターに挫折、隠岐の島へ配流の天皇後醍醐の宸襟を慰めんとして高徳、路次の行在所へ単身潜入、桜の幹を削って「天莫レ空二勾践一 時非レ無二范蠡一」を記したという話である。

申す迄もなく、後醍醐が越王勾践、高徳自身が勾践を懸命に扶翼し、竟に勾践をして会稽の恥を雪ぐに至らしめた功臣范蠡になぞらえられているわけだが、今私が言いたいこと一にかかって、高徳から後醍醐へのエールの伝達があからさまにではなく、一種のおぼめかしによって践行されている、つまり先記の、「滝沢さん」ならぬ「雨宮さん」のあれとのアナロジーをここに看取し得るといった点に存するのは明らかであろう。獄舎の看守等にあっては「雨宮さん」が誰を、警固の武士等にあっては「勾践」が誰を指すか、皆目見当が付かなかった。滝沢と彼のファンは、後醍醐と高徳は、彼等の理解を絶する知的圏域で存分に心の交流を果したのである。さればこそ『太平記』に「主上ハ聽テ詩ノ心ヲ御覚リ有テ、竜顔殊ニ御快ク笑セ給ヘドモ、武士共ハ敢テ其来歴ヲ不レ知、思咎ル事モ無カリケリ」と叙せられているのだ。

与えられた紙員が余っているゆえに、「范蠡」の方にも言葉を費してみよう。終戦後も二十七年間、グアム島に元日本兵の身のまま潜伏した故横井庄一は、帰国直後、濠端から皇居を遥拝、囲繞する記者団に向って心緒を吐露して曰く、「范蠡と同じ気持であります」。人物事典類によれば、横井氏は尋常小学校を卒えて直ちに洋服屋の丁稚となった由、この横井氏が『太平記』や『太平記』がネタを仰ぐ『史記』やを閲読したというのはどだい無理な想像である。氏が范蠡についての知識の仕入れ先は？　いかにも、貧困な家庭の子女にとって貴重な読物だった国定教科書、時代が時代だから、桜井駅の正成・正行や鎌倉攻めの義貞に伍して高徳も登載されたであろう、その国語教科書がそれだという蓋然性はかなり高い筈、と私は臆度していた。

実は何年か前、夜間部の基礎演習の授業で謡曲『船弁慶』を扱った際、「伝へ聞く陶朱公（范蠡の退官後の名）は勾践を伴ひ、会稽山に籠りゐて、種々の知略をめぐらし……」の処で、余談として前段落の趣意を喋ったところ、翌週、私より年嵩らしい受講生が当の「児島高徳」の部分のコピーを提示してくれたではないか。私は日子を置かず教育学専攻の研究室に赴き、教科書大系を通覧、第三期国定教科書は大正七年度に発刊、従って五年生用は十一年の印行、そこには紛う方無く「児島高徳」が、高徳が十字の詩を桜樹に墨書する挿絵入りで収録されているといったことなどを確認したのであった。大正四年三月生れの横井氏が五年生だったのは十四年、氏が第三期のこれを習ったことは大地打つ槌が外れぬごとくに確実である。尤も、その記憶力や才気にはほとほと舌を巻くにせよ、一敗地に塗れた昭和天皇を勾践にというのはともかく、一弱兵たりし己れを范蠡に譬える氏はあまりにもおこがましかった、とは言っておかねばなるまいが。

それにつけても、コピーをそっと手渡してくれた老書生、ありやなしや。時勢によって夜間部は廃止される。駿河台時代の夜間部には珍しくはなかった、かかるタイプの学生に遭逢せぬようになるのをいささかならず寂しく思わぬでない。

注

（1）老受講生が提示してくれたコピーの奥付を怱卒裡に一瞥、メモしたところを確かめるに、昭和四年刊、とあって、それは昭和八年迄続いた第三期中のものなることが判る。

（2）教科書大系『唱歌』によれば明治四十四年創刊の第一期尋常小学唱歌、六年生用に、「船坂山や杉坂と、御あと慕ひて院の庄、（中略）時范蠡無きにしも非ず」といった「児島高徳」が入っている。

これを収める講談社文庫『日本の唱歌』中巻の解題には、「この歌、昭和七年の『新訂尋常小学唱歌』では早くも姿を消した」と記されたのであったが、『新訂』の第二期にもちゃんと残されている、但し、六年生用ではなく五年生用に移されて。

（二〇〇一年三月）

後記

在職中、それとても定年ぎりぎりではなく、少々余裕を見ての時点において、もう一冊梓行したい気持を覚えた。これはささやかな虚栄心に因るものである——思わせぶりな言種かもしれないが、こうとだけ述べるのがわが胸懐を最も能く表すことになるだろう。

この俗気・衒気・腥気、漸を追い鬱勃として禁ずる能わず、結句西郷信綱先生に斡旋を依頼したところ、先生は日を置かず、未來社の西谷能英氏への紹介の労を執って下さった。朝日選書『能・歌舞伎役者たち』の際も高配を忝うしている先生に対して感恩の意を尽すのに、いかなる辞を以てすべきか、今の今も分らない。

私が衷心より敬愛する西郷先生や広末保氏、そして寺田透先生の著作が未來社から刊行されていて、そのいわばラインアップの末席を汚すのは、我身にとって、光栄、という言葉を使っても決して大仰にはならないのだけれど、何よりも欣喜抑えがたいのは、橋川文三氏の、あの『日本浪漫派批判序説』の版元が未來社に他ならぬことである。西郷先生が「未來社がいいと思うんだ。橋川さんの本もあそこから出ているしね」と仰言ったのも、橋川さんと私との浅からぬ誼みを慮って下さってのことであろう。

四十余年前、まだ独身の橋川さんは護国寺裏の古ぼけた下宿で、雑誌連載中の『序説』に未來社が逸速く着目、出版を要請して来た旨、仔猫を構いながら羞ずかしそうに嬉しそうに語った。その日は雨だったが、一度だけ橋川さんに蹤いて、昔も今も伝通院傍の未來社を往訪し、橋川さんが先代の能雄社長と談笑するのを見戍っていた折は、確か窓外の青葉が薫風にそよいでいたように思う。

さるにても、その出典や真義は定かでないのだが、「千載は知るところに非ず、聊かもって今朝を永うせん」をば渡世上の一信念とする私は、蓄えが一寸でも溜るやそれを蕩尽してしまうという流儀を、わが論文集、いや、雑文集の編纂に当て嵌めて露だに憚らなかった。そう、丁度二十年前上木した何冊目かの後記に私は書いている、「集の編述は私の生き甲斐なのである。生き甲斐、が誇大に響くなら、文章を綴ってゆくうえでの必須の潤滑油、と言い直してもいい。いかにも、たまさかのことであれ、集の編録が伴われなかったとしたら、今日迄私が筆を絶たずにいられたかどうか多分に疑わしい」。

かかる文学上の宿痾・痼疾を抱えている私には、本書を、孜孜として書き溜められた、未収録の点では生娘みたいな文章で埋め尽くすなんてこと、到底叶えられない。唯々、因果は巡る小車の、の古句が唇頭に洩れるばかりである。さりながら、一書を成さねばならぬ！

よって、私はあちこちの旧著から、今なお寿命が有るやに自得する文章を掻き集めた。その篇数枚数共に本書の半ら位に達している。放肆だの厚顔だのの譏りは固より辞せざるところだが、しかし世上散見する、既発表の論攷をテーマなりモチーフなりをなんら革めず、分量だけを伸ばしたり縮めたりして新作に仕立直す遣口より、旧作を完全に元のままの形で再登場させるこの方がまだしも恕されるのでは、と私には考えられるのだが、どうだろう。なお、昔風に申さば、非常呼集、が掛けられた文章を収載している旧著は、幸いにも？いずれも品切で重刷は絶対に望みがたいものであることを断っておく。

居直りめいた弁疎は切り上げて、本書名について陳べるならば、今夏、「憎しみの文学」と銘打たれて然るべき、梅崎春生の全集を通覧したのだが、同一作品における、例えば「不幸の形式への彼の傾倒」「世俗の軌道から正に外れかかろうとしている自分」（『ある顚末』）「不幸への傾倒とでも言ったようなもの」「この世の約束をはみ出て揺れ動くようなもの」（『ある青春』）というがごとき語句の併存、或いは「ふたたび自分をじりじり辷りおとす傾斜のようなもの」を含む『傾斜』なる作品名などが別けても脳裏に印象を留めるに至った。Ⅰ部の顔触れを選んでいるうち、これあるかな、との感に搏たれて、かような命名を為すに及んだのだ。而して、この対語はⅡ部Ⅲ部の、全部とは言うまい、過半大半を蓋うものとしても適実、と思われてならない。

西谷氏は、未來社から三十冊以上印行されている埴谷雄高の評論・対話集の書名に倣ったのか、と笑いながら尋ねた。確かに若年時『濠渠と風車』『鞭と独楽』あたりを熱読したものの、今次その件は私の意識に上ってはいない。又西谷氏は当初、Ⅲ部の雑文中の雑文なぞまったく度外視していたが、竟にこれらに抱く私の愛執の程を了察、原案どおりに悉皆容れることを承允してくれた。篤く感謝する。

祈るらくは、已れが余算山の端に近く、残暉とも目されよう本書の射光が一人でも多くの看官の心府に幾許かの燃焼を生ぜしめんことを。

辛巳歳晩

塚本　康彦

●著者略歴

塚本康彦（つかもと・やすひこ）

1933年，東京に生まれる。東京大学文学部国文学科卒業。現在，中央大学文学部教授。『古典と現代』同人。

著書——『能・歌舞伎役者たち』（朝日新聞社），『ロマン的人物論』（明治書院）他。

文学論集　逸脱と傾斜

発行——二〇〇二年三月二五日　初版第一刷発行

定価——本体二八〇〇円＋税

著　者——塚本康彦

発行者——西谷能英

発行所——株式会社　未來社

東京都文京区小石川三—七—二

振替〇〇一七〇—三—八七三八五

電話・(03) 3814-5521-4

（営業部）048-450-0681-2

http://www.miraisha.co.jp/

Email: info@miraisha.co.jp

印刷——萩原印刷

ISBN 4-624-60100-9 C0095

（消費税別）

西郷信綱著
増補・詩の発生〔新装版〕

日本文学における「詩の発生」を体系的に論じた名著。他に言霊論・古代王権の神話と祭式・柿本人麿・万葉から新古今へ等。あいまいにされがちな「詩」の領域を鋭い理論で展開。三五〇〇円

西郷信綱著
萬葉私記

万葉集の中から信頼と愛誦に価する作品を選び、従来の訓詁や解釈の方法ではなく作品に即して根源的に読み直しつつ万葉集を再発見し新しい次元での著者の詩的経験を披瀝する。三八〇〇円

橋川文三著
日本浪曼派批判序説〔新装版〕

全3部より構成の本書は、著者が日本ロマン派のエートスと思想とを内在的に批判・検討しつつ独自の思想的世界を構築したデビュー作に、新たに13論文を増補した決定版である。二八〇〇円

橋川文三著
近代日本政治思想の諸相〔新装版〕

柳田国男等の反「近代」思想、北一輝・大川周明等の昭和超国家主義の系譜、二・二六以後の新官僚の政治思想などを体系的に論述し、近代思想の底流とその展開を明らかにする。四五〇〇円

廣末保著
芭蕉と西鶴

俳諧と浮世草子の完成者……江戸時代の、二人の芸術家の創造における自然とのかかわり方、中世詩の止揚の方法、歴史的背景等を、著者独自の批評眼で内面ふかく探究した名著。一五〇〇円

廣末保著
元禄期の文学と俗

近世文学は俗の文学と言われる。それ以前の文学にとっては否定的契機としてあらわれた俗の問題を、元禄期の文学・演劇はどのように内に抱えこみ文学として成立させたかを追求。一五〇〇円

埴谷雄高著
幻視のなかの政治〔転換期を読む7〕

「やつは敵である。敵を殺せ。」——戦争と革命という二〇世紀の政治に横たわる死をみすえ、六〇年代の「政治の季節」に多大な影響を与えた政治評論の名著。解説＝高橋順一。二四〇〇円